科幻经典

重生

[英]约翰·温德姆 著

陈元飞 杨丽 译

THE DAY OF THE TRIFFIDS

JOHN WYNDHAM

人民文学出版社
PEOPLE'S LITERATURE PUBLISHING HOUSE

1

小时候，我经常梦到一座城市，这是很不可思议的，因为那时我根本就不知道城市为何物。但这座盘踞在蓝色大海湾沿岸的城市经常进入我的梦境：一条条街道和街道两边的建筑，还有码头，甚至连有船只停泊的海港，我都看得清清楚楚。而在梦境之外，那时的我其实还从未见过大海，更没见过船只。

梦中的建筑与现实中我所见过的并不一样。街上往来的车辆十分古怪，居然不需要马儿拉着就能跑。有时天空中还有些不知名的东西——我只能肯定那些闪亮的鱼状物肯定不是鸟儿。

通常我梦中见到的都是这个神奇地方的白天，但偶尔也能看到夜景：沿岸的灯火像一串串萤火虫，还有一些光亮，似乎就漂浮在水面上，又或是闪烁在半空中。

这儿真是一个美丽的地方，令人心向往之。那时的我年纪尚小，还不懂事，于是就问大姐玛丽：这座城市在哪儿。

大姐摇摇头，对我说，这座城市并不存在，至少现在并不存在。她猜测，我可能不知怎么梦到了很久很久以前的哪个年代。梦是有趣的玩意儿，有时根本无法解释。所以我看见的可能是过去那个旧世界的一隅——那个精彩的世界，曾经住着“古人类”。那是上帝让大灾难降临到人类身上之前的情形。

然后大姐十分严肃地警告我，不要再向任何人提起这件事。据她所知，其他人的脑袋里从来就没有冒出过这样的画面——无论是在梦境中，还是在清醒时。所以，跟其他人说这些并不是一个明智之举。

这点我倒是认同的。在我从小生活的那个地方，人们对于稀奇古怪、不正常的东西总是很难接受，就连当初我的左撇子也引来了些许非议。所以自从大姐提醒我以后，我就再也没有跟谁提起过，就这样过了很多年。事实上，到后来我都快忘记这个梦了，因为随着年龄的增长，这样的梦越来越少，最后几乎没有了。

不过，我还是遵从大姐的建议，否则我恐怕早就已经把我和表妹罗瑟琳对这种梦境的古怪理解向其他人提起了——如果再碰巧有人相信的话，那一定会给我们俩带来巨大的麻烦。现在想想，那个时候，无论表妹还是我，都没有对此事关注太多：我们俩只不过是养成了凡事小心谨慎的习惯，一般不会横生枝节。我也从未觉得自己有什么不寻常之处，我就是一个普通的小男孩，健康成长，与常人无异，关于这个世界的运行方式和一切法则，我都没觉得有什么奇怪——一切理应如此。就这样，我一直过着正常的日子，直到那一天我遇见了索菲。可即使是那天，我生活的不同也没有立即显现出来。只是后来发生的事情让我知道，就是从那天开始，我生平第一次遇到的一些小小的疑团开始慢慢发酵了。

重　生

那天一开始我是一个人的。我经常一个人玩。那时我大概快十岁了吧，二姐莎拉比我大五岁，这个年龄差距意味着很多时候我都得自己一个人玩。我顺着马车碾过的车辙一路向南，沿着几片田地边缘走啊走，一直走到了一片高高的土丘上，然后又沿着土丘的顶部走了很长一段路。

那时，那片土丘从来没有给我带来过什么疑惑，它那么大，我根本想象不到它竟然是由人力堆积而成的，更没想过把这一切与我经常听说的那些古人类的壮举联系起来。这不过就是一片土丘而已，在此地绕成一个很大的弧线，然后像一支射出去的箭，绵延不断，一直延伸到遥远的群山之间。这片土丘仅仅是这个世界的一部分，与河流、天空或山峦一样，没什么好让人惊叹的，不过是一些客观的存在罢了。

我经常爬上去，沿着土丘的顶部向前走，但很少去土丘的另一边。不知为什么，我认为土丘那边就不是我们的地盘了。不过我发现那边有个地方很好玩，那是一个由雨水往土丘基部冲刷而形成的沙沟。如果一个人坐在土丘顶部沙沟的一端，然后双手使劲往后推上一把，那他的身体就会嗖地冲下去，速度很快，腾空飞上一小段，然后飞落到沟底软绵绵的沙堆上。

现在想想，我之前一定在那里玩过很多次，而且从没碰到过什么人。可是那天，当我成功地三次飞落沟底，爬起来准备进行第四次“飞翔”时，却传来了一个声音——“嘿！”

我四下张望，不知道声音是从哪儿传来的，接着，灌木丛上方摇摇晃晃的小枝丫引起了我的注意。这时，树枝被分开了，露出一张看着我的脸。这张小脸晒得很黑，一头乌黑的鬈发，面部表情有点儿严肃，但眼睛十分明亮。我们彼此凝视了一会儿。

我终于也回应道："嘿。"

她稍稍犹豫了一下，然后把树丛大大地分开。原来是个比我稍矮的小女孩，年龄也许比我还小点儿。她穿着一条红棕色的工装裤和一件黄衬衫，工装裤前有一个用深棕色布头缝成的十字，头发用黄色丝带扎成斜马尾。她愣愣地站在那儿，好像不确定离开树丛是否安全。最终，好奇心还是战胜了谨慎，她从灌木丛里钻了出来。

我从来没有见过她，所以一直盯着她看。附近几英里的孩子们经常聚到一起玩，所以或多或少都会有点儿熟悉，而这也就是她让我吃惊的原因——我以前根本没有见过她。

"你叫什么名字?"我问她。

"索菲。"她回答说，"你呢?"

"大卫。"我说，"你家在哪儿?"

"就在那边。"她挥手朝大坝的另一边指指，具体方位并不明确，但对我来说那已经是异域之地了。

她不再看我，而是径直跑到我刚才玩耍的滑沙道那儿。

"这个好玩吗?"她问我，脸上流露出渴望的神情。

我犹豫了一下，但马上就邀请她和我一起玩。

"是的，很好玩。"我告诉她，"来试一下。"

重　生

她后退一步，再一次仔细地看着我，神情严肃地审视了我大约一两秒钟，然后忽然下定决心，爬到了我面前的土坡顶上。

她顺着沙道滑下去时速度很快，一头鬈发和发带都跟着飞了起来。我随后也滑了下去，她脸上的表情已经不再严肃，双眼中洋溢着激动。

“我们继续玩吧。”她气喘吁吁地往回跑，又一次爬上了土坡。

就在她第三次滑落时，不幸的事情发生了。她像刚才那样坐着滑了下去，我看着她在一堆沙子那儿慢慢停下了。不知为什么，她下去的地方偏左了几英尺。我已经做好准备要接着往下滑，就等她让出地方。可她没动。

“快点儿。”我着急地说。

她试着挪动身体，可还是没动，然后她开始大叫。

“我动不了了，很疼。”

没有办法，我冒险滑了下去，刚好停在她身边。

“怎么了？”我问道。

她的脸极度扭曲，眼里噙着泪。

“我的脚被卡住了。”她回答道。

她左脚埋在沙子里。我用手刨开表面的软沙，发现她的鞋被夹在了两块抵着的岩石之间。我使劲想把石头搬开，可石头纹丝不动。

“你能不能扭动一下脚踝？”我建议道。

她又咬着嘴唇勇敢地试了试。

“还是不行。”

“我帮你一起使劲拉。”我说道。

“别，别！很疼。”她根本不让。

我不知道接下来该怎么办，很明显她非常痛苦。我考虑着该如何解决这个问题。

“我们最好把鞋带弄断，这样你的脚就可以从鞋子里拔出来。”我终于想出了办法，“鞋带扣卡在里面了，我够不着。”

“不行！”她警告说，“绝对不能那么做。”

她斩钉截铁的拒绝让我实在有些不知所措。如果她愿意把脚从鞋子里拔出来，我就可以再用石头把鞋子从石缝里敲出来。但如果她不愿意，我就真的不知道该怎么办才好了。她躺在一摊沙子上，被卡着脚的那条腿屈膝立着。

“哎呀，太疼了。”她再也忍不住了，泪水顺着她的脸颊流了下来。可那时她也没有号啕大哭，而是发出像小狗一样的呜咽声。

“这样不行，你必须把脚从鞋子里拔出来。”我告诉她。

“不行！”她仍旧断然拒绝，“绝对不行，我不会脱鞋子，永远不会！”

我手足无措地坐在她身旁。她两只手牢牢地握着我的一只手，哭的时候紧紧地将它攥住。显然，她的脚越来越疼。我发现自己有生以来第一次面临这样一个局面——必须做出抉择。我终于做出了取舍。

“我们不能这样，你必须把脚从鞋子里拔出来。”我告诉她，“如果不这么做，我猜，你只能一直被卡在这儿等死。”

她并没有马上屈从，但最终还是同意了。她不无忧虑地看着我割断了鞋带，然后说：“走开！你不准看我！”

我犹豫了一下，但还是照做了。我后退几步转过身去，只能听到她在困难地呼吸。不知怎么，她又哭了起来，于是我又转过身来。

“我脱不下来。”她泪眼婆娑，惊恐地看着我，我蹲下身子，看看到底是怎么回事。

“你不能告诉别人啊，”她说，“永远不能，绝对不能！你能答应我吗？”

我答应了她。

她变得勇敢起来，小狗一样的呜咽声也没有了。

当我顺利地让她那只脚重获自由之后，我发现那只脚看上去很奇怪。我是说，她的脚趾蜷缩着，整个脚都变肿了。可那时我都还没有注意到她的脚趾比正常人要多。

我把她的鞋从石缝里敲了出来，然后递给了她。但她发现自己肿了的脚根本穿不上鞋子，也不敢着地。我想我应该可以把她背起来，没想到她比我想的要重，我背着她根本走不远。

“我得去叫人来帮忙。”我对她说。

“不！我爬着走。”她说道。

我走在她旁边，帮她拎着鞋子，觉得自己真的没用极了。

她拖着受伤的脚，不屈不挠地爬了很长一段路，但最后还是停了下来，因为她的裤子膝盖处已经磨破了，膝盖流着血，应该非常疼。我还没见过哪个男孩或女孩像她这么坚强，能坚持到这个地步，我不禁对她有了些许敬畏。我扶着她，让她用那只好脚站起来给我指指她家的方向，就是那袅袅炊烟升起的地方。我快步向前跑去，当我再次回头看她时，发现她又爬进灌木丛中躲了起来。

我没费多大劲就找到了她的家。我紧张地敲了敲门，开门的是一个高个子女人，模样端庄秀美，长着一双明亮的大眼睛。她身着黄褐色的裙子，比一般妇女居家时穿的裙子稍短些。裙子上缝有传统的十字架，衣领到裙摆处是一道竖杠，胸部是一道横杠。绿色的十字与她的头巾很相称。

“你是索菲的妈妈吗？”我问道。

她目光锐利地盯着我，皱起了眉头，似乎有些焦虑。

“怎么了？”她突兀地问道。

我把事情的经过告诉了她。

“哦！”她大叫一声，“她的脚！”

她又盯着我看了一会儿，把手里的笤帚靠在墙上，急匆匆地问道：“她在哪儿？”

我沿着来时的路带她去找。到那儿之后，她轻轻呼唤一声，索菲从树丛里爬了出来。

她凝望着索菲肿胀的脚和流血的膝盖。

“哦，我可怜的小宝贝！”索菲的母亲抱着她亲了亲，接

着又问："他看见了吗？"

"是的。"索菲回答道，"对不起，妈妈，我已经尽了全力，可我自己根本无法脱身，太疼了。"

她母亲缓缓地点点头，叹了口气。

"好了，现在说这些已经没用了，来，爬到我背上吧。"

索菲爬到了母亲的背上，我们一起朝索菲的家走去。

一个人在孩提时代，可以靠死记硬背把清规戒律记住，但这些其实没什么意义，直到生活中真的发生了类似的事才可能会真正触动他——可即便到了这个时候，他也得明确意识到此事恰恰适用于那些清规戒律才行。

我耐心地坐在那里，看着索菲的母亲给女儿受伤的脚清洗、冷敷、包扎。这时我意识到，眼前的景象和我几乎每个星期天做礼拜时听到的誓词并不相像。

"上帝依照自己的形象创造了男人。上帝决定让男人有一副躯干、一个脑袋、两只胳膊和两条腿，胳膊有肘关节和腕关节，末段长着一只手，每只手有五根手指，每根手指上都有一个平整的指甲盖……"

等等等等。

后面是这样的："然后上帝以同样的形象创造了女人，但也有不同。根据女人的天性，她的音调要比男人高，而且不长胡子，有一对乳房……"

等等等等。

这些我都知道，每个字都很熟悉，一字不落。可发现索菲有六个脚趾并没有让我想起这一切，更没觉得有丝毫不安。我看到索菲把脚丫子搭在妈妈腿上，又看着她妈妈端详着她的脚丫子，抬起来俯身轻轻一吻。她抬头看着索菲，眼里满是泪水。她这么难过，让我也觉得很难受，为索菲和她受伤的脚感到难过——但此外就没什么事情让我难过了。

包扎结束后，我好奇地环顾整个房间。这座房子比我家要小得多，事实上，这只是一间农舍，不过我更喜欢这里，因为这里让人感觉很舒适。尽管索菲的母亲既焦虑又担心，可她并没有让我感到自己是她们生活中的一个遗憾和不安定因素——其实如果这一切不发生的话，她们的生活本来应该过得井然有序，就像大多数生活在家中的人一样。她们的家本身也更让我喜欢，因为房间的墙上没有挂什么宗教教义——那些话总是用教育人的非难口气给人生指引方向。相反，墙上挂着几幅骏马图画，让我觉得十分美观大方。

这时，索菲已经收拾干净，挂在脸上的泪痕也洗去了。她跳上了桌边的椅子，除了脚受伤以外，她看上去精力充沛，还十分热情地问我喜不喜欢吃鸡蛋。

之后，索菲的母亲温德夫人叫我等着她。她先带索菲上楼，几分钟后，她下来坐到了我身边，把我的手放在她手心里，严肃地看了我一会儿。我能够强烈地感觉到她的焦虑，尽管我并不了解原因。我很惊讶，因为之前没有任何征兆，但她的确可以用意念进行思维。于是我也把自己的想法用意念告诉了她，请她放心，不必担忧。可是，我的思维影像她好像无法接收到。她依然看着我，两眼闪闪发光，就像索菲强忍哭泣时的样子。当她看着我时，我发现她满脑子都是忧愁和一些不可名状的思绪。我又试着用意念，也就是脑电波把我的想法告诉她，但还是没有影响到她的思绪。接着，她缓缓地点点头，一字一顿地说：

“你是个好孩子，大卫。你对索菲这么好，我为此感激你。”

我觉得十分尴尬，低头看着我的鞋子。此前，我不记得有人夸过我是好孩子，所以一下子不知道该如何应对。

“你喜欢索菲，是吗？”她依然看着我。

“是的。”我告诉她，然后又说，“我觉得她非常勇敢。”

“那你能保守秘密吗，为了她？这可是一个非常重要的秘密。”她问道。

“能，呃——当然。”我同意了，但还是有一点不确定，因为我还没有意识到这个秘密是什么。

“你——看到她的脚了？”她直直地盯着我，“她的——脚趾？”

我点了点头：“是的。”

“那么，这就是那个秘密，你一定要保密，大卫。绝对不能让其他任何人知道这件事，你是除了她父亲和我之外唯一知道这件事的人。绝对不能告诉任何人，永远不能。”

说话间她停顿了一下，至少她的声音停止了，不过思维影像还在继续，好像“绝对不能告诉任何人”和“永远不能”这两句话正在她心间回响，凄凉而又悲伤，我能感觉得到。然后她的思绪又为之一变，内心变得紧张激动又十分害怕。看来我用脑电波跟她交流不是个好主意，于是我笨拙地用语言对她强调道，我说的都是真心话。

“我永远不会对别人说的，绝对不会。”我真诚地说，想让她放心。

“这非常非常重要，”她强调道，“我怎么跟你说呢？”可她真的无须解释，她强调这件事的重要性时，那急切、紧张的样子已经表现得再清楚不过了。与此相比，她的话反而显得有些苍白无力：

“如果被人发现，他们会——他们会非常残忍地对待索菲。我们永远不想看到这样的事情发生。”

我感觉到她话语里传递的焦虑好像变成了一种十分坚硬的东西，好像一根铁棍一般。

“就因为她有六个脚趾？”我问道。

“是的。所以除了我们，不能有别人知道。这必须是你我之间的一个秘密。”她又重复了一遍，确保我完全理解了她的意思，“你能答应吗，大卫？”

“我答应你。我还可以发誓，如果你需要的话。”

“你的承诺就够了。”她说。

这个承诺让我感到分外沉重，我下了很大决心，一定要践行自己的诺言——哪怕是在表妹罗瑟琳面前也绝口不提。

尽管在内心深处，我还是有些困惑，不太相信这件事竟然会那么重要。不过就是一个非常小的脚趾，却可以引来如此的不安。当然，经常会有些微不足道的小事最终却发展成为大事，而小题大做的起因往往极不起眼，和后果比起来根本不成比例。所以我还是决定践行自己的承诺——保守这个秘密。

索菲的母亲继续看着我，她一脸悲伤，双目无神，弄得我不太舒服。她注意到了我的局促不安，朝我笑了笑，非常友善。

“那么，好吧，”她说道，“就让我们保守这个秘密，永远不提它了，好吗？”

“好。”我同意了。

朝门口走去时，我又转过了身子。

“我可以再来找索菲玩吗？”我问道。

她犹豫了一下，稍作思考，然后说道：

“当然可以，不过你得确定你再来时没有其他人知道。”

当我爬上土坡，沿着坡顶的路回家时，那令人乏味的礼拜天誓词和现实忽然联系了起来，两者结合的那一刻我仿佛听到咔嗒一声，关于人类的定义也浮现在我脑海里：

“……每条腿都有两处关节，有脚相连，每只脚都有五个脚趾，每个脚趾上都长着一个平整的趾甲盖……”诸如此类，直到最后，“此类形象的生物均可视作人类，非此形状的便不是人类，他们既不是男人，也不是女人。他们的存在是对上帝真实形象的亵渎，在上帝的眼中他们是可憎的。”

我突然感到一阵强烈的不安，又极度困惑。对上帝的亵渎，这个深深印在我脑海里的概念，是十分可怕的事。然而，索菲并不是那么面目可憎，令人恐惧。她就是个普通的小女孩，只不过比大多数人聪明些、勇敢些而已，可是，根据定义所说……

很明显，一定是有地方出错了。我很确定，多一个小脚趾——或者说多两个小小的脚趾——我猜她另一只脚也应该是六个脚趾，绝对不足以让索菲“在上帝的眼中可憎……”

这个世界的规则真让人迷惑……

2

我像往常那样回到家：土坡的里侧有一大片树林，有些地方已经蔓延到土坡外侧。我从坡顶处爬下来，进了树林，走上了一条狭窄而又无人问津的小路。从这儿开始，我就变得十分警惕，而且刀不离手。我本该离这片森林远远的，因为偶尔——尽管可能性不大——会碰到大型动物，它们会侵入到像瓦克努克这样的人类文明之内。而且还有可能会遇上野狗或野猫。不过，这次还是跟往常一样，我耳边听到的仅仅是一些落荒而逃的小动物窸窸窣窣的声音。

大约走了一英里，我到了田埂处，已经能望到家了，就在三四块田地之外。我沿着树林边逡巡，在树枝的掩护下仔细观察。然后在灌木丛的阴影中穿过了几片田地，停下来继续查看一番。这时看不到其他人，只有老雅各布在院子里慢悠悠地铲着粪肥。趁他背过身去时，我轻快地抄近道穿过空旷的院子，从窗户爬进屋子，小心翼翼地回到了我的房间。

要描述我家的房子可不容易。我的祖父艾里斯·斯特隆修筑了这座房子的第一部分，那可是五十多年前的事了。多年来，这座老屋又进行了数次扩建，增添了不少新房间。到现在，这座房子的一边已经延伸出了货仓、储藏室、马厩和谷仓，而另一边则是浴室、挤奶间、奶酪房、农具房和其他房间。老屋加上两边向前延伸出来的部分，刚好围出了一个大院子，处在主屋的下风方向，院面的土地被踩得硬邦邦的，院里的粪堆肥料算是我家的一大特色。

像这一带所有的房子一样，我家的房子也是用粗糙而结实的木梁搭成的房屋框架。因为我家是这一代最老的房子，所以墙体外部大都是碎砖块和石头——这些都是古人类的建筑摧毁后留下来的，只有内墙才会涂成夹灰墙。

在父亲的描述中，祖父俨然是个一丝不苟的人，他缺少情趣、不苟言笑。直到后来，我才拼凑出一个更为可信的祖父形象，不过他似乎并不是那么令人钦佩。

我的祖父艾里斯·斯特隆来自东方海边的某个地方。他为什么来到这里我并不清楚。他自己宣称东部地区没有信仰，不敬畏上帝，这让他立志去寻找一个信仰坚定、没那么复杂世故的地方。不过，我听到一些流言，说祖父离开的原因是故乡的人们无法再容忍他。不管是什么原因，反正四十五岁的祖父带着装了六车的全部生活家当来到了瓦克努克——这个在当时还未被开发过的边陲小镇。祖父身体结实，个性专横，品性刚直，眼里揉不得沙子。在他那如杂草般浓密的眉毛下面，一双眼睛闪烁着福音教信徒坚定的光芒。他嘴边常挂着的话就是要敬重上帝，心中是对恶魔深深的厌恶和痛恨，很难说清这两股力量哪股对他影响更大。

祖父开始修建房子后不久，就出了一趟远门，带回来一位新娘。新娘羞答答的，面色红润健康，头发金光闪闪，称得上是美人儿，而且要比祖父年轻二十五岁。别人告诉我，当丈夫不在她身边时，她就像匹可爱的小马驹一样，而当丈夫的目光落到她身上时，她又如一只柔弱胆怯的小兔子。

这位可怜的新娘，在回应丈夫时总是怯怯的，没什么生气。婚姻并不能让男女之间产生爱情。她既没能让自己的年轻带动丈夫重返青年时的强健，也不像一个持家有道的妇人那样，把家务安排得井井有条——即便能做到后者也可稍作弥补，让她的生活有些乐趣，但遗憾的是没有。

艾里斯是这么一个人：遇到任何错误必定痛加斥责。几年光景，他一次次的警告就让妻子不再活泼，一遍遍的训导又让妻子本来粉红的脸颊和金色的头发逐渐退去了光泽。他让妻子变成了一个神情忧郁、面色灰白、满脸皱纹的家庭妇女。生下第二个儿子一年后，妻子就默默地离开了人世。

祖父艾里斯对后代的教养模式从未有过任何质疑。在这种模式下，父亲的宗教信仰是深入骨髓的，信仰就是他力量的源泉。教堂里的牧师满脑袋都是《圣经》和尼古拉斯的《忏悔》，而面对他们的提问，父子俩都可以做到对答如流。虽然父子俩信仰相同，但修习宗教的方法并不一致；福音信徒的光芒没有在儿子的眼里闪烁，他的优点主要是奉教条教义为圭臬，决不敢稍有抵触或越雷池半步。

约瑟夫·斯特隆是我的父亲，直到艾里斯祖父去世后他才结婚。父亲婚后没有重蹈祖父的覆辙，他与母亲生活非常和谐。我母亲也具有强烈的责任感，而且从不怀疑自己应该在哪些方面履行职责。

重　生

我们生活的地方之所以叫瓦克努克，是因为很久以前，大约在古人类生活的时代，这儿就叫瓦克努克。这个说法有点儿含糊，可以确定的是这儿曾有古人类的一些建筑，因为建筑的残骸和地基还保留着，直到要建新房时才被拆除。这儿还有长长的土坡，一直延伸到远处的群山之间。这个如刀疤一般的土坡肯定是古人用他们超人的工具修建而成的，他们把大山切开了一半，想找一些他们感兴趣的东西，那时这个地方就叫瓦克努克了。不管怎么样，这儿现在已经变成了一个处处井然有序、人人遵纪守法、虔诚信仰上帝的地方，百余间大小不一的民居散布其中。

我父亲在当地是个举足轻重的人。十六岁时他就已经在祖父修建的教堂里第一次公开亮相，给大家做礼拜，当时镇上不过六十户人家。但后来随着耕田的需要，越来越多的土地被清理出来作为耕地，搬到这里的人家也越来越多。不过父亲并没有因此被埋没，他仍然是这里最大的土地拥有者，仍然常常在礼拜天给人们布道，用很多实际的例子向人们清晰地阐释天堂的法典。而且，在某些特定的日子里，他经常会被任命为暂时的地方法官，监管法律；不做官时，他也会确保一点——让自己及家人率先垂范，做好榜样，成为当地百姓的楷模。

跟当地人的习惯相同，我们家里的生活也是围绕着兼作厨房的大客厅展开的。我家的房子在瓦克努克是最大、最漂亮的，客厅也是如此。壁炉是我家最值得骄傲的宝贝——当然不是那种空洞虚荣的骄傲，而是一种明确的自我意识，要虔诚地珍惜上帝赋予的宝贝，这其实是一种信仰的明证。壁炉由坚固的石头砌成，整个烟囱是砖头做的，所以从来没有发生过意外着火的事情。烟囱顶部凸出屋外的部分是用唯有当地才有的瓦片铺成的，所以覆盖在屋顶的茅草也从未着过火。

我母亲总是让屋子里干干净净、整整齐齐。地面是由砖块、石头和人造石头铺就，显得错落有致。桌凳和几把椅子已经被擦得发白，墙也被刷成白色。几个刷得锃光瓦亮的炒锅因为太大而放不进橱柜，只好挂在柜子外面。最能称得上装饰品的就是那几个嵌有谚语的橡木框，这些谚语大多来自《忏悔》，每个字都被刻进木框当中，再用火烧焦。壁炉左边挂着的谚语是：上帝之形象方为人类。挂在右边的是：吾主之血脉永葆纯净。对面的墙上挂着的两句谚语是：正常人才得上帝之佑护。净化就是救赎。最大一个橡木框挂在后墙上，直对着通向院子的大门，像是在提醒着每一个进屋的人：尔等切要小心异种！

因为整天看到这些谚语，所以还不会读书时我就已经早早地认识这些字了。其实我并不清楚父母亲有没有给我上第一堂阅读课，只知道我是靠自己记下这些的，就如同我认得其他房间里的字一样：比如“规范与标准乃上帝之意志”，再比如“完全复制方为最圣洁之繁衍”，再就是“魔鬼乃变异之父”等一些关于禁止冒犯和亵渎上帝的谚语。

许多谚语对当时的我来说晦涩难懂，有些我倒是能理解一点儿。比如说，冒犯上帝。因为这种事情发生时总是给人留下难以磨灭的印象。通常这种冒犯上帝的罪过发生时，第一个信号就是怒气冲冲回到家中的父亲。随后，父亲会在晚上把所有人都召集起来，包括在农场里干活的人。我们全都双膝跪地，聆听父亲大声诵念着忏悔词以求宽恕。次日清晨，我们会在天亮之前就在院子里集合，随着冉冉升起的太阳大声唱着赞美诗，而父亲会在这时宰掉两个头的牛、四条腿的鸡或者其他什么冒犯上帝的东西作为仪式，有时甚至会更加古怪。

冒犯上帝的东西并不只限于牲口，有时也会是玉米秆，或是一些蔬菜，父亲也会对它们勃然大怒。如果仅仅是几畦蔬菜，他会将其全部拔掉，剁个稀巴烂。但如果整片庄稼都是如此，我们就会等到晴天，一把火将它们全都烧掉，烈火熊熊燃烧时我们也要高唱赞美诗。那时我觉得这种景象十分壮观。

因为父亲是个细心而又虔诚的人，有一双善于发现冒犯上帝的“罪过”的慧眼，所以我家宰杀的牲口和烧了的田地总是格外多，比其他人家多多了。很多人都说，跟其他人家相比，我们家更容易被处置“罪过”所累，这种说法会伤害到父亲，让他非常恼火。他也说过，他并不想浪费钱财，如果邻居们也和我们一样有觉悟的话，他坚信他们处置完“罪过”后的损失会比我们还要大。不幸的是，有些人对原则尺度的把握太灵活了。

所以我很早就清楚地知道什么是“罪过”了——就是长得不对的东西，不像它们的父母，或是不像它们父母家族的东西。通常只是有一点儿长错了，但是无论偏差大小，这些统统都是冒犯上帝的罪过。如果这事恰巧发生在人身上，这就被称作“对上帝的亵渎”，至少专业一点儿应该这么叫，不过这两种情况通常都被称作“异种”。

但是，关于罪过这个问题并不总是像人们想象的那么简单，如果人们对此存在争议，就得请当地的监察官来评判。而我父亲却很少请监察官来，他宁愿为了稳妥起见而肃清任何值得怀疑的品种。有些人对父亲如此的谨小慎微非常不以为然，他们说当地的异种率从整体上来说已经明显改善，只有我祖父那个年代异种率的一半，而其实这个比率应该还要更低一些，只是因为父亲这种不问青红皂白一律斩草除根的做法，反而使得当地的异种率一直无法彻底降下来。不过，就种族纯净一事来说，瓦克努克还是有个好名声的。

我们生活的这片地方已经不再是那个边陲小镇了。勤劳的工作和无私的奉献让我们拥有了数量颇为可观的牲口和农作物，东边一些居民区的住户甚至已经开始嫉妒我们了。我们的小镇向南方和西南方扩展了三十英里，再往外走就是荒村，在那里变异率要超过百分之五十。在荒村之外，是一片狭长地带，宽约十英里，有些地方可能宽二十英里，那里的东西变异率更高。再往外走就是神秘的边缘村，那里的一切都没有规矩，全是异种。拿我父亲的话来说，那里“魔鬼肆意横行，上帝的法则遭到践踏”。据说边缘村里的东西已经深度变异了，但边缘村再往外的“废地”，人们却了解不多。通常去过废地的人都会死在那儿，偶尔能回来的一两个人也活不长。

可一次次给我们带来麻烦的不是废地，而是边缘村。边缘村的人，至少可以称他们为“人”，尽管他们实际上是异种，但他们看上去就像正常人一样，当然那些十分畸形的除外。生活在边缘村的人缺衣少食，所以只要有机会，他们就会到我们文明人住的地方来偷粮食、牲口、衣服、工具和武器，有时连小孩也会带走。

这样小规模的打劫偶尔发生，一年会有两三次，最初大家根本没想到此事会成为惯例，也就不太在意——当然，那些饱受劫掠之苦的人除外。一般来说，抢劫发生时，大家都有时间逃离，损失的只是一些物品。然后每家都会捐出一两件东西或者一点儿钱来帮助被抢劫的人渡过难关。但随着时间的推移，边缘村的疆域界限一再受到侵蚀，越来越多的边缘村人不得不努力在逐渐变小的土地上生存。有几年他们遭受了严重的饥荒，从此之后，他们就不再是十几个人一伙快速打劫、立即逃遁了，他们开始聚成团伙进行有组织的抢劫，造成了很大的破坏。

在我父亲的童年时代，每个母亲都会用恐吓的方法让家里爱闯祸的小家伙安静和害怕：“乖一点儿，不然我会让边缘村的鬼婆婆老麦琪来找你。她会用四只眼睛盯着你，用四只耳朵听你说话，还会用四只手揍你的屁股。所以你要小心点儿！”长毛怪杰克是另外一个能让小孩子们心惊胆战的人，他也经常出现在母亲们的嘴里：“他会带你去他边缘村的洞穴里，他的家人也都住在那儿。他们长了一身的毛，还留着长长的指甲。每天他们要吃一个小男孩当早餐，吃一个小女孩当晚餐！”不过到了现在，已经不光是小孩子们会害怕边缘村的人了，大人们也怕得要命，毕竟他们离我们并不遥远，并时常“光顾”，带走些“纪念品”。他们的存在显然已经成了很大的威胁，而他们的劫掠也引起了民众的多次抗议——针对远在里格的政府。

尽管请愿书里有良好的愿望，但这些请愿书可能不会到达政府官员的手中。实际上，对远在里格的官员来说，没有谁能预先知道五六百英里开外的地方，到底是哪儿会遭受新一轮的洗劫，所以也很难有什么实际的帮助。政府真正做的，也就是从他们安逸的大本营里格——那座城市坐落在瓦克努克东边很遥远的地方——写来一封信，表示同情并鼓励大家，最后再建议当地组成一支民兵队伍，所有四肢健全的男人都要成为该非官方组织中的一员。政府的态度让人们感觉他们似乎并不重视眼前的情况。

而对瓦克努克的人来说，边缘村的劫掠现在已经不仅仅是令人生厌了——这已经变成了一个巨大的威胁。最严重的一次打劫就发生在离瓦克努克不到十英里的地方，而且时不时还伴随着小规模的打、砸、抢，次数似乎一直在逐年攀升。

为了保证安全，人们不得不搬离此地。农活没法干了，庄稼也荒废了——这造成了巨大的损失。不仅如此，这还给人们带来了更多的焦虑，大家都人心惶惶，不知道灾难会不会降临到自己头上。

不过大多数时候，我们还是过着舒适安定、辛勤劳作的生活，家族成员也在不断增多。我的家庭成员是父亲、母亲、两个姐姐和姨父艾利克斯，还有厨房里工作的女仆和挤奶女工。她们有的嫁给了我们家的农夫，还生了孩子。所以，每当大家结束一天的工作聚在一起吃晚饭时，人数能达到二十多个。我们集会祈祷时会有更多的人，因为邻居们也会携家带口赶来，加入我们的行列。

艾利克斯姨父和我们算不上直接的亲戚。他曾娶我母亲的妹妹伊丽莎白为妻。当时姨父是个水手，所以他就带着妻子一起去了东方，后来伊丽莎白在里格去世了，而姨父出海时受伤，变成了跛子。父亲就留下艾利克斯姨父和我们住在一起，他于是成为我最好的朋友。艾利克斯姨父干活是把好手，他什么都会干，只不过因为腿脚不便，动作有些迟缓。

我母亲有姐妹五人，还有两个弟弟。前四个是亲姐妹，后面的一个妹妹和两个弟弟与她同母异父，或是同父异母，我也搞不太清楚。大姐汉娜和丈夫一起离开了这儿，从此杳无音信。我妈妈艾米丽是老二，比汉娜小一岁。然后是老三哈丽特，她嫁给了十五英里之外肯塔克的大农场主。再就是嫁给了艾利克斯姨父的老四伊丽莎白。我不知道五姨莉莉安和六舅托马斯在哪儿，但我的小舅安格斯·莫顿拥有一片农场，就在我家的农场旁边，而且两家的农场边界有一英里多是连在一起的，经常会起一些矛盾。为此父亲很是恼怒，所以总是和小舅安格斯唱反调。我的表妹罗瑟琳就是小舅安格斯的女儿。

瓦克努克本身就是这一地区最大的农场，而且每年人们都会伐林种田，森林被一点点蚕食，现在，这儿看上去就像东部的里格一样，很像一片发展很久、教化有方的庄园了。

据说现在就连生活在里格的人都知道瓦克努克在哪儿，根本不用查地图。

事实上，在这片充满希望的地区里，我生活的地方恰恰就是这儿最富庶的农场。不过那时仅有十岁的我似乎少有感恩之心。在我的印象中，这儿就是一个缺乏安逸、没有休息、工作很多、永远缺人手的地方——除非你能很小心地逃过这一切。所以，就在那天傍晚，我故意一声不吭地待在屋子里，直到耳边传来接近饭点时才有的各种声音，我才安全地现身，逃过了所有的劳动。

我无所事事地四处溜达，看着马被解下挽具赶进马厩。这时，挂在山形墙上的铃铛丁零作响，门开了，人们走进院子，朝厨房走去。我也随着大家一起，那句“尔等切要小心异种”的警句在我进屋的一刹那就突兀地进入了我的视线。不过，我对这句话再熟悉不过了，所以根本没想太多。此刻唯一吸引我的就是飘来的阵阵饭香。

3

那件事之后，我每周都去看索菲一两次。我们也要上学，但所谓的上学，不过就是某个老太太教六七个孩子读写和算术，而且都是在早上进行。吃中餐时早早从餐桌溜走对我来说简直易如反掌，而大家都会认为是其他人给我安排了什么任务。

索菲的脚完全恢复后，便向我展示了她的地盘里最让她得意的地方。

作为回应，我也找了一天带索菲跨过土坡来到我们这边看蒸汽机。方圆一百英里内都找不出第二台这样的蒸汽机了，所以我们都颇为自豪。看管蒸汽机的考奇此刻不在，但小木屋后面的几扇门是开着的，从屋里还传来阵阵有节奏的呻吟声、咯吱声和噗噗声。我和索菲鼓起勇气迈过小木屋的门槛，朝昏暗的屋子里小心翼翼地窥探：几根大圆木正在上上下下地运动，机器运转的过程中还发出喘息声，大圆木到达屋顶阴暗处的正交梁处又缓缓地前后移动，在最后倾斜的地方还要停一下，好像在为下一轮的运转积蓄能量。我们就这么饶有兴致地看着，不过接下来就是一次又一次地重复了。开始的有趣过后，一切就变得枯燥乏味了。

十分钟后，我和索菲终于看够了。我们离开了小木屋，爬上了旁边的圆木堆，坐在顶上，我们能感觉到下面的一堆木头都在颤动——旁边蒸汽机运转的力量太强劲了。

“艾利克斯姨父说古人类曾拥有比这个更厉害的蒸汽机。”我告诉索菲。

“我爸爸说，人们所说的古人类那些事迹根本不可能是真的，哪怕只让其中的四分之一变为现实，那他们也得会魔法才行，否则根本变不出来，而真正的人类根本不会魔法。”索菲反唇相讥，她并不同意我的说法。

“但是他们很厉害。”我坚持说道。

“太厉害就不真实了，这是我爸爸说的。”她告诉我。

“难道你爸爸不知道古人类会飞吗？大家都那么说。”我问道。

“不对，他们当然不会飞，这个问题太蠢了。如果他们会飞，那我们也就会飞了。”

“但是他们会做很多事，而我们现在已经不会了，需要重新学习。”我争辩道。

“但除了飞，”索菲摇摇头说，“世界上的东西可以分为会飞的和不会飞的，而我们属于不会飞的。”

我想过要告诉索菲我梦中的那个城市以及在城市上空飞舞的东西。但梦境毕竟不能成为证据，所以我只好作罢。我们从圆木堆上爬下来，不再搭理咯吱作响的蒸汽机，朝索菲家走去。

索菲的父亲约翰·温德经常外出，此时他刚刚回来。屋外的小棚子里传来阵阵敲击声，温德先生正把一些兽皮伸展开钉住，晾在架子上，整个地方似乎就是他狩猎之后剥兽皮的工作室。索菲一下子冲到她父亲跟前，一把抱住了他的脖子，她父亲一只胳膊紧搂着索菲把她抱了起来。

“你好，小伙子。”温德先生对我说。

温德先生待我的态度更加严肃了，因为我和他已经默认，彼此的关系就是建立在真正的男人与男人的基础上。其实一直以来就是这样，他第一次见我时的目光就让我害怕，也让我不敢在他面前说话。但是后来情况渐渐变了，我们成了朋友，他让我看好多有趣的东西，也给我讲好多有趣的事情——可每每抬起头，我却总会发现他用不安的目光看着我。

也难怪。很多年之后，我才理解了当初温德先生承受了怎样的煎熬：他回家后发现索菲的脚踝受伤了，而看见女儿有六个脚趾的不是别人，正是那个最虔诚信仰上帝的约瑟夫·斯特隆的儿子大卫·斯特隆。我想，他一定被自己脑海中的想法折磨得很苦——只有死人才不会违背自己的承诺，所以……也许，是温德夫人救了我一命。

但是，温德先生如果能知道一个月后我家发生的那件事，就可以打消疑虑了。

那天，我的手扎破了，流了好多血。我按压着伤口走进厨房，却发现大家都忙着准备晚饭，没人理我，我只好自己从装布头的抽屉里找出一块布条，笨手笨脚地自己包扎，母亲注意到了我。她非常不满，坚持让我先把伤口洗干净，然后，她一边用布条帮我细心包扎，一边抱怨我在她正忙的时

候来给她添乱。我说了句对不起，然后又不服气地说：

“如果我长着三只手的话，我肯定会自己搞定的。”

我的声音一定具有某种魔力，因为我话音刚落，整个厨房里就一片寂静。

母亲僵在了那里。厨房里突然变得如此安静，我环视周围，不明就里。玛丽手里拿着馅饼愣愣地站在那里，坐等晚餐的两个农夫也一动不动，父亲正准备坐下吃饭，所有的人都盯着我。我觉察到父亲的表情由惊愕转为生气，这让我有些害怕，却还是不知缘由。父亲的嘴唇闭得紧紧的，下巴也向前伸了一截，他眉头紧蹙，眼里透出不可思议的目光：

“你刚才说什么，我的孩子？”

我明白他腔调里暗含的意思，那一瞬间，我很绝望，想弄明白自己到底是怎么触怒了父亲。我踌躇着，结结巴巴地说道：

“我，我说……我自己无法包扎好。”我告诉父亲。

父亲的目光看起来少了些怀疑，却多了些责难。

“所以你希望自己有三只手！”

“不是的，父亲。我只是说如果我还有一只手的话……”

“那样你就能自己包扎了，这不是愿望是什么？”

“我只是说如果。”我反驳道，心中既害怕又困惑，以至于没做过多解释，其实我只是碰巧用了一种表达方式来说明自己的困难，当然除此之外我还可以用其他方式表达的。我发现其他人已经不再目瞪口呆地盯着我，而是和我一样，都用担心的神情看着父亲。父亲的表情这时变得十分冷峻。

“你，我的儿子，正在要求恶魔给你另一只手！”父亲斥责我。

“但是我没有，我只是……”

“安静点儿，孩子。房间里每一个人都听见你说的话了。你最好别再撒谎了。”

“但是——”

“你是不是在表达对上帝赐给你的身体——这个上帝按照自己的形象制造的身体——极度不满？”

“我只是说如果我——”

“你亵渎了上帝，孩子。你认为正常人的身体有缺陷。每个人都听到了。你还有什么好解释的？你知道什么是标准吗？”

我不再争辩，也知道以父亲当时的心情，他是不会想听我解释的。我像鹦鹉一样背诵道：

“上帝之形象方为标准。”

“原来你知道呀。既然如此，你就是明知故犯，还希望自己是个异种——那种恐怖骇人的东西。我的儿子，在他的父母面前犯了亵渎上帝之罪！”父亲用布道者的口吻严厉地斥责我，然后接着问道：

“什么是异种？”

“就是在上帝和人类的眼中被诅咒的东西。”我小声说。

“而你刚才恰恰就期望成为这种东西！你还有什么好

说的？”

我的心猛地沉了下去，现在说什么都没用了。我闭上嘴，低着头。

“跪下！”父亲命令道，“跪下做祷告！”

其他人也跟着跪下了，父亲开始做起了祷告。

“主啊，我们一时疏忽犯了罪。我们为没有管教好这个孩子，没有让他虔诚地遵守您的法则而向您乞求宽恕……”众人低声吟诵，声音嗡嗡作响，持续了很长时间。一声“阿门”之后，父亲停了下来，然后接着说：

“现在回到你自己的房间去做祷告吧。一定要用心，你这个坏家伙，不配得到上帝的宽恕。但上帝还是会慈悲地宽恕你的。我一会儿去找你。”

晚上，在父亲见过我之后，我的痛苦渐渐消失了。我清醒地躺在那里，百思不得其解。我根本就不想要第三只手，但如果我真的有了……那又会怎么样呢？如果只是想一下有第三只手就会带来这么可怕的后果，那么真有三只手的话会怎样？或者其他长得不对的地方，比如说，多长出来的脚趾？

我最后还是睡着了，做了个梦。

我梦到大家都聚在院子里，就像我们上次的净化仪式一样——院子正中间站着一头没有毛的小牛，一无所知地忽闪着眼睛，看着父亲手中的刀，而一晃又变了，这次是索菲，她光着脚丫站在那里，徒劳地试图藏起自己的脚趾，但每个人都看得清清楚楚。我们都站在那儿看着她，等待着。索菲开始向大家求助，她从一个人跑向另一个人，但没有谁有所表示，所有人都面无表情。这时，父亲走向索菲，手里的刀子闪出一阵寒光。索菲吓得魂飞魄散，一次又一次地向一个个无动于衷的人求助，脸上全是泪水。我的父亲依然表情严肃，毅然地走近索菲，而这时还是没有人站出来帮她。父亲离索菲更近了，把索菲逼进了角落，他张开长长的双臂，以防她再逃跑。

父亲抓住了索菲，又把她拽回到院子中央。太阳从地平线上露了出来，每个人都开始高唱颂歌。父亲用一只手抓住索菲的姿势就像当时对付挣扎的小牛一样。他高举起另一只拿刀的手，然后飞快地落下，刀子在阳光的照射下闪闪发光，一切就像他当时用刀划开小牛的喉咙一样……

如果温德夫妇能看到我惊醒时挣扎哭叫的场面，能知道躺在黑夜中的我努力提醒自己刚才那恐怖的画面不过是一场梦境的话，我想，他们定会有如释重负之感，不会再担心我出卖他们的女儿了吧。

4

此前我的生活一直十分平静，而此后我却进入了生命中的多事之秋。其实后来发生的这些事并没有太多的原因，只有其中的个别事情之间有点儿联系：感觉就像一个动态的循环已经启动，于是魔咒也开始发挥效力，而人间的悲欢离合也就像设计好似的接踵而来了。

索菲和我的相遇应该是整个事件的序幕，接着就是艾利克斯姨父发现我和表妹罗瑟琳·莫顿之间的秘密。不过，幸好撞见我和表妹罗瑟琳交流的人是艾利克斯姨父，要是别人的话就糟了。

出于自我保护的本能，我和表妹一直保守着这个秘密，没跟任何人说过，因为我们主动感知危险的能力还不是很强。事实上，我几乎没有这种能力，所以当艾利克斯姨父发现坐在干草垛后面正在自言自语的我时，我甚至都没有努力掩饰。他肯定在那儿站了有一分钟，或者更久，然后，我才发现有人站在我的视线之内。

艾利克斯姨父是个大个子，身材不胖不瘦，但他很强壮，一副饱经风霜、经验老到的样子。我看他干活时，经常会觉得他满是老茧的双手和前臂似乎与人们用的抛了光的斧头木柄有点儿像。艾利克斯姨父还是那样站着——老样子，因为他出海时曾摔断了腿，而骨头又没有接好——用一根粗木棍支撑着他身体的大部分重量。他的浓眉已经有些花白，微微皱了一下。跟我说话时，他古铜色的脸上又微微露出了笑意：

“嘿，大卫，你在和谁这么起劲地聊天呢？还离得这么远？是仙女、地精，还是兔子？”艾利克斯姨父问道。

我只是摇了摇头。艾利克斯姨父一瘸一拐地朝我走来，在我身边坐下，嘴里嚼着一根从干草垛里揪出的麦秆。

“觉得很孤单吧？”他问道。

“没有啊。”我回答说。

姨父又皱了皱眉头：“和小伙伴聊聊天不是更好？”他建议道，“那可比你一个人坐在这儿自言自语强多了。”

我犹豫了，接着又想到，他可是艾利克斯姨父啊，是我最好的大人朋友了。于是我说道：

“但我的确是在跟小伙伴聊天啊。”

“你在干什么？”他有点儿摸不着头脑。

“我在和他们中的一个人讲话呢。”我告诉他。

艾利克斯姨父眉头紧锁，依然疑惑不解。

“跟谁呢？”

“罗瑟琳呀。”我回答说。

他愣了一下，更加严肃地盯着我。

“呃，可她不在这儿啊？”

“哦，罗瑟琳是不在这儿，她在家里，或者至少是在她家附近，她的几个兄弟在小树林里用树枝搭了个小房子，那是他们的秘密据点，也是她最喜欢去的地方之一。”

起初他不明白我在说什么，但他依然跟我聊着天，仿佛我们在玩“过家家”的游戏；但我跟他解释之后，他就安静地坐在那儿，狐疑地盯着我的脸。不一会儿，他的表情就变得异常严肃。我已经说完了，他却一言不发，大概沉默了一两分钟，然后问道：

“刚才那个不是游戏，你在跟我讲真话，是吗，大卫？”他的表情很严肃。

“当然了，姨父。”我语气肯定。

“那你之前从没跟任何人讲过吗？你确定从来没有？”

“没有，这可是个秘密。”我告诉他，这时他的脸色似乎缓和了不少。

艾利克斯姨父扔掉手里剩下的一截麦秆，又从草垛里揪出一根，若有所思地咬掉几截，忽然又全部吐掉，再次直直地盯着我：

“大卫，”姨父说，“我要你向我承诺。”

“好的，承诺什么，艾利克斯姨父？”

“是这样，”他非常严肃地说，“你要保守这个秘密，你要承诺不能让任何人知道，永远不要告诉任何人，永远不能让任何人知道刚才你跟我说的这件事。永远不行，绝对不行。这非常重要，以后你会明白的。你甚至不能引起他人的猜疑。你能做出承诺吗？”

他的郑重其事让我震惊，我还从没见过他如此紧张和严肃。我明白了一点，我做的承诺非常重要，尽管我自己还不明白它究竟重要在什么地方。在做承诺的过程中，他一直盯着我的眼睛，然后点了点头，非常满意，我们还彼此为这份承诺握了握手。他接着说道：

“如果你能忘记这一切就再好不过了。”

我想了想，摇了摇头。

“我觉得我忘不掉，艾利克斯姨父，真的忘不掉。我的意思是，这就是一种本能，就像强迫自己忘记——”我没再说话，不知道怎样表达自己的想法。

“就像强迫自己忘记如何说话，如何听别人说话，是这样吗？”他提示道。

“有点儿像，不过还是有所不同。”我承认道。

他点了点头，又陷入了沉思。

“你能听到你脑子里所想的那些语言？”

“呃，说‘听到’不是很确切，但也不是‘看见’，”我跟他说，“这就像，呃，就像你的脑子里有各种各样的形状，如果你说出来，这些形状就更加清晰，就更容易知道到底是什么形状。”

“但是你没必要非得用语言——没有必要非得大声说出来，是吗？就像你刚才的样子，你可以说出来，但也可以不说——同时你也一样能感知到那些意思，对吗？”

“哦，是的，我可以不说出声来，但说出来有助于理解，更明白一些。”

“但是对你们两个来说，这也会‘有助于’让事情变得更加危险。我要让你再做另一个承诺——你们做这种交流时永远不能再说出声来。”

“好的，艾利克斯姨父。”我又同意了。

“等你长大了就会明白这有多重要。”艾利克斯姨父说完后，又坚持要求我去说服罗瑟琳也做出同样的承诺。我并没有告诉他还有其他几个孩子也有这种能力，因为他现在看上去已经非常担忧了，不过我也暗自决定要让他们也做出承诺。最后他再次伸出手，我挽着他的手郑重做出承诺，一定不再把自己的思维影像说出声来，并坚决保守秘密。

就在同一天的晚上，我把这件事告诉了罗瑟琳和其他伙伴。此刻我们都被同样的情绪笼罩着。我猜大伙儿恐怕都犯过我今天这样的错误，而且肯定也招来过别人异样甚至是怀疑的目光。类似的事发生几次，对大家就已经有足够的警示作用了。这样的目光中透出其他人对此的不解和厌恶，不过幸好这一切都只是游走在怀疑的边缘，所以我们才能免遭麻烦。我和这些伙伴之间并没有制定什么共同遵守的条约，因为长期以来我们都只是各自采取自我保护的措施——凡事都尽量保守秘密。但事到如今，一想到艾利克斯姨父坚持要我做出承诺时的严肃神情，那种备受威胁的感觉就更为明显了。虽然它依然是无形的，因为我根本没有开口说话，但却比以往开口说话显得更为真实。而且，为了传达出艾利克斯姨父的言之凿凿、郑重其事，我必须激起大伙儿内心的不安，以确保我们当中任何人都没有异议。最后，大伙儿都自愿做出了承诺。事实上，他们简直有些迫不及待，就好像这样他们就可以放下千斤重担，从而彼此共担风险似的。这是我们几个人的第一次行动，通过共同承担责任，我们的团队终于正式形成了。彼此合作进行自我保护——我们终于迈出了坚实的第一步！这改变了我们的生活，尽管当时我们还不太懂这会有什么意义，只是心里有一种共同分担责任的踏实——最为重要的感觉似乎也就是如此了。

此后又发生了一件引起公众关心的大事，转移了人们的注意力：边缘村再次对我们进行了抢劫。

和往常一样，我们村没有什么周详的计划能够用来部署防卫、抵御抢劫。几乎每一个进入作战队伍里的人都是由不同机构的总部任命的。警报一旦发出，所有健全的人都有责任在自己当地的总部分别集结，根据抢劫的发生地点和冲突程度制定作战方案。对付那些小股劫匪的突袭抢劫，这种方法已经被证明是行之有效的，可这种方法也就是专为小打小闹“量身定做”的。结果，边缘村的人们发现，他们如果找出领袖，组织大规模进攻，我们就没有足够精良的备战系统来抵御他们了。而这次攻击就是边缘村一场精密的计划，他们把战线拉得很长，横扫了我们各处的卫队，肆意掠夺，几乎没遇到什么有力的抵抗。他们一直向前推进了二十五英里，有些地方甚至更远，深入侵袭了我们这个文明教化之邦。

那时我们的武装部队已经整装待发，邻区的部队也集结完毕，准备阻止劫匪继续推进，并计划从两侧夹击。我们的部队装备精良，很多人手里都有枪。而边缘村的人虽然也有几把偷来的枪，但主要还是依靠弓箭、大刀和长矛。虽然如此，我们还是难以阻挡他们大范围、大规模的挺进势头。他们是丛林作战的高手，非常聪明，又善于隐藏，所以他们又向前挺进了十五英里，直到这时才遭到了遏止。于是，真正的战争开始了。

对一个男孩子来说这很刺激，因为边缘村的人距我们仅有七英里之遥，所以我们家的院子就成了瓦克努克的一个民兵集结点。我父亲在先前的战斗中被弓箭刺穿了胳膊，只能在院子里帮忙组织新的志愿者加入队伍。过去的几天里，因为要进行登记和分配，人们来来往往，院子里也一直熙熙攘攘，让我很是兴奋。一切收拾停当，最后，大家终于要骑着战马斗志昂扬地出发了，家里的女人们都挥着手绢欢送他们。

大部队出征了，在我家忙碌的工作人员也离开了，整整一早上，院子里都异乎寻常地安静。后来，一位战士骑马飞奔而来，他停下来，告诉我们刚刚发生了一场激战，我方抓住了几个边缘村的劫匪头目，其他劫匪全都四散而逃。然后，他又骑马疾驰而去，继续到其他地方报捷。

当天下午，一队骑兵回来了，带回两个被俘虏的边缘村劫匪头目。

我连忙丢下手上的活儿跑到院子里去看。第一眼不免让人有些失望。有关边缘村的传说一直让我想象他们应该长了两个头，或者全身是毛，又或者是长了六条胳膊八条腿，反正是怪物的形象。而实际情况恰恰相反，初见之下，他们浑身脏兮兮的，衣衫褴褛，可除此之外，他们不过就是两个长着胡子的男人。其中那个矮个儿一头金发一簇一簇的，就像用刀子修剪过一般。但是，当我把目光移向第二个男人时，顿时惊呆了，简直是瞠目结舌。我两眼直勾勾地盯着他，因为，如果给他换上件体面的衣服，然后再刮干净胡须的话，他简直就和我父亲长得一模一样……

那个男人坐在马上向四周扫视了一番，看到了我；起初是不经意地一扫而过，然后他又扭头狠狠地盯着我，眼神很奇怪，我完全搞不懂。

他张开嘴，好像有话要说。偏偏这时大家都从房子里出来了——其中包括父亲，他的胳膊还用绷带吊着——他出来看看情况。

我注意到父亲停下脚步，仔细观察这群人，然后发现了中间那个男人。父亲一直目不转睛地盯着他——就像我刚才那样——看了好一会儿，脸色变得铁青。

我迅速把目光转移到那个人身上，他僵坐在马上，脸上的表情好像猛地抓住了我的心。我过去从没看见过这么赤裸裸的憎恨，他脸上的线条如同被利刃割过，深深地嵌了进去，目露凶光，牙齿看上去就像猛兽的獠牙。这一切就像一记重拳，狠狠击中了我，迄今为止我从未经历过的所有邪恶好像忽然以一种骇人的形式展现在了我的面前。它深深地烙在我的脑海里，让我永生难忘。

我父亲看上去依然像病了似的，伸出那只没受伤的手扶着门框，转身进了屋。

押送囚犯的护卫割断了绑在俘虏胳膊上的绳子。他下马后我才明白他到底有多么与众不同。他比一般人大约要高将近五十厘米，可这并不是因为他长得人高马大。如果他的腿正常，那他应该跟我父亲一样高，也就接近一米八的样子。但事实并非如此，他的腿又细又长，就像怪物一般，让人觉得害怕，胳膊也是如此，所以他看上去一半像人，一半像蜘蛛。

护卫给了他食物和一壶酒，他在凳子上坐了下来，弓起的膝盖瘦骨嶙峋，看上去几乎和肩膀一样高。他一边吃着面包和奶酪，一边环视整个院子，注意到了院子里的每样东西。在这一过程中他又看到了我，还朝我点头示意，我没往他那边走，假装自己没看到。可他又朝我点点头，我有点儿不好意思，又有点儿害怕，但我还是走近了一点儿，再走近一点儿，不过仍然离他有点儿距离，反正我判断应该还是在他的长臂能够到的范围之外。

“你叫什么名字，孩子？”他问道。

“大卫，”我回答说，“大卫·斯特隆。”

他点点头，好像对这个回答很满意。

“刚才站在门边的那个男人，就是胳膊上系着绷带的那个，是你父亲约瑟夫·斯特隆吗？”

“嗯。”我答道。

他又一次点了点头，然后又环顾整座房子和外围的建筑。

“这个地方，呃，是瓦克努克吗?”他问道。

“嗯。”我再次回应了他。

我不知道他还想从我这儿再问到些什么，恰好此时有人告诉我要离这个家伙远远的，于是，谈话也就没再继续。不一会儿，他们又上马离开了，那个蜘蛛男的胳膊当然又被反绑了起来。我看着他们骑马朝着肯塔克的方向走去，我很高兴，他们终于离开了。与边缘村的人第一次碰面一点儿都不刺激，反而让我有些心神不宁，不太舒服。

后来我听说边缘村的那两个俘虏当晚就逃脱了。我已记不清是谁告诉我的了，但我十分肯定不是父亲跟我说的。我从来都没有听他提起过那一天，而我也没有勇气问他这件事……

和边缘村的战斗刚刚结束，似乎还没等我们安定下来、重新招集人手安排农活，父亲就又掀起了和安格斯·莫顿舅舅的新一轮战争。

几年了，迥然不同的脾性和对问题的不同看法让舅舅和父亲总是断断续续地处于敌对状态。传言说，我父亲对外宣称安格斯毫无原则，如果说他也有原则的话，那这些原则也十分宽泛，根本没有尺度和界限，这给周围社区和邻里街坊对上帝的无限虔诚带来了重大威胁。而据说，安格斯舅舅的回复是：“约瑟夫·斯特隆不过是个铁石心肠的书呆子，固执己见，不可理喻。”所以他们俩之间要发生争执实在是太容易了，最近一次发生争执的原因是关于安格斯舅舅新买的两匹巨马。

有关那两匹巨马的事情早已传到了我们这儿。尽管谁也没有亲眼见过，但父亲早就被传闻惹得心绪不宁了。而购买这两匹马的恰恰是舅舅安格斯，这在父亲的眼中可实在不是什么好事；于是，带着固有的偏见，父亲专程跑去看了那两匹巨马。

果然，父亲的疑虑得到了证实。当他把目光落在巨马将近两米七的肩胛骨上时，他就明白了，这两匹庞然大物绝对有问题。他鄙夷地转过身，径直去了监察官的家，要求监察官按照冒犯罪处置那两匹马。

“你这样做不合规矩，”监察官直截了当地告诉父亲，好像很高兴自己的立场终于有一次不受争议了，“那是政府批准购买的，所以根本容不得我来判断是非曲直。”

“我可不这么认为，”父亲说，“上帝从来没有创造过那么大体形的马。政府是不能批准的。”

“但他们确实批准了，”监察官脸上得意扬扬，“而且，安格斯还跟我说他太了解邻居们了，所以他早就为自己的马验明正身，拿到他们纯种的谱系认证书了。”

“那样的怪物都能获得政府的批准，这样的政府简直腐败透顶，毫无道德可言！”父亲愤然指摘道。

“可能是这样，”监察官承认道，“但那依然是政府啊。”

父亲瞪着监察官。

“为什么会有人让那两匹怪物通过批准是明摆着的事情，”父亲说，“那样一匹怪物可以干两三匹马的活儿，而吃得比普通的马也多不了多少。这里面可有好多利润呢，这个动机显而易见，所以就让它们通过了。但这并不意味着这两匹怪物符合标准，是正常的。要我说，像那样的马绝对不会是上帝造出来的，既然如此，那这就是冒犯，像这样的怪物就应该立刻被处置。”

“官方的许可证书已经申明，这个马种就是为了增强体格通过正常交配的方式培育的。而且，恐怕你也找不出它们有什么其他不正常的。”监察官说。

“只要发现其中有利可图，人们都会这么说，并且总能找到一套说辞。”父亲辩解道。

监察官耸了耸肩。

“不能因为这样就认定它们是正常的，”父亲依旧坚持着，“那么大体形的马就是不正常。内心深处，你和我一样明白它们是怪物，而且我们不能放过它们。一旦我们放过明知不正常的怪物，任由其发展，那可就乱了套了，到时也就说不清什么是标准了。一个敬畏上帝的人不会因为政府颁发了许可证书就无视自己的信仰，更不会在压力之下屈从就范。我们都知道上帝的意志，就算政府不清楚，可我们有足够的人清楚啊。”

监察官笑了。“就像戴克的猫一样？”他提醒道。

父亲又瞪了他一眼。戴克的猫一事也让父亲始终难以释怀。

大约在一年前，不知怎么，父亲得知了本·戴克的妻子养了只没有尾巴的猫。父亲调查了一番，并搜集到了证据。这只猫可不是尾巴被剪掉或咬掉这么简单，而是生来就没有尾巴，因此父亲认定这只猫有罪。父亲当时还是地方行政长官，他命令监察官拟出一份关于戴克的猫犯了冒犯罪的诉状。监察官按照父亲的要求做了，但并不情愿。而戴克也马上提出了上诉。在如此明显冒犯上帝的案件里，竟然还出现了这种犹犹豫豫的反复，这让父亲大为光火。于是，在案件悬而未决之时，他就自己擅作主张处死了戴克的猫。最后，父亲的处境变得十分尴尬，并且最终付出了沉重的代价，因为后来下达给父亲的通知中说这种无尾猫是有历史根据的，而且还是个颇为高贵的品种。父亲丢掉了地方行政长官的职位，比这更丢人的是，父亲还不得不公开道歉。

“这次，”父亲斩钉截铁地告诉监察官，“是一件更严重的事情。”

“听着，”监察官缓缓地说，“这种类型的马已经被批准了。这两匹特别的马还有谱系认证书。如果这对你来说还不够的话，那么你自己去把它们毙了吧，到时候你再看看后果。”

“可下命令来抵制这种所谓的马是你的职责。”父亲仍然不依不饶地坚持着。

监察官突然感到自己已经疲于争辩，不想跟他废话了。

“我的职责是保护这两匹马，让它们免遭那些蠢货或老顽固的毒手。”监察官厉声道。

父亲愤然离去，差点儿没对监察官大打出手，但为此他连续几天都怒火中烧。接下来的那个周末，他召集我们做了慷慨激昂的演讲，对一些人容忍突变生物的行径大加抨击，认为这简直玷污了我们这个纯洁的地方。他号召大家联合抵制那些拥有冒犯上帝之物的人，并推测，这种不道德的行径出现的根源在于政界上层人士，并暗示说那些人可能还对突变之物怀有感情。父亲的演讲言辞激愤，他在最后做了总结，其中提到了一个官员，父亲抨击他毫无原则，沦为金钱的奴隶；那些邪恶突变之物的主人也同样没有原则，用金钱奴役政府官员。他们狼狈为奸，成为了当地邪恶力量的代表。

尽管监察官没有合适的讲坛对父亲的演讲做出回应，但关于父亲蔑视政府、顽固褊狭、执迷不悟、宗教狂热、违反法律、对他人肆意迫害、公然与政府唱反调、无视法令、悍然采取野蛮行动等一系列问题和带来的恶劣影响——所有的这些说法都广为传播，而且言辞犀利，大家都深以为然。

父亲越发恼怒，可又不敢再有什么作为，上述批评，尤其是最后一点，让他无可奈何，只能气得骂骂咧咧。戴克的猫已经让他惹了一身麻烦，而那只猫还不算值钱，他还不至于有太大损失。但那两匹巨马可价值不菲，另外，安格斯舅舅是绝对不会放弃任何索要罚金和惩处的机会的——如果父亲敢轻举妄动的话，所以父亲根本不敢越雷池半步。

由于父亲受挫，家里的气氛十分压抑，我想，还是尽可能离家远点儿为妙。

村子已经重新安定下来，没有那么多不速之客了，于是索菲的父母又允许她一个人出去玩了，只要没人注意到我，我也经常溜出去找她玩。

索菲当然不能上学，即便有一份假的身份证明也不行，即便那样大家还是很快就能发现她的问题。她的父母虽然在家里教她读书写字，却苦于没有课本，这对索菲非常不利。这也就是我俩总在讲话的原因——至少是我一直在讲——我要尽量告诉索菲我在学校里的探索课上从书本里学到了什么。

我告诉索菲，这个世界被认为是一个挺大的地方，而且还很可能是圆的。这个世界的文明之地叫拉布拉多，而瓦克努克只是文明之地中很小的一部分，据说是由古人类命名的，但这一切并不确定。拉布拉多四周环水，人们管这叫海洋，它对鱼儿来说极为重要。我认识的人中，除了艾利克斯姨父以外，没有人真正见过海洋，因为海洋离这儿太远了。不过，要是向东、向北或向西北方向走上三百英里左右的话，你迟早会看到海洋的，但是你不能向西南方向走，也不能往南方走，因为你会走到边缘村去，再继续走就是废地，到了那儿你会丧命的。

尽管没有人能肯定，但据说在古人类生活的那个年代，

重　生

拉布拉多是一个冰天雪地的地方。因为那儿太冷了，没人能在那里长期生活，所以他们只在那儿种树或是做些神秘的采矿工作。但是这些都是很久以前的事了，大约有一千年，还是两千年，还是更久之前的事？也许吧，这些都是大家猜测的，没有人知道真正的答案。没有人说得清在大灾难降临之后、有正式的历史记录之前，到底有多少代人过着奴隶一样的生活。只有尼古拉斯的《忏悔》一书是在野外——一片蛮荒之处被找到的，而这只是因为在此之前，数个世纪以来该书一直被封存在一个石棺里。这可以说明《忏悔》一书的古老，但并不能说明该书就一直是贯穿始终的，只有《圣经》是从古人类那个时代直接流传下来的书。

除了这两本书里提到的历史和近三百年发生的一切，其余的，比如说三个世纪之前的历史，早就已经湮没无闻了。就在这段长长的历史空白中，有一些传说，由于都是口耳相传，估计到现在已经面目全非了。而就在这个过程中，我们才知道拉布拉多这个名字，因为无论是在《圣经》还是在《忏悔》中，都没有提到过这个地方。拉布拉多过去非常寒冷应该没错，尽管如今一年当中只有两个月非常寒冷，大灾难也许能解释现在仅有的这两个月的寒冷吧，或者能解释一切……

有很长一段时间，人们都在争论，除了拉布拉多和纽芬兰岛之外，世界上其他地方过去到底有没有人生活。其他地方都被认为是废地，遭到了大灾难的全部惩罚，可在有些地方还是发现有边缘村的存在。那些地方大多是变异人种，而且没有对上帝的信仰，目前还没有进入文明时代。但如果有一天那些废地的边界能向后倒退的话——譬如在我们拉布拉多，废地的领域就在逐渐萎缩——那么要让这些边缘村的地盘变成我们的殖民地也不是不可能的。

总之，关于这个世界人们知道的并不多，但尽管如此，这也比伦理课要有意思多了。每个周末下午都有一个老头儿会教我们伦理学，讲的全是你该做什么事、不该做什么事的原因。许多规定不让做的事情父亲都已经跟我们说过了，但至于为什么不让做，双方给出的理由又不一样，让人有些困惑。

根据伦理学，人类——也就是生活在文明之中的我们——正处在重新提升自我、恢复优雅本质的过程当中。我们正沿着那条模模糊糊又障碍重重的小径前行，这条小径终将带我们重新登上顶峰，当然，之前我们也曾登上过顶峰，不过后来我们又跌至谷底。那条真正的登顶之路有很多岔路，这些岔路有时看上去极容易吸引人，可它们最终会把人引向道德边缘，再往外就是万劫不复的深渊。真正的路只有一条，沿着这条路，在上帝的指引和帮助下，在适当的时候，我们才能重新获得那曾经失去的一切。但是这条路非常不明确，充满了坎坷崎岖、陷阱谎言，所以每走一步都要十分谨慎，如果只依靠一个人的判断往下走，那无疑太过危险。只有政府、教会和普通民众一起，才能判断出下一步是否需要再次进行研究，才能确认下一步是否安全，或者明确现在是否已经偏离了重新上升的正确之路，万一如此，那么这条道路就会充满邪恶。

人们对曾经降临世界的大灾难做过忏悔，这一定起了作用，那条攀上顶峰的小径又一次重现人间，这是对人们虔诚敬畏上帝的又一恩赐，如果最终能抵制沿途的诱惑，我们将会获得上帝宽恕的奖励——那就是黄金时代的再次到来。人们曾经有过这样的忏悔：从伊甸园被驱逐、大洪水、多次的瘟疫、平原之城的毁灭和大囚禁。大灾难也是这样一种惩罚，但却是所有惩罚中最严厉的一次。大灾难降临人间时，一定会像之前所有的灾难一起涌来那样可怕。可为什么上帝会让大灾难降临人间，这依然是个谜，但是根据之前的惯例判断，很可能是因为那段时间人类对宗教的漠视席卷了整个世界。

伦理课上讲的无数清规戒律、论断和例子，浓缩成一句话就是——在这个世界上，人们存在的职责和目的就是锲而不舍地与邪恶做斗争，避免灾难的降临。总之，人们必须确保其外形与上帝一致，以便有一天被上帝允许重回天堂，在天堂里，人的样子与上帝应该是一样的。

但是，我没有跟索菲谈过多少伦理课的内容。我当然不会提这些了，因为我在心中一度都把她归为异种，尽管后来我又改变了主意。但我又不得不承认索菲的确不完全符合上帝造人的形象，所以避免讲这些话题就显得更加得体一些，反正我有的是其他事跟她聊。

5

在瓦克努克，如果大家没看到我，也就不会让我干活，只有我在他们周围晃悠时，他们才会想到还有些需要干的活正好可以安排给我，那可就麻烦了。

现在这个季节气候正好，阳光灿烂，雨水充足。除了边缘村的人偶尔会来骚扰以外，农民们也没有别的什么好抱怨。这个春天，除了羊羔，其他牲畜的异种率简直低得不可思议。庄稼茁壮生长，非常符合宗教中的规定，所以监察官张贴的告示中只有一小块需要烧毁的田地，那就是安格斯·莫顿舅舅的地。就连蔬菜也很少有长得不整齐的，都像往常一般正常地开花结果。总的来说，大自然在这一季似乎创造了净化的纪录，突变的生物几乎没有，所以就连我父亲也难得地露出了笑脸，并在他的一次演讲中一反常态，竟然谨慎地表达了自己的观点——瓦克努克今年似乎有望给邪恶力量以有力的反击。因为我们对上帝给予的一切常怀感恩之心，所以，我们地区虽然引进了巨马，可上帝的惩罚只"造访"了巨马的那位主人，而不是整个瓦克努克。

因为每个人都忙忙碌碌，我才得以早点儿脱身。漫漫夏日，我和索菲跑到了比以前更远的地方玩，不过我俩在远足的过程中都非常小心，净挑那些鲜有人迹的小路，以免碰上生人。索菲从小的生长环境让她不喜欢接近陌生人，这几乎已经成为了她的本能，远远地刚看到人影，她就一声不吭地躲了起来。唯一一个和索菲成了朋友的大人是看管蒸汽机的考奇，而在她心中，其他人都有可能给她带来危险。

一天，我们在溪水的上游发现了一个好去处，那儿两岸都是鹅卵石。我喜欢脱掉鞋子，卷起裤腿，赤脚蹚到溪流中，仔细寻找小水洼和小缝隙里的鱼虾。索菲则经常坐在一块既大又平的石头上，神色羡慕地看着我。之后我们再去那儿时还带上了两个温德夫人编的渔网和一个装战利品的罐子。我蹚进水中去抓那些小鱼虾，而索菲则从岸边采取闪电战术，想猛地把它们从水中捞出来，不过不怎么成功，不一会儿她就干脆放弃了，一脸嫉妒地看着我。又过了一会儿，她竟然十分大胆地脱掉了一只鞋子，看着自己的光脚丫若有所思。一分钟后，她又脱掉了另一只鞋子，把裤子卷到膝盖上面，也蹚进了溪水中。她看着光洁的鹅卵石和从她脚上流过的淙淙流水，又出了一会儿神。

“快到这边来，这儿有好多呢。”我朝着索菲大喊。

索菲笑着朝我这边蹚了过来，非常激动。

抓了很多小鱼虾之后，我们坐到那块平坦的大石头上，让太阳把我们脚上的水晒干。

“它们看上去不是很可怕，是吗？”索菲目不转睛地审视着自己的脚趾。

“它们不但一点儿都不可怕，而且，对比之下，还显得我的脚趾有些参差不齐呢。”我把自己的真实想法告诉了索菲，她听了非常高兴。

几天后我们又去那儿玩。我们把罐子放在那块大石头上，鞋子脱在罐子旁边，下水去抓小鱼虾，还不时上岸把我们的战利品放进罐子。我们玩得非常开心，把其他一切完全抛在了脑后。这时，突然响起一个声音：

“嗨，那不是大卫嘛！”

我抬起头，感觉索菲一动不动、僵硬地站在了我的身后。

冲我们打招呼的男孩站在岸边，恰巧在那块大石头的上方。我认识他，他叫艾伦，是铁匠约翰·欧文的儿子，比我大两岁。我镇定下来，不情愿地应声答道：

“哦，嗨，艾伦。”

我蹚到那块大石头旁边，捡起了索菲的鞋子。

“接着。”我把鞋子朝索菲扔过去时喊道。

索菲只接住了其中一只，另一只掉进了水中，不过她还是捞了出来。

“你在干吗？”艾伦问道。

我告诉艾伦我们正在抓小虾，一边说着，一边假装自然地从水里走出来，站到了那块大石头上。即便是在心情最好的时候，艾伦也从未让我有过任何好感，更别说现在了，眼下他可是完全不受欢迎的。

“小虾有什么好的，鱼才是你应该抓的。”艾伦不无轻蔑地说。

这时，艾伦的目光移向索菲。她正准备上岸，手里拎着鞋子，离我们几米远。

“她是谁?”艾伦问道。

我正在穿鞋子，一时不知道该怎么回答，而索菲早已躲进对岸的灌木丛里了。

“她到底是谁啊?”艾伦追问道，“她不是——”艾伦突然停了下来。我抬头看他，发现他正盯着我的身旁。我赶紧扭过头去。在那块平滑的大石头上有一个没干的脚印，那是索菲在往罐子里放战利品时留在石头上的。脚印太湿了，它清晰地显现出了六个脚趾。这时，我连忙踢翻罐子，挣扎的小虾连同罐子里的水都倒了出来。整个石头全是水淋淋的，索菲的湿脚印也就不见了，虽然如此，我还是有一种不好的感觉，觉得大祸已经酿成。

“呵!”艾伦说着，眼里透露出一种让我讨厌的光亮，“她是谁啊?”

“我的一个朋友。”我告诉艾伦。

“她叫什么名字?”

我并没有回答这个问题。

“哼，反正我很快就会知道的。”艾伦咧嘴笑笑。

“这不关你的事。”我冲着艾伦说。

艾伦对我所说的毫不理会。他转过身，站在岸边看着对岸索菲藏身的那片灌木丛，好像要追过去。

我赶紧从那块石头跳上河岸扑向他。虽然艾伦比我大，但我的突然袭击还是给他来了个措手不及，紧接着我们扭成一团。我的打架招式不过就是从以前为数不多的几次扭打中学到的，所以我尽力挥出最猛的一拳。根据以往的经验，只要索菲能藏起来，艾伦绝对不可能找到她，所以我的目的就是要为索菲穿好鞋子藏起来争取时间。不过，这时艾伦回过神来，朝着我的脸就是几拳。这几拳着实让我把索菲抛到了脑后，我现在要为了自己和他好好干上一架。

我和艾伦在一片草皮上滚来滚去。我积极出拳，并奋力闪躲，但是艾伦的体重和身高优势逐渐开始起作用了，他变得游刃有余、很有自信，而我的挣扎也慢慢变得徒劳无功。不过，我还是达到了目的：他没来得及直接去追赶索菲。过了一会儿，艾伦完全占了上风，他骑在我身上，在我扭动时不住地挥拳揍我。我两脚乱蹬，不断挣扎，可除了举起胳膊护着头之外，我什么也做不了。这时，艾伦突然发出一声惨叫，他不再挥拳揍我，而是倒在了我身上。我推开他坐了起来，发现索菲站在我面前，手里还拿着一块尖利的石头。

“我用石头砸了他的脑袋。”索菲有点儿自豪，还带着一丝惊讶，“你觉得他死了吗？”

索菲确实把艾伦打伤了。艾伦一动不动地躺在地上，脸色惨白，头破了，血顺着脸颊滴下来。不过他气息均匀，所以肯定没死。

“哦，天哪。”索菲突然反应过来，丢掉了手中的石头。

我们俩看着艾伦，又彼此相互看看。现在想起来，那时我们俩都有想对艾伦做些什么的冲动，但我们最终还是胆怯了。

“一定不能有人知道，绝对不能让任何人知道。”温德太太所说的话依然清晰地萦绕在我耳边，而眼下这个男孩显然已经知道了，我们不禁惶恐不已。

我站起来，拉起了索菲的手。

“跟我来。”我催促道。

约翰·温德仔细而又耐心地听我讲完了事情的经过。

“你确定他看到了吗？你确定他不是因为索菲是个陌生人而感到好奇？”他最后问道。

“是的，他看到了，那决不是因为好奇，”我回答说，“他看到了索菲的脚印，所以他才想抓住索菲。”

温德先生缓缓地点了点头。

“我知道了。”他居然如此镇定，让我十分诧异。

他盯着我和索菲的脸。索菲眼睛睁得大大的，显出无限惊恐和激动。我的眼眶肯定也是红红的，还沾着些泥巴。温德先生转过脸，镇定地迎着太太凝视他的目光。

“恐怕那件事要来了，亲爱的，就是这次。”他对妻子说道。

“哦，约翰——”温德太太的脸突然变得煞白，看上去十分痛苦。

“抱歉，玛蒂。但你也应该明白，就是这次了。我们早就知道，这件事迟早都要发生的。感谢上帝，我这会儿恰好在家。你准备好一切要花多长时间？”

“用不了多长时间，约翰。我已经把东西准备得差不多了，我一直在准备着呢。”

“那好，我们开始吧。”

温德先生起身绕过桌子走向温德太太。他搂住她俯身亲吻，温德太太的眼里立刻噙满了泪水。

“哦，亲爱的约翰，你为什么对我这么好，看看我带给你的都是什么啊——”约翰用一个吻堵住了夫人的嘴唇，没让她再说下去。

他们两人互相凝望着对方，没有再说一句话；过了一会儿，两人又扭头看着索菲。

温德太太又恢复了常态。她箭步走到餐柜前，取出些食物放在餐桌上。

“你们先把身上洗干净，”温德太太接着说，“然后把这些东西全吃掉，一点儿都不要剩。”

我洗澡时，终于问了那个一直萦绕在心间的问题。

“温德太太，如果只是因为索菲的脚趾的话，那你们当初为什么不在她还是婴儿时帮她切下来呢？我想那时应该也不会太疼的，这样不就没人知道了？”

“但那会留下疤的，大卫，人们看到伤疤也会明白一切。快点儿吃饭吧。”温德太太跟我解释完后，又匆匆忙忙地进了另一间屋子。

“我们就要离开了。”索菲满嘴塞满了馅饼，向我透露了这个秘密。

“离开？”我的脑中一片空白，重复着这两个字。

索菲点了点头，说：“妈妈说过，如果一旦有人发现了这个秘密，那我们就不得不离开了。当时被你看到我的脚趾时，我们就差点儿逃跑。”

“但——你的意思是马上离开，再也不回来了？”我有点儿沮丧地问道。

“我想是这样。”

我虽然已经饥肠辘辘，但却突然没了胃口，只是胡乱扒拉着盘子里的食物。从另一间屋子里传来收拾东西的声音，有某种不祥的预感，我看着桌子对面的索菲，感觉喉咙里好像有什么东西哽住了。

“你们要去哪儿？”我难过地问道。

“我不知道，总之是要去很远很远的地方。”索菲这样回答。

我们就这样坐着，索菲一口接一口地吃着饭，不时闲扯几句。我的喉咙一直哽着，吃什么都难以下咽。视线中的一切忽然都变得冰冷而凄楚，没什么意义。我知道眼前的一切马上就会翻过去了。一想到将来只剩我自己，我忽然觉得十分悲凉，那种孤寂感吞噬了我，我强忍着才没让泪水流下来。

温德太太从房间里拿出一大堆背包和包裹，我在一旁闷闷不乐地看着她来回几趟把这些东西拿到门口，温德先生则从屋外进来，把几个背包拢到一起。温德太太再次从房间出来时，把索菲带到了其他房间。等温德先生再次进屋来拿包裹时，我跟着他一起走了出去。

点点和沙沙两匹马耐心地站在那里，马背已经被绑上了好几捆东西。我很好奇他们居然没用马车，于是就问起原因。

约翰·温德摇了摇头，说："马车会留下车辙，而用马驮东西的话，你就可以随意去任何想去的地方了。"

当我看到温德先生继续往马背上绑更多东西时，我鼓起勇气问道：

"温德先生，我不能跟你们一起走吗？求你了。"

他停下手上的活儿，扭头看着我。我们俩对视了好一会儿，然后他抱歉地摇摇头，很慢。他一定看到了我眼里没有流出的泪水，因为他把手放在了我的肩头，许久没有拿开。

"跟我进屋吧，大卫。"他又带我进了屋。

温德太太已经回到了客厅，她站在屋子中央来回地看，仿佛在思考还有没有什么东西落下。

"他想和我们一起走，玛蒂。"温德先生说。

温德太太坐在凳子上，向我张开了她的双臂。我走向温德太太，一句话也说不出来。温德太太看看我的头，说道：

"约翰，他有个可怕的父亲。我有点儿担心大卫。"

靠近温德太太时，我好像可以感觉到她在想什么。她的那些想法来得越来越快，但比说出来的话更容易理解。我知道她是怎么想的，她是真心希望我可以和他们一起离开，接着，甚至在还没有仔细思量原因之前，她又一下子意识到我不可能、也决不能和他们一起离开。其实在约翰·温德把他的回答说出口之前，我就已经知道了答案。

“我知道，玛蒂。但我还是担心索菲会出什么事，还有——你的安危。万一我们被抓住，除了隐瞒罪之外，我们还会被判绑架罪。”

“可如果他们真的把索菲抓住的话，我本来也就没法活了，有多少罪名也就无所谓了，约翰。”

“不仅仅是那么回事，亲爱的。一旦我们逃出了这个镇子，他们也就满意了，反正已经不关他们什么事，那他们也就不会再费尽力气来找我们了。但如果斯特隆找不到儿子的话，恐怕那时到处都会有悬赏抓我们的布告，这样的话，很难说我们是否还有逃离这儿的机会。他们会纠集大队人马搜遍每一寸土地，这样的风险可就大多了，我们可不能拿索菲冒险，不是吗？”

温德太太好一阵子都沉默不语，我感觉到她此刻正在权衡利弊。这时，她忽然用胳膊紧紧搂住了我。

“你确实明白其中的利害关系，对吧，大卫？你父亲要是知道你跟我们一起出逃，一定会非常生气，并下大力气追捕我们，那我们带索菲安全撤离的可能性也就很小了。我其实是非常想让你和我们一起走的，但为了索菲，我们不敢冒这个险。大卫，你一定要坚强。你是她唯一的朋友，只要你坚强，索菲就会变得勇敢起来，无所畏惧。你会这么做，是吗？”

温德太太的话杂乱无章、有点儿重复，但我能感觉到她的想法非常清晰，而且我也接受了这个合情合理的决定。我呆滞地点点头，依然让温德夫人一直抱着我。那种感觉很温暖，是我从母亲那儿从未感受过的。

天快黑时，打包工作终于完成了，一切都准备就绪。温德先生带我走到一边。

“大卫，”温德先生以男人对男人的讲话方式说，“我知道你有多么喜欢索菲，一直以来你就像个英雄一样保护着她。眼下，你还可以为她做一件事，愿意吗？”

“愿意。”我答道，“我应该怎么做，温德先生？”

“是这样，我们走后你不要立刻回家。你可以等到明天早晨再走吗？这样的话，我们就能有更多的时间，可以安全地带索菲离开这儿。你能做到吗？”

“当然。”我斩钉截铁地回答。

我们握了握手，以示达成一致，这让我觉得自己更加坚强，也承担了更多的责任——这种感觉就像索菲伤到脚踝，我帮她摆脱困境那天一样。

我们回来时，索菲把她的手伸了过来，手里像是藏着什么东西。

“这是给你的，大卫。”她把那个东西塞进了我手里。

我低头一看，那是索菲的一小撮棕色的头发，用一条黄色的缎带系住。我依然目不转睛地看着这撮头发，索菲忽然用胳膊搂住了我的脖子，坚定地吻了吻我。随后，温德先生把她抱上了马背。

温德夫人也俯身亲吻了我。

“再见了，我亲爱的大卫，”她轻轻地用食指摸了摸我依然红肿的脸，“我们永远也不会忘记你的。”说这话时，她眼里闪着泪光。

温德先生一家出发了。约翰·温德在最前面牵着马，背着猎枪，左手挽着温德太太。即将走进树林时，他们停了下来，回头向我挥手，我也朝他们挥了挥手。他们继续前行，在他们的身影最后消失之前，我依然看到索菲回头向我挥舞着胳膊，直到黄昏把他们的身影全部吞噬。

第二天到家时，太阳已经老高了，人们早就下地干活去了。院子里没有一个人，但是，监察官的马拴在门旁的柱子上，所以我猜父亲应该在家。

我在索菲家待的时间应该已经够长了吧。昨晚简直太可怕了：开始时我心里满满的，没什么感觉，但随着夜幕渐渐降临，我的决心似乎也被慢慢消磨殆尽了。自打记事起，我还从来没在自己房间之外的地方过夜过呢。我熟悉自己房间里的每样东西，可温德先生家的这栋空空的房子却让我觉得有点儿恐怖，到处充满了奇怪的声音。我好不容易找来一些蜡烛点燃了，又在炉子里生了火，并添了些木头，好让整座房子不那么孤寂，但似乎也没起到多大作用，房间里里外外偶尔还是能听到古怪的声音。

我一直背靠着墙，警惕地坐在凳子上，以防发生什么事情让自己腹背受敌。我勇气尽失，心里不止一次地打退堂鼓，非常想逃离这儿。可想到之前的诺言和索菲的安全，我还是努力支撑着。但是，那天晚上屋外一片漆黑，黑暗中那些神秘甚至恐怖的响动，在我的脑海里留下了不可磨灭的印象。

那是漫长的一夜，似乎总没有尽头，令人恐怖到了极点，但实际上却又什么也没发生。虽然似乎总是听到令人毛骨悚然的脚步声，可最终也没出现什么人；虽然嗒嗒的敲击声和偶尔的拉扯声不时传来，但最终还是没发生什么事。尽管一切似乎都无法解释，不过最终却没有什么鬼魂现身或显灵，这还是值得庆幸的。最后，被这一切吓得够呛的我，上下眼皮还是开始打架了，我坐在凳子上摇摇晃晃，差点儿歪倒。我鼓起勇气，大着胆子勉强迈出脚步，非常小心地向床那边挪过去。我跌跌撞撞地爬到床上，再次庆幸又有墙可以依靠了。我一度就那样躺在床上，观察着蜡烛飘忽不定的火苗和投射在墙角的颤颤巍巍的影子，琢磨着万一蜡烛燃尽、一片漆黑我该怎么办……不知什么时候，似乎是猛然一瞬间，蜡烛一下子都熄灭了，而这时，清晨的阳光也慢慢照进了房间。

在温德先生空荡荡的房间里，我吃了些面包当早餐，但到家后我又饿了。不过，这种小事可以先放放。我的首要任务是神不知鬼不觉地进入自己的房间，如果大家都没注意到我昨晚一夜未归最好——尽管这个希望比较渺茫，因为这样的话我就可以假装自己睡过头了。不幸的是好运气似乎并不总能陪伴我：隔着厨房窗子，玛丽恰恰看到我从院子里偷偷地溜进来，于是大喊一声：

“快过来，大家都在找你呢，你去哪儿了？”还没等我回答，她又接着说，“父亲发火了。你得赶快去找他，否则他会更加恼火的。”

父亲和监察官此时正在家里最正式的会客厅里，其实这间会客厅用得很少。我回来时似乎正是紧要关头，监察官的脸色倒还正常，可父亲却是一副暴跳如雷的样子。

“过来。”我一出现在门口，父亲就一声怒喝。

我犹犹豫豫地向前挪了几步。

“你去哪儿了？”父亲质问道，“一晚上没有回家，到底去哪儿了？”

我没有作声。

父亲又连珠炮般地问了我一堆问题，而我一个都没有回答，父亲的脸色越来越难看了。

“快说，你以为哭丧着个脸什么都不说就能蒙混过关？那个孩子到底是谁？那个亵渎了上帝、昨天还和你在一起的家伙，到底是谁？”父亲大声怒喝。

我还是没有作答。父亲瞪着我，我从没见过他如此生气，我甚至害怕得想吐。

这时，监察官插话了，他以一种平和而又正常的语气对我说：

“你知道的，大卫，隐瞒亵渎罪——就是发现有人变异而不报告，这是一件非常非常严重的事，有人因此去坐牢了。所以把任何类型的罪过报告给我是每个人的责任——哪怕你不确定，只是有一点点怀疑，具体问题由我来处理就好。如果确实是亵渎罪的话，那就严重了，而且这件事没什么疑点，除非小欧文看错了。他说那个孩子有六个脚趾，这是真的吗？”

“不是。”我答道。

“他在撒谎。”我父亲说。

“我知道，”监察官平静地说，“那么，既然这不是真的，那她是谁也就没什么关系了，是吧？”监察官始终很平静。

我没有回答，这似乎是最安全的法子，我们只是互相望着对方。

“别害怕，你真的这么认为吗？如果这不是真的——”监察官还在继续做我的工作，但被父亲打断了。

“我来解决这件事吧，这孩子显然在撒谎。”父亲说完，又扭头看着我，“到你自己的房间去。”

我有些犹豫，父亲这句话的意思再明白不过了。但我也清楚，以父亲眼下的情绪，无论我最后招不招，结果都没什么两样。所以我咬紧牙关转身离去。父亲跟在我的身后，随手从桌子上拿起一条鞭子。

“那可是我的鞭子。”监察官话不多，但却十分傲慢无礼。

父亲好像没听到他的话。监察官腾地站了起来。

“我说过了，那是我的鞭子。”监察官再次重复，他语气强硬，让人有种不祥的预感。

父亲的脚步迟疑了一下，生气地把鞭子扔回到桌子上，瞪了瞪监察官，然后转身又跟着我走了出去。

我不知道母亲在哪儿，也许她害怕父亲而没敢来吧。来看我的只有大姐玛丽，在给我伤痕累累的背部敷药时，她似乎在埋怨父亲下手太狠了，然后扶我上床休息，她心疼地哭了，又用汤匙喂了我一些菜汤。我尽自己的最大努力在她面前假装坚强。可她一离开，我就忍不住流下了眼泪，直至浸湿了枕头。我的眼泪并不是因为身体的伤痛，而是因为自己很痛苦，因为我实在看不起自己，有些自暴自弃。在绝望和痛苦中，我手里依然还紧紧地攥着黄色缎带系着的那一缕棕色的头发。

“我实在忍不住了，索菲，”我抽泣着自言自语，“我真的受不了了。”

6

傍晚时分，我逐渐平静下来。这时，我感觉到罗瑟琳正想通过意念和我说话。还有其他几个人也着急地问我到底出了什么事。我告诉了大家索菲的事。此时此刻，这已经不是秘密了。说完后，我发现大家都十分震惊，所以我向他们解释：一个犯了亵渎罪的人，或者只是犯了一点点亵渎罪的人无论如何都不是怪物，根本不是大人们告诉我们的那样。那些犯亵渎罪的人和我们其实并没有什么差别，索菲和大家就没什么两样。

可他们还是觉得有些难以置信，他们长久以来所受的熏陶让他们无法接受我的话。尽管他们心里也十分清楚我所讲的一切肯定都是真心话，因为一个人的思想是不会说谎的。此刻，他们绞尽脑汁，都在仔细地思考这个新奇的观点——一个犯有亵渎罪的人可能并不令人作呕，也并不邪恶，至少不是十分邪恶。不过，在这种情况下，他们也无法给我太多安慰。他们的脑电波一个接一个地消失，我也并没有因此而特别难过，因为我知道他们都慢慢睡着了。

我也早已累得精疲力竭，但又迟迟睡不着。我躺在床上，脑子里想象着索菲和她的父母正艰难地向南方行进，奔赴边缘村，不知道等待着他们的会是什么样的命运。我非常希望他们能走得再远一点儿，那样，我的背叛也许就不会伤害到他们了。

最后，我终于睡着了，做了一夜的梦，一张张面孔和一个个场景毫无停歇、变幻交织着进入我的梦乡。我又一次梦到大家都站在院子里，看着父亲准备处置犯亵渎罪的人，而她正是索菲。我大喊一声“不”，把自己喊醒了。这个梦吓得我不敢再睡，不过我还是渐渐睡着了，这次的梦境完全不同，我再次梦到了那座临海的大城市和城市里的房屋、街道，还有在天上飞的东西。虽然我已经几年没做过这个梦了，但每次都能梦到一模一样的东西。不知为何，这个梦竟然让我不那么紧张了。

母亲早晨来探望我，但却摆出一副公事公办的样子，似乎也很不满我的做法。负责照顾我的反倒是大姐玛丽，她命令我一整天都不许下床，趴在床上，好让背上的伤能够赶快痊愈。我乖乖地照做了，身体果然好了很多。于是我躺在床上，开始寻思逃跑要做的准备，一旦我康复了，身体柔韧如初，我一定要逃离这儿，最好能有一匹马。整个上午，我都在琢磨着怎样才能偷到一匹马，然后骑马直接离去，投奔边缘村。

监察官下午来见了我，还带了一包黄油甜点。有那么一段时间，我甚至都想从他那里套出点儿边缘村的情况——当然要在说话时不经意间提到，决不能让他猜到我的真实想法——因为无论如何，作为专家，他知道的肯定比别人多。不过，再三思量之后，我还是觉得这么做并不明智。

监察官似乎对我的处境颇为同情，也很平易近人，但他毕竟有任务在身。他一边友善地问我问题，一边还咔嚓咔嚓嚼着自己带来的甜点。

“这个温德家的孩子你认识多长时间了？对了，她叫什么名字？”

我告诉了他，那会儿这些问题已经无所谓了，不会再给索菲带来什么危险了。

“那索菲的变异你知道多长时间了？”

事已至此，我觉得把事实说出来也无所谓了，于是就承认道：“已经很长时间了。”

“那到底有多久？”

“我想大概半年了吧。”我回答说。

监察官挑了挑眉毛，忽然一脸的严肃。

“这可就不对了，你应该知道啊，”他说，“这就是我们所谓的隐匿罪。你一定清楚这么做不对，是吗？”

在监察官的逼视下，我低下了头，感觉如芒在背，浑身都不舒服。

“但这一切并不像教堂里说的那样可怕。”我连忙解释，“况且，多出的那个脚趾非常非常小。”

这时，监察官又从包里拿出一块甜点，接着把那包点心推到我面前。

“……每只脚会有五个脚趾。”监察官背诵道，“你还记得吗？”

“是的。”我难过地承认。

“呃，定义中的每一部分都很重要。如果一个小孩长得和定义中说的有出入，那她就不能称之为人类，而这也就意味着她没有灵魂，不符合上帝的形象，仅仅是一种模仿。既然是模仿，那就总会有出差错的地方。唯有上帝才能创造出完美无缺的人类，所以，尽管有些变异的人和我们长得非常相像，但他们依然不是真正的人类，他们和我们有着天壤之别。”

我认真地思考了监察官所说的话，不解地说：“但是索菲真的和我们没有什么不一样，她并不邪恶，一点儿也不。”

“再长大点儿你就会明白的。但你确实知道定义里是怎么说的，索菲也的确是变异的。你为什么不把她的事早点儿告诉你父亲或者我呢？”

于是，我向监察官讲起了梦中的父亲是如何像处置变异的小牛那样处置索菲的。监察官若有所思地看了我一会儿，然后点头道：

“我明白了，”他说，“但是我们对‘罪过’和对‘上帝的亵渎’的处置方法是不同的。”

“那亵渎罪会受到什么惩罚呢？”我问道。

他避而不答，而是接着说起了别的：

“你知道的，把你的名字记录在案的确是我的职责。但由于你父亲已经插手并采取了行动，所以我并没有写上你的名字。不过无论怎么说，这都是极其严重的一件事。你要知道，魔鬼派变异者来到了人间，他们就藏在我们之中，想削弱我们的力量，诱惑我们，让人类不再纯洁。有时候魔鬼非常狡猾，能制造出近乎完美的仿似人。所以我们必须时刻对其保持警惕，无论多小的变异，一旦知道就要立刻汇报。你以后也要记住我这番话，好吗？”

我避开了他的目光。他可是监察官，镇上的要人啊，但不管他说什么，我还是不相信索菲是魔鬼派来的。无论如何，我都觉得脚上多出一个小小的脚趾真没什么大不了的。

“索菲是我的朋友，我最好的朋友。”

监察官看着我的眼睛摇摇头，叹了口气。

“忠诚是伟大的美德，但忠诚也有可能用错地方，那就只是愚忠。总有一天你会明白，世上有一种更伟大的忠诚，那就是保持我们人种的纯净——”监察官正说着，门突然打开了，父亲走进屋来。

“他们被抓住了，三个人都被抓住了。”父亲对监察官说完，厌恶地瞅了我一眼。

监察官听到消息后，立刻起身和父亲一起走出了房间。我盯着那扇紧闭的门，一瞬间，自责的痛苦令我浑身颤抖。当泪水从脸上滑落时，我甚至听到了自己的抽泣声。我想停止哭泣，却又无法抑制自己。背上的伤痛早已被我忽略，父亲带来的那个消息简直让我痛彻心扉。我感到胸口十分憋闷，像要窒息一般。

就在这时，门又被打开了。我脸对着墙，不敢回头去看，只听到耳边传来越来越近的脚步声，直到有一只手搭在我的肩膀上，耳边响起了监察官的声音：

“不是那样的，孩子，不是你想象的那样。你和这件事毫无关系，是巡逻队在二十英里外碰巧抓到他们的。”

几天之后，我跟艾利克斯姨父说：

“我打算离开这儿。”

艾利克斯姨父听后停下了手里的活，若有所思地看着手中的锯。

“要是我就不会这么干，”艾利克斯姨父建议说，“这个方法一般来说都是行不通的，再说，”他顿了一下，“你要去哪儿呢？”

“所以我才来问你啊。”我解释道。

艾利克斯姨父摇了摇头，说：“无论你跑到哪儿都会有人检查你的身份证件，这样他们就会知道你是谁，从哪儿来的。”

“但到了边缘村就不会有人检查了。”我提醒道。

艾利克斯姨父看着我说：“人首先要活着，而在边缘村没法活。你知道为什么吗？因为他们那里什么都没有，甚至连吃的都不够。那里绝大多数人都在挨饿，所以他们才会来抢劫。你要是到了那儿，只能终日为果腹而奔波——如果你足够幸运还没饿死的话。”

“但是，这个世界上一定会有别的什么地方啊。”我说道。

“那你必须得找到一艘船才行，你可以乘船——可即便如此——”姨父又摇了摇头，“以我的经验来说，如果你只是因为不喜欢一件东西而逃避，那么即便你找到其他新东西，你还是一样不会喜欢的。但现在，追寻新的生活又是另一回事了，可你想好要去追寻什么了吗？听我句话吧：我觉得这儿比绝大多数地方要好。呃，我收回之前说的话，大卫。再等几年，当你长大成人，能照顾自己之后，你就会发现你的想法和现在不一样了。我觉得到那时你再执行你的计划也不迟。总之，这可比你计划不周、刚刚出逃又被他们抓回来强多了。”

姨父话里有话。我现在已经渐渐明白“丢脸”是什么意思了，也就不想再问一些根本不靠谱的问题，让自己显得愚昧可笑了。但根据姨父的意思，要往哪儿去这个问题，我的确暂时还找不到答案。不过先了解拉布拉多之外的地方作为准备，似乎是个可行的办法，于是我就问姨父外面的世界是什么样子的。

“那些地方都没有上帝，”姨父告诉我，“人们一点儿都不敬畏上帝。”

这种回答很像父亲的口吻，我从中没获得任何信息，不禁有些失望。我把想法告诉了艾利克斯姨父，他笑了。

“好小子，大卫，你这个要求似乎很合理。只要你别到处乱说，我就告诉你一些外面世界的事。”

“你的意思是说这是一个秘密？”我一时感到有些迷惑

不解。

“也不完全是，有时，人们已经习惯于相信某些东西就是那么回事，而同时牧师也希望人们相信这就是事情的本质，这时，要打消他们多年来一直被灌输的那些想法就变得困难了，如果你真的这么做的话，就会惹上大麻烦，而他们绝对不会因为你跟他们说的是事实而感激你。水手们在里格时就明白了这一点，所以大部分时候他们只会和其他水手谈起这些事。如果其他所有人都觉得外面的世界全是一片废地，水手们也不会反驳。他们没有澄清事实，但这么做会让世界更加平静、安宁。”

“我的教科书中就说那些地方全是废地，或者是像边缘村那样。”我告诉他。

“其实也有的书不这么说，但是你通常看不到这种书，连里格都没有，更别说像我们这种偏僻的地方了。”艾利克斯姨父接着说，“而且，你要知道，你也不能相信水手们说的每一句话，因为你常常会搞不清楚他们是不是在说同一个地方，可他们却认为自己说的都是一个地方。不过，如果你亲眼看到那些景象的话，你就会知道这个世界是很奇怪的，而身在瓦克努克，你是永远不会发现这一点的。这些你都能保证守口如瓶吗?”

我向姨父保证说我不会告诉任何人。

“那好吧，那条路是这样走的——”艾利克斯姨父开始向我描述：

要想到达这个世界的其他地方（根据艾利克斯姨父的说法），你首先要从里格乘船顺流而下，直到入海口。有人说直接前进行不通，因为要么你永远到不了尽头，要么就是突然碰壁，那样的话你就不得不跨过这个障碍，至于到底是什么原因，至今都没有人知道。

但是如果你沿着海岸朝北航行，在遇到支流时先往西拐，再朝南转弯，这样你就到了拉布拉多的另一边。还有另外一种方法，那就是一直朝北航行，到达一个寒冷的地方。那儿有许多岛屿，除了飞鸟和海洋生物，岛上几乎没有其他生命。

有人说在东北方向有一个大岛，那里的植物并没有十分变异，动物和人看起来也算正常。不过那儿的女人却生得又高又壮，她们不仅控制了整个国家，而且包揽了所有的工作。她们把男人们关在笼子里，一直等他们长到二十四岁，然后再吃掉他们，她们也会吃失事船只的船员。不过由于没有人真的看到过她们，也从没见过有人从那儿逃出来，所以这个故事是如何流传开的也不为人知——反正也没有人站出来反驳。

我所了解的唯一一条路是通往南方的，我已经到过那儿三次了。要想去南方，坐船驶出河道、进入大海之后，你就一直要让船的右舷沿着海岸航行。这样行驶两百英里左右就可以到达纽芬兰海峡。继续前行，纽芬兰海峡也就愈来愈宽阔，你要一直沿着海岸航行，在拉克港停下来储备粮食和淡水——如果当地人允许的话。此后再向东南方向前进一段路程，接着再驶向南方，最后继续让船的右舷沿着海岸前进。等你靠岸之后，你就会发现已经到达废地了，或者至少也是变异情况非常严重的边缘村了。那儿有植物，但沿途的航行中你就会发现几乎所有植物都已经变异了。那儿也有动物，但你很难辨认出它们到底是些什么，因为它们与任何已知物种的外表都不相符。

再往前大约航行一两天，你就会发现沿岸几乎都是废地了——这一点你根本不用怀疑。很快，你就会进入到一片环形的大海湾，沿着这个海湾，你会发现废地与废地之间再也没有间隔或是差异：这一片区域居然全都是废地！

初次碰到此番情景，水手们都是大惊失色，觉得自己正在远离纯净，同时也越来越远离上帝，他们心中极其害怕，因为他们知道，在这儿上帝帮不了他们。每个人心里都明白，踏上废地就是死路一条，因此甚至都没有一个人想仔细看看那里的一切，尽管大家当然还是看到了那一切。不过最困扰大家的，还是看到的那些明明违反上帝自然法则却还茁壮成长的动植物，好像它们理应如此似的——这一问题其实也同时困扰着回到瓦克努克之后他们告知的所有人。

这样让人震惊的一幕对于大伙儿来说还真是头一回。在那里，巨大的玉米穗长得比树还高。腐生植物攀附在岩石上，它们的根飘散在风中，如一束束长发。有些地方长着菌落，第一眼望去你一定会将它误认为是白色的巨石。不少仙人掌长得和小房子一样大，刺儿也有十英寸长。长在悬崖顶上的

植物像粗壮的绿色缆绳，一直延伸到一百多英里的海水之下，让你不知道它到底是一直长到咸咸的海水里的陆地植物，还是攀爬到了陆地上的海洋植物。这里还有许多千奇百怪的东西，只是偶尔有长得正常的植物穿插于其中。总之，这里简直成了变异植物的乐土，绵延数英里。这儿的动物并不多，偶尔会碰到一两只，只不过你无论如何也叫不出它们的名字。但是，这儿有许多鸟儿，绝大多数都是海鸟。人们偶尔会看到有东西滑过天际，但它们离得太远了，看不清，但那根本不像鸟儿的飞翔轨迹。这是一片邪恶的土地，非常神秘，许多人踏上这片土地后马上就能想象得到，如果没有纯净法的要求和监察官的管理，瓦克努克也会沦为这般景象。

那里的确称得上是“废地”，但那儿还不算是最糟糕的。

如果继续往南航行，你就会注意到，土地上生长的都是一丛丛乱七八糟的植物，让人看上去很不舒服。很快你就会看到一片片狭长的海岸，岸上是一片不毛之地，寸草不生，绵延二三十英里，有的地方甚至绵延四十英里。

整个海岸一片空旷，笼罩在黑暗、严酷和荒芜的氛围之下；向远处望去，这片陆地更像是一片黑魆魆的沙漠。有些地方山石林立，悬崖绝壁的边缘处都十分锋利，多年的风吹雨打竟然也不能让它们有分毫磨损。海里既没有鱼也没有水草，海底连烂泥巴也不见。船只航行到这儿时，原本粘在船底的水生物沉积会纷纷掉下来，让船身变得十分干净。在这儿你也看不到海鸥，除了拍打着黑色海岸的浪花，你看不见任何会动的东西。

那儿简直到了让人毛骨悚然的地步：船长因为害怕，会命令船只远离此地，船员们则会因为无需靠近那里而大大地松一口气。

然而，那里并非让所有人胆寒，从前就曾有个鲁莽蛮干的船长命令他的船只靠岸。船员们在那里发现了巨石废墟，大家一致认为那些石头太规整了，应该不是天然形成的，而是古人类的一处旧址。关于这些船员的故事人们只知道这么多，因为大多数船员在此后的航行中日渐消瘦，最后纷纷死去，活着的也都和从前大不相同。从此以后，再也没有船只敢冒险在那儿靠岸了。

几百英里的海岸线绵延不断，全是废地，到处都是充满死亡气息的黑色土地。其实到现在为止，第一批去过那儿的船只都折回来了，因为他们认为哪怕是继续前行也不会有地方补给食物和淡水。回来的船员们都说，他们认为前方应该也是类似的情景，即便走到世界的尽头也是如此。

牧师和教徒们都乐意听到这样的话，因为一直以来他们就是这么布道的，这一度让人们对探险失去了兴趣。

不过，后来大家又重新开始兴致盎然了，一些装备更加完善的船只又一次向南进发。其中有一个叫马瑟的船员在航海日志中写下了他亲眼所见的一切，他后来公布了这本日志的内容，里面有一些这样的记录：

黑色海岸似乎是废地的一种极端表现。因为只要与废地有任何亲密接触都有可能非常危险、足以致命，所以对这些地方的情况大家根本不能确定，只知道这些地方极其贫瘠，完全处于荒芜状态，并且，有些区域在夜间能发出微弱的光芒。

这番研究针对的是遥远的废地，有可能确实是这样，虽然如此，可这并没有证实右翼教会党的观点。在他们看来，黑色海岸的形成就是不控制那儿的基因变异所导致的恶果，这些区域就像地球表面的毒疮，总有一天会扩散到所有产生变异的地方。而实际上，没有任何证据能够证明教会党的观点，相反的情况倒有可能是事实。也就是说，就像荒村的环境逐渐好转，会慢慢处于我们的控制之下一样，废地也会渐渐被勉强能够居住的边缘村所代替，所以，这些废地中的黑色土地似乎会慢慢缩小。实地考察的情形难以尽述，但现有的观测资料不断证明了一点——这儿的那些活着的物种，尽管依然还是以冒犯或亵渎上帝的形式存在，但却已经处在逐渐净化的过程中了——这些物种竟然正在慢慢地侵蚀这片可怕的蛮荒之地，并且正在逐渐净化，也就是说，它们虽然还是变异，但变异的程度已经越来越小了。

就是这些航海日志的段落让马瑟陷入了巨大的麻烦，他遭到了正统宗教的迫害，因为他的日志暗示变异物种并不是十恶不赦的，它们正在进行自我演化，尽管速度很慢，但这却是一条自我救赎之路，是一个净化的过程。除了这一条“阴险”的暗示，还有另外六条持异端邪说的罪名，让马瑟上了法庭。这一事件激起了很大的反响，出现了不少支持政府颁布探险禁令的声音。

然而，正当大家议论纷纷、莫衷一是之时，一艘名为“冒险号”的航船回到了它的出发地里格，谁都没有料到这艘失踪这么久的船竟然又回来了。此时，这艘船已是破旧不堪，船员也所剩无几，帆布上满是补丁，连后桅也是临时安装上的。总之，这条破船残败不堪，但该船的船员们却骄傲地对外宣布：这是世界上第一艘到过黑色海岸之外的船只。

这艘船不仅带来了大量的金、银、铜等各类饰物，而且还载回一船各类物种作为证据。证据就摆在那儿，谁也不能无视其存在，可这些物种还是引起了轩然大波，人们找不到什么方法证明这些东西是天然的纯净物种，还是变异了的怪物。因此，那些恪守教义的教徒拒绝触摸那些东西，以免自己受到沾染；另一些则相信这些东西就是《圣经》中所提到过的各类物种。不管这些东西到底是什么，反正当时它们非常走俏，利润颇为可观。于是人们纷纷驾船南下，去寻找这些东西。

从黑色海岸继续往南的那片土地还没有进入文明社会。大多数地方的人们都不知道什么叫罪恶感，所以阻止变异也就无从谈起了。个别地方的人虽然知道什么是罪恶感，但却又把变异的概念混淆了，不少人不以变异为耻。当发现有婴儿变异时，人们也并不担心，只要这些变异的小孩能够正常地活下去，并学会照顾自己，大家也就会给他们继续生存的权利。更有甚者，你会发现还有一些地方的人们以变异为正常。有这么一个部落，那儿的男女都不长毛发，他们认为毛发是魔鬼的象征。还有一个地方，人们都长着白色的头发和粉红色的眼睛。在另一个地方，如果你的手脚没有蹼，那你就不算正常人。还有一个地方，如果妇女没有三四个乳房，是不允许生儿育女的。

你会发现有些岛上的人生得又矮又壮，而另一些岛上的人全是瘦子；据说，还有些岛上的男女如果没有经过什么奇怪的变异让全身变成黑色的话，就不能算真正的人类。这些都还不算太离谱——至少较于下面这个岛屿的情形，上述岛屿的情况还算好的呢：有一个变异的种族，那儿的人只有两英尺高，浑身是毛，还长着尾巴，在树上生活。

总之，这些地方都非常古怪，让人难以置信。见到这一切，你就知道什么叫一切皆有可能了，是的，几乎任何事情都是有可能的。

当然，这些地方也极其危险。那片海域里的鱼和其他水生物比我们这儿的更大，也更凶猛。而且，上岸之后你永远也不知道岸上的变异人会怎么对你。有些岛上的人和蔼友善，而另一些岛上的人却会向你射毒箭。有的人会用包着辣椒的树叶团砸你，一旦你的眼里沾上辣椒，他们就会拿出长矛发动袭击。所以在那些地方，你永远不知道等待你的将会是什么。

有时和那些友善的人相处时，你可能根本不明白他们在说什么，而他们同样也不理解你的话。但多听几次，你就会发现他们说的许多词语和我们的语言其实一样，只不过发音不同罢了。同时你也会有一些困惑，因为他们似乎和我们一样，知道有关古人类的传说——譬如他们如何飞翔，怎样在海上建起一座城市，怎样在相距千里的情况下交流等等。不过，更让人头疼的是这些变异人——无论他们是怎样的怪物，是有七根手指，还是有四只胳膊，甚至是六个乳房，或是浑身长毛——都认为他们自己的形状就是古人原本的样子，任何跟他们不同的人反而是变异。

起初你会觉得这些人很愚蠢，但你会发现越来越多这样的人——他们对自己形象的正统性深信不疑，恰恰就像我们对自己形象的正统性深信不疑一样，这时，你就会开始怀疑，开始反问自己：关于真正的人类形象，我们自己又有什么可信的证据呢？你发现《圣经》里并没有说那个时代的人们不是我们这个样子，但另一方面，《圣经》里也没有任何关于人的定义。不，人类的定义都源自尼古拉斯的《忏悔》一书——可他本人也承认，自己写的这些定义，描述的是大灾难之后的人，所以你就搞不清尼古拉斯是否真正确定他就是上帝真实的形象，还是他自以为他是上帝真正的形象……

艾利克斯姨父还说了许多有关南方的故事，我已经不记得了，不过都非常有趣。但我想知道的事他还是没有提及，最后我干脆直接问他了。

“艾利克斯姨父，那儿有城市吗？”

“城市？”艾利克斯反复咀嚼着这个词，“那儿有的地方类似于我们的镇子，可能和肯塔克差不多大，但建筑风格不太一样。”

“不，”我继续说，“我是说大城市。”我向艾利克斯姨父描述了梦中那座城市的样子，但却没有告诉他这一切都是源于梦境。

艾利克斯姨父神情古怪，对我说：“我从来没听说过，竟然还有这样的地方。”

“或者再远一点儿，可能你也没去过？”我估摸着说。

艾利克斯姨父摇了摇头：“你没办法再往前走了，因为海里面长满了水草。那些水草的茎就像缆绳一样粗。在这种水域里船根本无法前进，一旦被水草缠住就非常麻烦，很难清理干净，甚至会被困在那里。”

“这样啊，”我说，“那你确定这个世界上没有城市吗？”

“我确定。”姨父说道，“如果有的话我们肯定听说过。”

我很失望。按艾利克斯姨父的意思，即便我能找到一艘船载我去南方，情况也不会比边缘村强到哪儿去。我一度还满怀希望，但现在我知道了：那座梦中的城市终究还是只存在于古人类的时代。

艾利克斯姨父继续诉说着他对上帝真实形象的疑惑，毕竟这些想法都是在他航海的过程中逐渐形成的。姨父赘述了很久，然后突然停下来，非常直接地问我：

“大卫，你明白我为什么要告诉你这些事，是吧？”

其实我自己也不确定，而且我也不愿意承认自己一直以来所受的教育——那些正统宗教观竟然也会有缺憾和解释不了的事。我忽然想起了一句我听过很多次的话：

“你丢掉了自己的信仰？”

艾利克斯姨父哼了一声，一下子拉长了脸。

“你满嘴都是布道者的口气！”艾利克斯姨父说道。他思索了一会儿，又接着说：“我告诉你，大多数人所承认的不一定就是事实。我跟你说，没有人，没有一个人清楚地知道上帝真实的形象到底是什么样子。他们自以为是，就像我们自以为是一样。可从现在我们能证明的一切来看，古人类也不一定就是真实的形象。”姨父说完后，又将目光停留在了我的身上。

“所以，”姨父说，“我也罢，其他人也罢，怎么能够认定你和罗瑟琳的这点‘不同’就一定是大逆不道呢，其实你们可能比其他人更接近上帝的真实形象呢。兴许古人类也是这样，他们有人说古人类曾经都有这么一个特点——他们可以远距离进行交流，而现在我们都做不到这一点了，但你和罗瑟琳却可以。仔细想想吧，大卫，既然如此，你们两个可能比我们还要更接近上帝真实的形象呢。”

我犹豫了将近一分钟，然后做出了决定。

“不止罗瑟琳和我，姨父，”我道出了事实，“还有其他人。”

艾利克斯姨父听后大吃一惊，瞪着我发愣。

“其他人？”姨父重复着我的话，“他们是谁，几个人？”

我摇了摇头。

“我也不知道他们是谁，我是说不知道他们的名字。因为名字在思想上是没有任何形状的，或者说没有思维影像，所以我们也从没费事去记名字。我们只是知道有人在思考，这样我就能感受到脑电波，就像你知道有人在讲话一样。我只是碰巧知道罗瑟琳是这些人当中的一个。”

姨父认识地看着我，一脸的不安。

“你们一共几个人？”姨父又重复了一遍他的问题。

“八个，”我回答说，“原本我们有九个人，但其中一个人的思想一个月前突然接收不到了。所以我想问问你，姨父，你说会不会是有人发现了这个秘密？你知道，如果被别人发现了他……”我没有继续往下说，而是让艾利克斯姨父自己做判断。

这时，艾利克斯姨父摇了摇头。

“我觉得不是。要是这样的话我们一定也会有所耳闻，或许他只是离开这儿了吧，他就住在附近吗？”

“我也这么想——不过我真的不知道他住在哪儿。但我能确定一点，他要是离开的话，应该会告诉我们的。”

“要是他觉得有人发现了这一切，那他也会告诉你们，是吗?”姨父说，“在我看来，可能是出了什么意外，肯定非常突然。你想让我帮你们找出真相吗?”

“那就拜托了，我们几个人都挺担心这件事的。”

“好吧，”艾利克斯姨父点点头，“我会尽量的。你刚才说他是个男孩，可能离这儿不远，大约一个月之前没了联系，还有什么别的信息吗?”

我告诉了姨父我知道的所有信息，其实也没有多少。艾利克斯姨父会帮我们尽力调查到底发生了什么事，这真让人大大松了一口气。这事已经一个月了，我们小组的其他成员联系如常，没再发生类似的失踪事件，我们已经不那么紧张了，但心里仍然放松不下来。

在分别之前，艾利克斯姨父再次提到刚才嘱咐我的话——没有人知道上帝真实的形象到底是什么样子。

后来，我才明白姨父为什么要告诉我这些，我也意识到，姨父根本就没太在意真实形象到底是什么样子。艾利克斯姨父发现恐慌和自卑的情绪正等待着我们，于是抢先把他航海的经历告诉了我，这样我们就不会受到那么多冲击了。其实此时我们的确应该了解自己，了解我们的特异功能。姨父此举是否明智，我说不上来。也许他还是应该再稍微等等，不用这么着急就跟我说这一切——但另一方面，他这么做可能有助于我们走出阴霾，促使我们尽快觉醒。

不管怎样，那一刻，我决定先不着急离家出走了。因为困难实实在在摆在面前，难以解决。

7

妹妹佩特拉的出生着实让我大吃一惊，而周围的每一个人却似乎没那么惊讶。

此前一两周，家里似乎有一丝期待的气氛，可我又不知道到底是为了什么，没人提起此事，更没有人承认。有些事情一直在酝酿中，而我却被蒙在鼓里，不明就里。直到那天晚上，我听到了婴儿的啼哭声，疑团终于解开了。婴儿的啼哭声响彻整幢房子，我绝对没听错，这肯定是从我家里发出来的，但之前家里并没有小宝宝啊。奇怪的是，第二天早上没有一个人提起昨晚的事。事实上，在监察官被叫来给婴儿颁布身份证书、证明她是人类婴儿、符合上帝的真实形象之前，谁都不会公开妄谈此事。万一这个孩子不幸与上帝的真实形象不符，亵渎了上帝，那她就没有资格获得身份证书，而其他人也就得继续装作不知情，那么这个令人悲痛的小插曲就会像从未发生过一样。

所以，天刚蒙蒙亮，父亲就派马夫骑马前去请监察官。在等监察官到来时，大家都假装镇定，仿佛这一天和平常一样，是普普通通的一天。

不过，随着时间一点点流逝，大家变得越来越不安了。因为马夫并没有请回监察官，而以父亲的地位和影响力，这件事似乎应该不会让大家失望。事实上，马夫只捎来了监察官很有礼貌的口信，声称自己会尽力找时间前来拜访。

与当地监察官公然争吵或是辱骂监察官都是极不明智的，即便是父亲这样的正人君子也不行，因为监察官要是想报复的话，他有的是理由和借口。

父亲对此事非常生气，可按照惯例他又找不出监察官的处理方式有什么问题，这股无名火无处发泄，他也就越发气愤。况且父亲十分清楚，监察官就是故意要让他生气。所以，父亲整个早晨都在屋里、院里到处转悠，时不时为一些小事大发雷霆。于是，大家都轻手轻脚地走路，实实在在地干活，生怕稍有不慎而触犯了父亲。

在被正式验明正身之前，没有人敢将孩子出生的事宣扬出去。而实际上，此事最好是能够尽快对外宣布，拖得越久，那些别有用心的人就越有充分的时间进行各种猜测。所以我们有专人负责在第一时间给婴儿办理身份证明。而在“婴儿”一词还没有被提及和暗示之前，大家只能继续装作母亲卧床是因为轻微的感冒或其他不适。

姐姐玛丽不时在母亲房间进进出出，出来时她会大声对家里的女佣发号施令，以此来掩饰内心的不安。我也无事可做，不得不待在家中，不想错过自己妹妹正式出生的对外宣布。父亲依然一声不吭，不停地在屋里踱来踱去。

妹妹已经出生的事实迟迟不能得到正式认可，大家心里都惴惴不安，联想到前不久镇子里有两例相同的情况——而那两家的孩子最终都没能得到身份证明，每个人心里都觉得有些害怕。父亲非常清楚，大家都在心里暗暗猜测，万一这次也发生同样的不幸，父亲会不会按照法律将母亲逐出家门——监察官无疑也很明白这一点。另一方面，我们又不能一直紧盯着监察官，因为这样做既不礼貌也太不尊重他，所以我们只好尽力忍受这种悬而未决带来的煎熬。

下午已经过去一半了，监察官才骑着他的小马驹悠哉悠哉地来到我家。父亲调整情绪前去迎接，态度极为正式，也很有礼貌，不过看得出他并不情愿。监察官也没有因此变得爽快，他依然是慢悠悠地从马背上下来，信步向屋里走去，还谈起了最近的天气。父亲气得憋红了脸，让姐姐玛丽带监察官到母亲的房间。终于，最让人揪心的等待时刻来临了。

事后，姐姐玛丽说，监察官履行他的职责时一直没完没了地哼着小曲儿，非常过分，为婴儿做检查时也非常挑剔，可以说没放过任何一处细节。最后，他面无表情地走出房间。我们把他请进一间轻易不用的会客室，他坐在桌子的一边，好像不知道从哪儿开始蘸墨水，一副小题大做的样子。不一会儿，他从包里拿出一张表，然后故意慢悠悠地写上他正式承认这个婴儿是正常女性，没有任何地方变异。他又沉思了片刻，好像还不是十分满意。在正式写下日期和签名之前，他的手又犹豫了一会儿。签完后，监察官小心翼翼地把纸面拂了拂，递给了早已怒火中烧的父亲。可即便这时，他也依然摆出一副似乎不太确定的样子。其实，他心里并没有任何怀疑，否则他会做出不同的决定，而父亲也很清楚这一切。

他这么做其实就是故意刁难。

最后，佩特拉的出生终于得到了承认。我也被正式告知有了一个妹妹，被带进母亲屋里时，我发现妹妹正躺在母亲床边的小摇篮里。

我眼中的佩特拉皮肤粉红，而且皱巴巴的，我不知道监察官是如何做出判断的。不过，妹妹看上去也没什么明显的不对劲，所以她最终还是得到了身份证明。监察官给妹妹颁发证明，任何人都不能提出质疑，因为妹妹的确和所有正常出生的婴儿一样……

大家正轮流进屋看望佩特拉时，有人按照习俗，拉响了马厩里的铃铛。在农场干活的人们都停下了手上的活。很快，大家就聚集在厨房里，共同祈祷，感谢上帝的恩赐。

佩特拉出生两大（也可能是三天）后，我无意中知道了一件家族往事。其实，要是能选择的话，我宁愿自己不知道这件事。

当时，我正悄悄地躲在父母卧室的隔壁，那段时间母亲依然还在卧床恢复的阶段。躲在那儿是我投机取巧的好办法，也是我的策略——最近我刚刚发现那儿是午饭后偷懒藏身的宝地，直到危险解除之后我再出来，这样下午就没人给我派活了，我也就可以躲过一劫。反正迄今为止，还没有人发现这个藏身之所，大家根本不会想到来这间屋子里找我。对我来说，其实也只是要在那儿消磨半小时左右的时间，相比一下午的辛勤劳作，这点事儿根本不算什么。正常情况下，要进这间房子还是挺方便的，只不过现在房子之间的篱笆墙已经破旧，有很多裂缝，所以我得小心翼翼，踮着脚尖走路，以免被母亲听到。

那天午后，我已经躲了一会儿了，正琢磨着大家是否已经忙碌起来、无暇顾及我了。这时，院子里来了一辆两轮的轻便马车，透过窗户，我发现是哈丽特姨妈驾着马车来了。

我总共也就见过哈丽特姨妈八九次，因为她的住处离我们家有十五英里，大约是肯塔克镇那个方向，我心里还是很喜欢哈丽特姨妈的。她大概比我母亲小三岁，外表很相像，五官比母亲柔和一点儿，可这样整体效果看起来就不同了。我以前看到哈丽特姨妈时，总感觉就像看到了年轻时的母亲，而且，我也宁愿母亲能像哈丽特姨妈那样。和母亲相比，我也更愿意跟哈丽特姨妈聊天，她很平易近人，丝毫没有那种爱指摘他人的傲慢。

我只穿着袜子，小心翼翼地挪到窗前，看着哈丽特姨妈把马拴好，从马车里抱出一个白包袱走了进来。我想她一路上在客厅、卧室应该没碰到什么人，因为她很快就走进了父母的卧室——也就是我的隔壁，我听到门闩咯噔响了一下。

“哈丽特，你怎么来了？”我母亲惊讶得叫出声来，好像不是很欢迎似的，“这才多长时间啊！可别告诉我一路上你就是这么抱着孩子来的。”

“你说得对，”哈丽特姨妈语气谦恭，像是接受了母亲的责备，“可我不得不这样做啊，艾米丽。我听说你的孩子提前出生了，所以我，哦，她在这儿！真是个可爱的小家伙，艾米丽！”姨妈突然停了下来，可没一会儿又说道，“我的孩子也非常可爱，不是吗？她不也是个可爱的小家伙吗？”

接着，母亲和姨妈相互祝贺一番，我觉得很无趣，新生的婴儿看上去都差不多，没什么太大区别，更谈不上有多可爱。

“我为你高兴，亲爱的。亨利肯定也十分开心吧。”母亲说。

“他当然开心了。”哈丽特姨妈的语气不太对劲，连我都听出来了。这时，她又忙不迭地说：“我女儿是一周前出生的，我不知道该怎么办才好，然后我就听说你女儿也提前降生了，这个消息让我喜出望外，简直就像是上帝回应了我的祈祷，满足了我的要求。”哈丽特姨妈顿了顿，故作轻松地说：“你的小孩已经有身份证明了吧？”

“那当然了。”母亲的口气不善，像是准备反击。虽然看不到她，但我能想象到她说话时的表情，当母亲再度开口时，我能听出她的语气里流露出了一丝不安。

“哈丽特！”母亲质问道，“难道说你的孩子还没有身份证明？”

姨妈默不作声，但我却隐隐听到了一阵压抑的啜泣。这时，母亲冷冰冰地命令道：“哈丽特，让我看看这个孩子，我要检查一下。”

接下来的几秒钟，除了姨妈偶尔传来的几声抽泣，我什么也没听到。然后，又听到姨妈抽抽噎噎地说："你看，只是小问题，只是稍微有点儿区别，问题不大。"

"问题不大？"母亲一声断喝，"你怎么还敢把这个小怪物带到我家来，还说什么问题不大！"

"怪物！"哈丽特姨妈如同受了侮辱似的，"呜呜呜……"她的抽泣转为低沉的呜咽。

过了一会儿，母亲说："难怪你不敢请监察官去看。"

哈丽特姨妈依然在哭，母亲一言不发，直到姨妈停止哭泣后才说话。

"哈丽特，你为什么要到我家来？为什么要把这个小东西带来？"

哈丽特姨妈擤了擤鼻涕，语气平静而沉闷："她刚一生下来……我看到她的那一刻就想自杀。我知道他们是不会接受这个孩子的，虽然差别确实很小。可我不能让这一切发生，我总觉得自己还是能想个办法救她的。我爱这个孩子，她是个可爱的孩子啊——除了那点儿不一样之外。她很可爱，不是吗？"

母亲并没有回答，哈丽特姨妈只好继续说道：

"我不知道该怎么办，但我希望能想到办法。我知道在他们把她带走之前，我还能和这个孩子待上一段时间。你知道的，在我们必须对外宣布之前，我们还是有一个月的时间的，所以我想至少应该把孩子留到那个时候。"

“那亨利呢？他怎么说？”

“他……他说我们应该立刻通知监察官。但我没让他这么做——我是不会让他这么做的。绝对不会的，艾米丽。绝对不会。我的上帝啊，不要再让我承受第三次痛苦了！我没日没夜地抱着她祈祷，而且满怀希望。然后我就听说你的孩子提前出生了，我想这大概就是上帝对我的眷顾吧。”

“哈丽特，”母亲冷冷地说，“实际上，我倒觉得这与你没什么关系，”母亲的话很尖锐，“再说我也不知道你到底是什么意思。”

“我是在想，”哈丽特姨妈依然在继续讲话，但已然变得了无生气，只是强迫自己说出了下面的话，“我是在想把我的孩子留给你，借一下你的孩子——”

母亲不敢相信似的呼出一口气，显然，姨妈的这个主意让母亲无语。

“就一两天，只要拿到身份证明就行了，”姨妈仍旧不死心，继续说道，“你可是我的姐姐，艾米丽，我的亲姐姐啊，你是世界上唯一一个能帮我留住这个孩子的人了。”

姨妈说着说着又哭了起来。一阵沉默之后，母亲发话了：

“我这辈子还从来没听过这么荒诞不经、离经叛道的事呢。居然跑来让我掺和一个道德沦丧、触犯法律的阴谋……我猜你是疯了吧，哈丽特，竟然以为我会借给你——”听到父亲沉重的脚步声，母亲没再继续说下去。

“约瑟夫，”父亲一进屋，母亲就对他说，“快把她送走，让她赶紧离开我们家，带上那个东西赶快离开。”

“可是，”父亲大为不解，“哈丽特可是你妹妹啊，亲爱的。”

母亲把事情前前后后完整地解释了一番，其间哈丽特姨妈一声不吭。听完这一切，父亲似乎有些不相信。

“这是真的吗？这就是你来的目的？”

哈丽特姨妈有气无力、一字一句地说：“这可是第三次了啊。他们会带走我的孩子，一直是这样，他们已经带走我两个孩子了。我再也承受不了了——我绝对不会让他们再次带走我的孩子。亨利可能会把我赶走，然后另娶一个妻子，给他生下健康的孩子。可我呢——在这个世界上我什么都没有了——什么都没有！我抱着一丝希望来到这里，就是希望能得到你们的同情和帮助，艾米丽可是唯一能够帮助我的人啊，现在我明白了，我是多么愚蠢啊……”

没有人说话，屋里一阵沉默。

“很好——我明白了。我现在就走。”哈丽特姨妈面如死灰，语气决绝。

而父亲在这方面的态度历来十分鲜明，他决不会不说话，模棱两可地掩饰自己的观点，他根本不是这样的人。

“我简直无法理解你怎么敢到这儿来，到一个敬畏上帝的人家里来，而且心怀叵测，居心不良。更糟糕的是，你居然没有一丝羞愧和悔恨。”

“我为什么要羞愧和悔恨？我根本没做过让自己羞愧的

事。我一点儿也不羞愧，我只是伤心，自己的亲人竟然见死不救。”哈丽特姨妈的声音比之前镇定多了。

“你竟然还不羞愧？”父亲重复着“羞愧”二字，“生出一个有着上帝形象的赝品，你竟然还不羞愧——图谋将自己的姐姐拉下水，让她跟你一起密谋犯罪、亵渎上帝，你竟然还不羞愧？”父亲深吸了一口气，用布道者的口吻说，“上帝的敌人就在我们周围，这些魔鬼正在寻找机会，试图利用我们向上帝发动攻击，并且不厌其烦，一而再、再而三，拙劣地制造出支离破碎的虚假形象。他们总是在我们最薄弱的环节上下手，企图亵渎我们的种族。你已经是个罪人了，女人！仔细审视你的内心，你就会知道你犯了什么罪行。你的罪行已经削弱了我们抵御魔鬼的藩篱，魔鬼已经通过你向上帝开战了。虽然你戴着十字架保护自己，但你心里却根本没有那个十字架。因为你对不纯洁没有时刻保持警惕，所以你生出的孩子又出现了变异；而只要是变异，任何形式的变异，都是对上帝不折不扣的亵渎。你生出的是一个亵渎了上帝的东西！”

“她只是个可怜的婴儿！”

“一个婴儿，说得倒轻巧！如果你执意把她养大，那么她就会繁衍后代，子子孙孙流传下去，这种玷污就会逐渐扩展开来，直到我们周围全是异种和亵渎上帝的家伙——在一些意志和信念薄弱的地方，就发生了这样的事情！而在这里，我们决不允许这样的事情发生。我们的祖先是上帝真正的子民，上帝把信念赋予他们，一直流传至今，难道你认为我们会允许你背叛所有的人，让祖先所做的努力都白白浪费？我为你感到丢脸，你这个女人！现在马上离开我们家，带着羞愧离开吧！不要做无谓的抗争了，快按照法律要求去通知监察官，早点忏悔还可以洗清罪恶。祈祷吧，你要做的祷告太多了。因为你不仅犯了亵渎罪，生出一个魔鬼，而且还藐视法律，明知有罪还要一意孤行。我宅心仁厚，也就不跟你计较这些了。这需要你自己去解脱，跪在上帝面前祈祷，让上帝宽恕你犯过的所有罪行。”

我只听到轻飘飘的脚步声，哈丽特姨妈抱起孩子时，孩子轻轻哭了两声。她到门边提起门闩，又停了下来。

“我会祈祷，是的，我一定会祈祷的，”她的声音更加坚定，语气更加平静，“我会祈求上帝赐给这个残忍的世界一点儿仁慈，给弱者一点儿同情，给不幸的人一点儿爱心。我还会问上帝，因为身体上的一点点瑕疵，就让一个孩子承受这些，让她的灵魂受到诅咒，难道真的是他愿意的吗？我还要向他祈祷，让那些自以为正义的心灵遭受支离破碎的痛苦……”

门被关上了，我听到哈丽特姨妈沿着走廊缓缓离去的声音。

我又踮着脚尖走到了窗户旁边，看着哈丽特姨妈走了出去，小心翼翼将那个白色的襁褓放到马车上，还温柔地端详了一会儿。然后，解开绳子，坐上马车，把孩子放在自己的腿上，还专门用一只胳膊将孩子护在她的斗篷下面。

姨妈驾马车掉头离去，那个场景永远嵌进了我的脑海：她一只手抱着襁褓中的婴儿，斗篷半掩半开，可以看到褐色长裙的上半部分，上面绣着一个大大的十字架，边缘由棕色的混纺线织成；她的面部表情僵硬，像大理石一般，双眼空洞地望着我家的房子，视若无物……

终于，她抖了抖缰绳，驾车离开了。

我身后，父母的卧室中，又传来了父亲的怒吼：

“又是离经叛道、异端邪说！我可以不计较她要密谋交换孩子的事，女人在这种时候总是容易突发奇想。只要她向监察官汇报，其余的事我都可以不问。不过，她这种异端邪说的想法又是另外一回事了。看来她不仅毫无羞耻之心，而且还很阴险，我简直无法想象这样邪恶的人居然是你妹妹。她明明知道你也因为同样的事做过两次忏悔，竟然还以为你可能成为她的帮凶。还有，她竟然在我的家里高谈阔论异端邪说，这是让人绝对无法容忍的，这件事不能就这么算了。”

“或许，她并不知道自己到底在说什么。”母亲的语气里带着一丝不确定。

“那就让时间让她知道自己到底在说什么了。我们有责任监督她。”

母亲想说些什么，但声音却变得嘶哑了，并开始哭泣。以前我从来没有听到她哭过。父亲继续强调着人们不仅仅需要在思想上保持纯净，同时也要在心灵和行为上保持纯净，而这一点对女人来说尤为重要。我悄悄溜走时，依然能听到父亲在喋喋不休地啰唆。

我禁不住好奇，很想知道那个小婴儿到底是哪处“小地方”长得不对。我甚至还在想，她会不会就像索菲一样只是多出来一个脚趾。可我一直没搞清楚。

第二天传来消息，人们在河里发现了哈丽特姨妈的尸体。然而，却没有人提到那个婴儿。

8

就在噩耗传来的那天晚上，父亲带领大家祈祷时提到了姨妈哈丽特的名字，并为她祈福，但仅此一次。然后，似乎除我之外，大家都把她遗忘了。不过在我的记忆中，她依然那么清晰，只要听到她的名字，就好像她会立刻出现在我面前——那个诚实的人面如死灰，一脸绝望，“我一点儿也不羞愧，我只是伤心。”——这句话也清晰地印在我的脑海中。还有我最后一次看到她，那时她正幽怨地看着我家的房子。

没人告诉我她是怎么死的，但我知道这绝非意外。我无意中听到了那场谈话，但其实有很多事我还是弄不明白。尽管如此，这件事还是迄今为止我碰到过的最让我心神不宁的事了——这件事让我警醒，让我感到非常恐惧。索菲从未给我带来过这种恐惧，我自己也不知道是什么原因，照理说她们其实都是变异啊。好几次在夜里，我都梦到哈丽特姨妈躺在河里，还抓着那白色的襁褓，河水使得头发缠绕在她苍白的脸上，她双眼大大地瞪着，空洞地盯着前方，把我吓坏了……

这件事情的发生仅仅是因为这个孩子生来就跟其他孩子有些不一样。她多了点儿东西，或是少了点儿东西，与上帝给人的定义有冲突。就是这个“小地方”让她异于常人。

我父亲向来称之为异种……异种！我想起家中墙上挂着的那些橡木框中的教义，里面也画着那些恶魔般的异种。我记得有一位四处游走的传教士，他曾在讲坛上怒喝道："异种是要受诅咒的！"

异种是要受诅咒的。异种，不仅是人类的敌人，也是上帝创造的所有物种的敌人。它们的内心包含着邪恶的种子，它们不知疲倦地尝试，妄图结出邪恶的果实，以便摧毁神的秩序，推翻我们的世界，彻底颠覆上帝意志支撑着的地球，把这儿变成跟边缘村一样的混沌之地。它们想把这儿变成一个没有法律的地方，就像艾利克斯姨父口中所说的南方那样，那里的动物、植物，包括人类，都会繁衍出拙劣的异种突变。在那里，极少有正统的人和动植物，一切都要让位于各种无法命名的突变生物，那些萎缩的变异物种会肆意横行，邪恶的精灵会用下流的幻想恣意模仿上帝，这一切都是对上帝的嘲讽。

那几天夜里我都会非常虔诚地祈祷。

"啊，上帝，"我暗自祈祷，"求求你，求求你就让我跟其他人一样吧。我不想与众不同。可不可以让我明早醒来就跟别人一样呢？求求你了，上帝，求你了。"

但早上一觉醒来，我还是很快就能收到罗瑟琳和其他几个人的意念。我知道祈祷没改变什么。我不得不穿衣起床，可我还是我，还是昨晚睡觉前的那个人。我还得去那间大大的厨房吃早餐，面对着挂在墙上的那个橡木装饰品。它好像有了生命一般，用板子里烙上的那句话狠狠地瞪着我：在上帝和人类眼中，异种是要受到诅咒的！

重 生

我的恐惧在不断加深。

我连续祈祷了五天，都没起什么作用。这天吃完早餐，我正要离开，艾利克斯姨父让我去帮他修犁耙。修了几个小时后，他说："歇一会儿吧。"我们走出铁匠铺，倚在墙边晒太阳。他拿给我一块燕麦饼，自己也拿了一块，吃了一两分钟后，他说道：

"好了，大卫，我们说说吧。"

"说什么？"我傻傻地问道。

"到底是什么让你最近两天跟病了似的。"他说道，"怎么了？有人发现了吗？"

"没有。"我答道。他轻舒了口气。

"那么，到底是怎么了？"

我告诉他哈丽特姨妈的事。我是一直哭着说完的——能够和他人分享心事真的让人很放松。

"她驾马车离开时脸上的表情让我永生难忘，"我解释道，"我从来没见过那种表情。我脑海中甚至总出现她在水中的样子，表情恐怖。"

说完我抬头看着他。他的表情从未如此严肃，嘴角向下耷拉着。

"原来是这样——"他点了点头。

"全都是因为那个孩子有点儿与众不同，其实索菲也……我以前不太懂……我——我好害怕，艾利克斯姨父。他们要是发现我也与众不同的话，会怎么做呢？"

他把手放在我的肩膀上。

“没人会知道这些的，”他再一次告诉我，“除了我不会再有别人知道——而且我这儿你也大可放心。”

他这次的保证似乎不像之前那样信誓旦旦了。

“还有那个忽然断了联系的人，”我提醒他说，“也许他们会发现他的秘密……”

他摇了摇头：“我觉得对此你大可放心，大卫。我知道有个男孩就在你说的那个时间死了。他叫沃尔特·布伦特，九岁左右。当时人们正在伐木，而他恰好在附近玩耍，一棵树砸到了他，可怜的孩子。”

“在哪儿？”我问道。

“离这里大约九英里，在弛普镇外的一个农场上。”他说道。

我回想了一下。弛普镇，那个方向没错。这个事故恰恰能解释一切……其实我对这个未曾谋面的沃尔特并没有丝毫恶意，根本不希望他遭遇不测，但我觉得这应该就是他忽然跟大家失去联系的原因，也希望一切就是如此。

艾利克斯姨父又仔细地解释了一番。

“别人没有理由去追究这些，再说也没有什么端倪——只要你们自己不说，其实只有你们自己告诉他们才可能会暴露一切。所以你要学着看好自己，大卫，这样他们就永远都发现不了。”

“他们对索菲做了什么？”这已经是我第二次问他了。但他还是不跟我说，并继续说道：

“记住我跟你说的话。他们认为自己符合上帝真正的形象——但其实他们自己也不敢确定。即使古人跟我或者跟他们一样，那又怎样呢？哦，我知道人们会讲得天花乱坠，说他们是如何优秀，他们的世界是多么美好，甚至说总有一天他们会回到从前，重新获得他们所拥有的一切。在讲述这些时，他们掺杂了很多无稽之谈，但即便他们说的大都是真的，如此费力地沿着他们的痕迹走下去又有什么好处呢？那些古人在哪儿呢？他们美好的世界现在又在哪里呢？”

“上帝在他们身上施加了灾难。”我引述道。

“好吧，好吧，你是完全被传道士的话迷惑了，是吧？说起来很简单——但理解起来就不简单了，尤其是在你只看到了世界的一小部分、只明白了那一小部分世界的含义之时，你其实是在坐井观天，要完全、完整地理解这个世界是很难的。灾难并不只是《圣经》里的暴风雨、飓风、洪水和火灾，它是上述所有叠加起来的总和，甚至更加糟糕。它造就了黑色海岸，还有那儿夜里闪光的废墟，以及废地。也许在索多玛和蛾摩拉[①]曾经有过这样的先例，只是这次更为严重而已——但我不明白的是其余地方为什么竟然会发生如此古怪的事情。”

“在拉布拉多就没有灾难。”我说道。

① 《圣经·创世记》记载，索多玛和蛾摩拉两座城池罪恶深重，耶和华要派两位天使去毁灭这两座城池。亚伯拉罕为之求情，神答应他只要城内还有十个义人——亦即真正的好人，就收回成命。

“并不是说拉布拉多没有灾难——而是说拉布拉多和纽芬兰比其他地方的灾难要少，”他纠正了我，“灾难一定已经发生过了——那这还能是什么意思呢？这一切又是为什么呢？我几乎能够理解，上帝被惹火之后，可能会摧毁所有的生灵，甚至整个世界。可我不能理解的是这种反复无常，还有这些乱七八糟的变异——这根本说不通，毫无道理。”

我还是没弄明白他到底有什么问题难以理解。毕竟，全能的上帝可以做任何他想做的事。我试图解释给艾利克斯姨父听，但是他摇了摇头。

“我们必须得认为上帝是心智正常的，大卫，否则我们会很迷茫的。可到底发生了什么事呢？”他的手大大地挥了一圈，指代整个世界，“现在发生的一切似乎都不正常——简直是心智失常之人所为，依上帝的智慧是做不出这样的事来的。那么，这到底是怎么回事呢？”

“但是灾难——”我开始说道。

艾利克斯姨父焦躁不安地走来走去，“那只是一个字眼而已，”他说着，“一面生锈的镜子，是反映不出什么东西的。但就传道士而言，这面镜子却很有用。他们会开始思考，开始拷问自己：‘我们正在做什么呀？我们传了些什么教？古人到底是什么样的？他们到底做了什么，使得这场可怕的灾难降临在他们身上，让整个世界一片狼藉？’一段时间之后他们可能会说：‘我们这样做对吗？灾难使整个世界成为另一番景象，既然如此，我们还能在这儿重建一个古人失去的世界吗？还有希望吗？我们应该这样做吗？如果我们完全依样画葫芦，重建这个世界，那么它再次毁于一场灾难该怎么办？在一次又一次的反复中，我们又能获得什么呢？'孩子，因为这一切都很明确，无论古人是多么优秀，他们也不可能会优秀得不犯任何错误——没有人知道，也不可能有人知道他们聪明在哪里，错在哪里。"

他的话大多数我都听不太懂，不过我似乎领会了要点。我说道：

"但是，姨父，如果我们不效仿古人，不去尽力重建失去的一切，那我们能干什么呢？"

"嗯，我们可以试着做回自己，建造一个现有的新世界，而不是一定要恢复那个已经消失了的旧世界。"他说道。

"我想我还是不明白，"我对他说，"你是说不管真正的教义和上帝真实的形象到底是什么，也不去计较是否存在变异，是吗？"

"不完全对，"他看着我的一侧，"你从你姨妈那里听到了一些异端邪说；那么，今天你又从你的姨父这里听到了更多的异端邪说。那么我问你，你认为是什么使一个人成为一个真正的人？"

我开始一字不落地背诵定义，才刚说了五个字就被他打断了。

"不是这样的！"他说道，"你可以找个蜡像，它就具备你说的一切，可它还是一个蜡像，不是吗？"

“确实如此。”

“那么，一个人之所以能成为人，是因为他内在的东西。”

“是灵魂吗？”我问道。

“不，”他说道，“灵魂只是教堂收集的筹码，与钉子没什么区别。人之所以为人，是因为思想，那不是一件什么东西，而是一种品质，思想的价值是不一样的。它们或好或坏。思想越好，其价值也就越大。明白我的意思了吗？”

“不明白。”我承认道。

“是这样的，大卫，在有关变异的问题上，我认为传教士们在某种程度上还是对的——不过变异的原因并不是他们说的那样。大多数变异并不会有什么意义，在这方面传教士是对的。如果他们允许异种像我们这样活着，又能有什么好处呢？难道说长着十二条胳膊、两个脑袋、眼睛如望远镜一样就能让一个人更有资格是人吗？并不是这样。人获得自己的外形之时——传教士称之为上帝真正的形象——他自己根本不知道这一切，是随后内在的变化发展使他成为了人。他发现自己拥有其他任何事物所不具备的东西——思想，这才会让他与众不同。跟很多动物一样，他体形优美，可以完全变成他想要成为的那个样子。但他拥有的这种新品质——思想，还只是处于初级阶段，他会一直不断地发展自己的思想。这是他唯一可以有效发展的东西，他也只能这样——发展思想的新品质。”艾利克斯姨父若有所思地顿了顿，“在我当水手的第二艘船上有一位医生，他就是这么认为的。我越想，越觉得这种说法讲得通。现在，依我看，你、罗瑟琳和其他人正是拥有了思想的新品质。乞求上帝收回这一切是错误的，这就像请求上帝把你弄聋或弄瞎一样。我知道你面临的是什么，大卫，但畏惧并不是解决问题的办法，也没有什么简单的解决之道。你必须自己想对策，你只能面对它。既然这是你的一种能力，你就得决定怎么更充分地利用它，同时又要保护自己的安全。”

第一次听他说了这么多深刻的道理，我当然没全弄明白。他的一些话我记在了脑子里，还有一些我只是模模糊糊地记得，不过后来在和他谈话的过程中我又开始重新思考。最后我终于明白了，尤其是在迈克尔上学之后。

那天晚上，我跟别人讲了沃尔特的事。我们对他的不幸都表示难过——当然，知道这仅仅是个意外之后，大家还是都松了一口气。我发现了一件奇怪的事情，他可能是我的一个远亲，因为我的外祖母也姓布伦特。

此次失踪事件之后，我们就彼此说出了名字，这样似乎比较明智，以免再发生什么事大家断了联系而措手不及、惶惶不可终日。

我们现在总共八个人——八个能用意念交流的人。也有个别人偶尔能发出一些信号，不过很微弱，也很有限，所以他们不算——譬如盲人，有的其实是能分辨某些光线的，但他们却还是分不清白天和夜晚。我们不愿意和这些人进行意念交流，因为经常接收不到，收到的也不是很清楚，弄不明白是什么意思。

其余六人分别是：迈克尔，他住在往北大约三英里的地方；再往北两英里，就是萨利的家和凯瑟琳的家，她们两家的农场是挨着的；马克住在西北方向九英里之外的地方；安妮和瑞切尔是一对姐妹，她们住得很近，就在西边一英里半以外的一个大农场上。安妮那会儿已经过了十三岁生日，是我们当中最大的，沃尔特·布伦特曾经是我们当中最小的，不过他已经去世六个月了。

弄明白彼此是谁之后，我们就可以更好地相互支持，并逐步建立信任感。渐渐地，我发现墙上那些反对异种的标语和警告不再那么触目惊心了，它们似乎温和了很多，与背景融为一体，甚至消失不见了。但这并不是说我忘记了哈丽特姨妈和索菲，只是她们不会再那么可怕又频繁地出现在我心里了。并且，我马上就会有很多新的事情要考虑了，这也有助于我从原先的困惑和纠结中走出来。

我曾经说过，我们的学校教育很不完善。多数写作和阅读的素材都只来源于仅有的几本书，再就是《圣经》和《忏悔》——而这些东西又非常难以理解，还有一些最基础的数学运算。这些知识显然不够，迈克尔的父母并不满意，所以他们把迈克尔送到肯塔克的一所学校去读书了。在那里，他开始学习一些教我们的老太太们从来都没教过的东西——有些甚至连那些老太太自己都不懂，更没有想过。迈克尔想让我们几个也知道这些知识，他开始用意念传授给我们。刚开始他的传递不是很清楚，由于比从前的传递距离远得多，我们的意念交流变得非常困难。但是经过几周的练习后，情况好多了，他能向我们几个描述他所学到的一切——甚至一些他自己也没有完全理解的东西。这些东西经过大家的思考后，变得好理解了，这样对他也有所帮助。后来，迈克尔成了班里最好的学生，我们也非常高兴。

学习新知识，了解更多东西让我感觉很充实，能减少很多疑惑，对艾利克斯姨父说过的很多事情，我理解得也更加透彻了。不过这也让我第一次意识到一种复杂感，我们将永远无法再从中脱离出来，重返自由、重返简单了。一个人应该知道的东西太多了，没过多久，我们就发现总是要牢记这些东西十分困难。我们经常要对简单的错误保持沉默；不得不耐心地去听一些根本基于错误概念的愚蠢讨论；明明知道有更好的方式，可还是得按照常规的方式工作，等等等等——所有这些，都需要强大的自制力才能做到，必须能够完全约束自己才行。

当然也有糟糕的时刻：有时无心的话语会惹人生气，有时对该尊重的人却缺乏耐心，有时会说一些没经过深思熟虑的提议。不过真正失足的时候很少，因为大家都有很明确的危机意识。不管怎么说，大家都很谨慎，碰到问题也知道马上修补，再加上运气不错，迄今为止，还没有人直接对我们表示出怀疑。就这样过了六年，谁也没有意识到，危险，其实离我们越来越近。

直到有一天，我们发现我们八个人一下子变成了九个。

9

我的小妹佩特拉很可爱。她看起来很正常。我们当中从没有哪个人对此有疑问。她很快乐，从小就是个美人坯子，一头金色的短发。时至今日，我眼前依然能闪现出那个穿着一身鲜艳衣服的小可爱：她脚步不稳地到处乱跑，怀里还抱着一个布娃娃，那个布娃娃眼斜得厉害，可她却爱得无以复加。其实她自己本身就像个玩具，跟其他孩子一样喜欢跌跌撞撞、四处乱跑，不高兴了就哭鼻子，高兴时又咯咯地笑。她有时很严肃，有时又很可爱。不仅我，所有人都很喜欢她，甚至连父亲都掩饰不住对她的宠爱。我从来都没想过她会有什么不同，直到那件事情突然发生……

当时正值丰收时节，我和另外五个人排成梯队，正在十二英亩的地里收割庄稼。我刚把长柄大镰刀递给另一个人，自己开始收拢一下刚收割的麦子稍作休息，突然，我好像被击中了，而且毫无征兆……我以前从未有过这种感觉，前一刻还在不慌不忙、十分开心地绑起一捆庄稼立在那儿，而片刻之后，似乎有东西击中了我，确切地说，是在我的脑袋里击中了我。重击之下，我踉踉跄跄差点儿摔倒，然后就感到疼痛，脑袋好像被鱼钩扯住了一般，把我往一个方向拉。虽然刚开始我十分惊讶，可有一点毋庸置疑——我应该随着这股力量而去。我恍恍惚惚朝那个方向转身，丢掉手中的麦子，飞快地跑过田地，大家都看着我，面露惊讶之色。我不停地奔跑着，自己也不知道原因，只知道这件事很急。跨过六英亩的田地，我上了小路，接着又穿过篱笆，从东方牧场的斜坡跑下去，向小河奔去……

跑过斜坡，我看到河对面的田地，那是安格斯·莫顿众多田地中的一块，一条小路横穿过它，通往河上的小桥。我发现罗瑟琳也从那条小路上飞奔而来，像一阵风似的。

我一直跑到河边，上了小桥，顺着水流方向往那几个很深的水潭处跑。我没有丝毫的迟疑，一直跑到第二个水潭边，猛地跳了进去。钻出水面时，我离佩特拉就不远了。她正在深水里挣扎，可水潭岸边很陡，她根本爬不上去，只能抓着一棵小树。那棵树已经被拽弯了，根部也摇摇欲坠，随时可能被连根拔起。我奋力朝她游去，终于抓住了她。

大脑里那股生拉硬拽的痛感忽然减轻，逐渐消失了。我奋力把她拖到一个容易上岸的地方，河水越来越浅，双脚终于触到了河底，我站了起来。这时，我看到罗瑟琳吃惊的面孔，她隔着矮树林不安地看着我。

“她是谁？”她颤抖着问出声来，没有用意念，而是把手放在自己的额头上，“到底是谁能做到这一点呢？”

我告诉了她。

“佩特拉？”她重复道，难以置信地望着我。

我把小妹佩特拉抱上岸，放在草地上。她已经耗尽了所有力气，昏昏沉沉的，不过应该没什么大问题。

罗瑟琳走过来，跪在佩特拉另一边的草地上。我们低头看着她：她躺在那里，衣服已经湿透，头发依然是鬈曲的，但乱蓬蓬了，暗淡无光。接着，我们俩相互对视了一眼。

“我以前也不知道，”我对她说，“我根本不知道她竟然会是我们中的一员。”

罗瑟琳把手覆在脸上，指尖放在太阳穴处。她轻轻地摇了摇头，不安地看着我。

“她不是，”她说道，“她只是像而已，却不是我们中的一员。我们当中，谁也不会这样发号施令。她拥有一些比我们还要强大的东西。”

接着，其他人也都跑来了，有些是从十二英亩之外的庄稼地里跟着我过来的，还有些是从另一边跑过来的，他们都不知道罗瑟琳为什么哭着跑出了屋子，好像有什么十万火急的事。我抱起佩特拉朝家中走去，一个从地里跟来的人疑惑地看着我：

“可……你是怎么知道的呢？”他问道，“我就什么都没听到啊。”

罗瑟琳回过头来，异常吃惊地看着他。

“什么？她的呼救声那么大，只要耳朵不聋，肯塔克得有一半人能听到她的声音。”

那个人疑惑地摇了摇头。但至少我们两个都听到了，这一事实又让其他人有些拿不准。

我没做评价。大家被此事搅得十分不安，问了很多问题，我一直尽力回避，告诉他们等我或者罗瑟琳有时间时再回答，这会儿我们要先把佩特拉送回家。这样一来，也就没再引起大家的怀疑。

那天晚上，我做了一个似曾相识的梦，这是这么多年来的第一次。父亲右手高举屠刀，闪着阴寒的光芒，不过这次在他左手里挣扎的异种不是一头小牛，也不是索菲，而是佩特拉。我猛然间吓醒了，浑身是汗。

第二天，我试着向佩特拉发送意念，告诉她不要泄露秘密，我觉得让她知道这一切非常重要。我努力再三，可就是无法联系上她。其他人也依次试了，还是没有回应。我在想是否应该直接告诉她，却遭到了罗瑟琳的反对。

“说出来一定会让她恐慌，”她说道，“如果她现在还没有意识到这一切的话，那么她甚至可能都不知道发生了什么，所以告诉她这些很可能会制造麻烦，带来不必要的危险。要知道，她才六岁啊，这么早就让她有如此重的负担并不合适，也不安全，还是等以后有必要时再告诉她好了。”

大家一致同意罗瑟琳的观点。我们都知道长时间保守秘密、对自己的一言一行都要保持警惕是很不容易的，更何况这期间我们还在一直操练这个秘密——坚持用意念交流，经常彼此之间发射脑电波。我们决定先不告诉佩特拉，除非发生了什么事，被逼无奈非告诉她不可；或者等她长大了，能更清楚地理解我们的警告时再说。同时，我们也会不时地试验，看能不能用意念与她联系，只要联系不上，那就暂且保持现状。

对我们来说，没有理由不保持现状。事实上，我们也别无选择。如果不继续隐瞒事实真相的话，我们就全完了。

在过去的几年中，我们对周围的人有了更多的理解。早在五六年前，这场隐瞒事实的游戏就令人非常不安，而随着我们对周围的理解不断加深，掩盖真相也就愈加困难。从本质上说，这并没有什么变化，如果我们想活下去，那就一定要把真实的自我隐藏起来，跟其他人一样走路、说话、生活——这就是我们需要考虑的全部。迈克尔对我们拥有的这种天赋抱怨不已，恨不得自己根本没有这种天赋。其实，具备此种功能本该是件好事，我们比常人多了一种感知能力，但实际上却像被诅咒了一般。即便是最愚蠢的普通人也比我们开心，因为他们有归属感，而我们没有。正是由于没有归属感，我们也就得不到认同——我们一直被否定、被谴责，极度消极，心理阴暗，不能展示自我，不能畅所欲言，不敢公开运用自己的能力，不能被周围的人发现——所有这一切真的是一种诅咒，我们只能永远地生活在欺骗、隐瞒和谎言当中。展现在我们面前的生活没有任何指望，将来依然要如此暗淡地生活下去，这让大家都很灰心，而这对迈克尔的打击更大：他想象力丰富，早已想象到这样了无生趣地活下去将意味着接连不断的消沉，而他又没有其他更好的选择，因此反而更加忧虑。在我看来，为了生存，牢牢把握这种消极的生活就已经让我应接不暇了；我这会儿才刚刚体会到一点缺乏积极生活的空虚，这主要是因为随着年龄的增长，我的危险意识有所增强。就在我们发现佩特拉的事之前的那年夏天的一个下午，我变得更具有危机意识、更加经得起考验了。

那一年情况很糟糕。由于变异，我们有三块地没有收成，安格斯·莫顿家也是如此。整个地区总共有三十五块地的庄稼要被焚烧掉。春天出生的家畜变异率也是二十年来最高的——不仅是我们家的家畜，各家的情况都差不多，特别是牛变异得更厉害。夜里在林间觅食的野猫也比以往多了不少——而且多大的都有。每周在法庭前总会有人被控告，有的是因为试图隐瞒变异的庄稼，还有的是因为家畜变异，未经申报就私自将它们屠杀并吃掉了。最为糟糕的是由于边缘村的多次武力突袭，整个地区至少拉响了三次警报。就在最后一次警报刚刚结束之后，我碰巧遇到了老雅各布，他一边在院子里用耙子把肥料耙开，一边自言自语地咕哝着。

“又有什么东西变异了吗？”我停在他身边，问道。

他把耙子插到肥料里，一只手扶着耙子把儿。打我记事以来，他就是一位耙粪老人，我想象不出他还做过什么，或者还能做什么。他扭头看着我，一张饱经风霜的脸上满是皱纹，头发和连鬓胡子都是花白的一片，他的脸总是让我想起以利亚[①]。

① 以利亚（Elijah），希伯来先知。《圣经》中提到他谴责异教，并在卡尔迈勒山同四百五十名巴力（Baal）的先知辩论，因此得罪了亚哈国王和王后耶洗别，被迫逃往郊野，后来乘旋风升天，留下继承人以利沙（Elisha）。以利亚强调一神论，宣传除以色列的上帝外别无真神。

“豆子呗，”他说道，“这会儿我这些该死的豆子又都有毛病了。开始是土豆，接下来是西红柿，然后又是莴苣，现在轮到我的豆子受了诅咒。从来都没碰到过这样的年景。其他那些我以前也经历过，但有谁听说过豆子也会变异？”

“你确定吗？”我问道。

“我确定，我当然确定。想想吧，我都一把年纪了，难道还不知道豆子应该长成什么样吗？”

他已须发皆白。透过自己白花花的眉毛，他气呼呼地瞪着我。

“今年的确很糟糕啊。”我附和道。

“糟糕？”他说道，“说得轻巧，这简直就是毁灭！辛勤劳作那么长时间，结果整片庄稼都要付之一炬，化作袅袅轻烟；种出来的粮食喂猪、喂牛、喂羊，结果生出来的还都是些异种！有些人还在坚持，但很多人已经出去逃荒了，这样一来，那些留下来的人既要忙活自己的事，还要帮他人照看一切，就又忙不过来了。我自己的那片小菜园也历经磨难，再三变异。真是糟糕透顶啊！你说得对，的确很糟糕，但我想更糟糕的还在后面呢，”他摇摇头，“唉，更糟糕的还在后面呢。”他重复着这句话，非常沮丧。

“为什么这么说呢？”我问道。

“这是末日来临啊，”他告诉我，“世人也并不冤枉，该遭受末日之审判！他们没有丝毫道德，也没有任何原则！你看小泰德·诺伯特，他家的母猪一窝生了十只变异小猪，他却隐匿不报，偷偷吃了，直到吃剩到两只时才被发现，可只不过被罚了一点儿钱。告诉你，这件事会气得他死去的父亲从坟墓里跳出来的！这是为什么呢？要是放在以前——当然，请注意，实际上以前他是绝不敢这么做的——但如果他这么做了的话，你知道会怎么惩罚他吗？”我摇摇头。“要是在以前，大家会在礼拜日公开羞辱他，他必须进行为期一周的自我忏悔，并且，他所有财产的十分之一会被罚充公！”他的愤愤之情溢于言表，“所以，你会发现那时人们都不敢做这种事——但现在——唉！谁会在意那点儿小小的惩罚？”他厌恶地朝粪肥里吐了一口口水，“到处都一样，全乱了。每个人都懒懒散散的，除了口头上说要敬畏上帝之外，根本没人真正在乎。这年头你会发现到处都是这样，人心不古啊。但上帝可不是那么好糊弄的，大灾难会再次降临在我们身上，现在只是刚刚开始呢。幸亏我老了，也活了这么多年，够本了。我可能看不到末日来临了，不过这是早晚的事，这是我说的，你记住，到时自然就会印证！”

政府的法规是由很多哭哭啼啼、软弱无能、缺乏智慧而又喜欢喋喋不休的人制定的，他们都住在遥远的东方，根本不熟悉这边的情况——这就是问题所在。那些政客矫揉造作、多愁善感，毫无杀伐决断的果敢；而教会人士又什么都不懂。生活在遥远东方的那些大老爷从未在动荡的国度里待过，对这儿的一片末世景象一无所知——可能他们这辈子从没见过异种！就这样年复一年，他们在上帝的法度之下逐渐式微，把治下的土地搞得一团糟，却又自以为是。我们的年景如此，这就是上帝给我们的警示，可他们能读懂这警示的意义吗？他们注意到这些警示了吗？”说到这里他又“呸”地吐了一口唾沫。

“他们怎么就敢确定西南地区很安全、很文明，适宜上帝的子民居住？他们又怎么知道异种得到了遏制，圣洁的标准已经建立起来？只是象征性地罚点儿钱，那些罚款少到每周被罚一次都无所谓，又没有任何警告和其他惩罚性措施，光是这样根本没用。只有真正还法律以尊严、任何一个人违法都要予以严惩才行，决不能不痛不痒，必须让他们实实在在地受到惩罚。

“我父亲年轻时，如果一个妇女生下了异种，就要受到鞭刑。如果她三次生育异种的话，那她就会被吊销身份，那么她继续待在这儿就是违法了，所以她就会被卖掉。因此，那时的妇女非常珍视自己的纯洁，祈祷时也非常虔诚。我父亲认为，正是由于有严明的法律，所以即便真的有异种，麻烦也会大大减少。如果有妇女生下了异种，就应该直接把孩子烧死，就跟处理其他异种一样——只有这样才行。”

“烧死！”我惊叫道。

他看着我，语气强硬，似乎非常地不满：“难道这不是净化异种的方法吗？”“是的，”我承认道，“对于庄稼和家畜是可以的，不过——”

“动植物生长有异其实没那么可怕，人类的异种才是最可怕的，”他打断了我的话，“那是魔鬼在模仿上帝真正的形象。所以他们自然应该被烧掉，就像以前一样。但后来又发生了什么呢？里格那些多愁善感、操妇人之仁的大老爷，他们用不着自己处理这些异种，所以他们说：‘尽管他们不是人，却与人极为相似，所以铲除他们就像谋杀一样，对他们处以极刑会让人们很难受。’就因为这几个优柔寡断的大老爷没有足够的信心和信仰，所以对于近似人类的异种又有了新的法律。他们决不能被直接铲除，应该允许他们活下去，任其自生自灭。必须宣布他们是非法的，再把他们遣送到边缘村去；如果是婴儿的话，就把他扔在边缘村，看他自己的造化了——这样会更仁慈一些。看来，政府至少还明白一点——生下来的异种，至少我们决不能把他们哺育成人——要确保此事绝对不会发生。可尽管如此，我还是愿意跟你打赌，反对此法律的人绝对不在少数。这样做又会有什么后果呢？边缘村的居民会越来越多，这就意味着会有更多、更大规模的袭击，也就得耗费更多的时间和金钱来平息——所有这些损失都是因为那几个大老爷操妇人之仁、逃避责任。一边带头高呼‘异种要受诅咒’，而一边又把他们当作自己的手足同胞，这到底是一种什么逻辑啊！”

“不过那些异种也很无辜，不该为此负责——”我又开了腔。

“不该他们负责？那谁来负责？”老人嘲笑道，“一只山猫该为自己是一只山猫负责吗？不该吧，但它没的选，毕竟它生来就是一只山猫啊，可你还是把它杀了。你不能容忍它在山林周围无拘无束地奔跑，因为这会给我们带来灾难和危险。《忏悔》里写道，要用火来保持上帝的家畜纯正，但仅仅对家畜下手显然不够啊，唉，我们这该死的政府怎么如此糊涂啊。

“主啊，让我回到过去吧，在那个美好的时代，人人都能履行自己的职责，保持家园的圣洁。因为我知道，我们现在正坠向深渊，无尽的灾难即将到来。”他口中念念有词，继续嘟囔着，就像一位古代的先知，正满怀怒火地预言着即将到来的厄运。

“所有这些对上帝的欺瞒——其实他们根本不在乎，完全可能继续顶风作案，只有真正让他们领教一下什么叫作教训才行，必须结结实实地给他们上一课；生下过异种的妇女只需走进教堂，说一句‘抱歉，我们不会再这么做了’就完了，真是轻巧；安格斯·莫顿的巨马依然还在大家眼前四处晃荡，因为它们竟然‘通过了官方的批准’，这真是对上帝圣洁法律的巨大讽刺；还有那个该死的监察官，一心只想保住自己的乌纱帽，奴颜婢膝，根本不敢违抗里格的那些当朝大佬——看看这些吧，人们竟然还在纳闷，上帝为什么给我们降下灾难……”他继续怨恨地喋喋不休，又厌恶地吐了一口口水。真是一个清教徒似的老人，他对异种和亵渎充满了虔诚的刻骨仇恨。

我问艾利克斯姨父，是不是真的有很多人都跟老雅各布想得一样。他挠了挠自己的脸，若有所思。

“那些老家伙当中还真有不少这样的人。他们把这视为每个人的责任——就跟以前那样，因为那时还没有监察官呢。中年人当中也有这样的，但大部分中年人碰到这种事还是更愿意置之不理，该怎样就怎样，反正他们是不会跳出来横加指责的，因为他们并不像他们的父辈那样拘泥。他们认为如何处理异种并不是什么要紧的事——只要我们没有亲手哺育异种就行了。但如果连续数年动荡，变异率居高不下，就像今年这样，那他们还能否平静地接受异种，我可就说不准了。”

“为什么有些年份变异率会忽然居高不下呢？”我问他。

他摇了摇头：“我不知道，他们说这跟天气有关。如果冬天气候恶劣，再伴有西南方吹来的大风，变异率就会上升——变异不会发生在春季，而是会发生在夏季。他们说是大风从废地吹来了些不好的东西。没人知道是什么，不过好像他们是对的。老人们会把这视为上帝的警示，提醒大家灾难即将到来，让大家自我修正调节，走上正确的道路。这些老人会大加利用这一点。因为下一年也还是会很糟糕，人们就会更听他们的话。他们的眼光毒辣而敏锐，非常善于寻找替罪羊。”艾利克斯姨父说完，意味深长地看了我一眼。

我明白了他话中隐含的意思，马上就联想到了其他人。很明显，这个季节几乎跟上个季节一样祸患连连，所以很有可能要找替罪羊。同去年夏天相比，大家对待欺瞒上帝的现象明显不那么容忍了。这也加重了我们的担忧，毕竟我们已经发现了佩特拉的事。

在从河里救上佩特拉之后的那一周里，我们都格外留意，任何人，哪怕只是露出一点儿怀疑的迹象，我们都不敢掉以轻心。然而，我们最终还是没发现什么疑点，甚至连一点儿端倪都没发现。很显然，大家都接受了这样一个事实——我和罗瑟琳在不同的地方，又碰巧都听到了求救声，就说明是有求救声的，只是可能太远，声音不大罢了。还没有人联想到我们是在用意念交流。我们又能松一口气了——但时间很短。一个月后，我们又有了新的担忧。

安妮宣布她要结婚了……

10

安妮似乎有些不以为意，根本没拿这件事当回事，就连把这一切告诉我们时都非常随意。

刚开始听说这个消息时我们并不在意，因为这简直太让人难以置信了，再说我们也不愿意相信她是认真的。一方面是因为那个男的是艾伦·欧文，就是在岸边跟我干过一仗的那个艾伦，就是他告发了索菲。而安妮的父母经营着一片很不错的农场，很大，比瓦克努克小不了多少；而艾伦是铁匠的儿子，将来也就等着成为一名铁匠罢了。他拥有干这一行的体格，又高又壮，可见他将来也就这么点出息了。安妮的父母肯定希望她能嫁得更好，所以我们对此事也只是听听而已，丝毫没想到他们真的要结婚。

可我们错了。不知道她是怎么说服她父母的，反正他们举行了很正式的订婚仪式。我们对此感到非常震惊。由于事发突然，我们不得不考虑这会带来什么样的后果。尽管我们年龄不大，可还是能看清这些问题。迈克尔第一个把我们的担忧告诉了安妮。

“你不能这么做，安妮。即便是为了你自己，你也不能这么做，”迈克尔对她说，“跟他结婚就等于把你自己和一个聋子绑在一起了，而且是绑一辈子，毕竟，他不会用意念跟你交流啊。想想吧，安妮，想想这一切意味着什么。”

她生气地反驳道：

“我可不是傻瓜。我当然把一切都考虑过了，而且考虑得比你还周全呢。我是个女人，有结婚、生孩子的权利。我们八个当中，男的有三个，女的有五个。势必会有两个女人没法在我们内部解决婚姻问题，难道这两人就一定不能结婚、也不能有自己的生活和家庭吗？如果不是的话，那我们中就必须有人跟普通人结婚。我爱上艾伦了，想嫁给他。你应该感激我，我做出了牺牲，帮大家把事情简化了。”

“不一定非得这样，”迈克尔争辩道，“我们不可能就这么几个人，在其他地方，一定还有跟我们一样的人。如果我们再等等——”

“我为什么要等呢？也许是几年，也许要永远等下去呢。我已经有艾伦了——你还要我浪费几年的时间去等待某个人，而这个人可能永远都不会出现，或者虽然出现了，我又很讨厌——就为了将来的虚无缥缈，你让我放弃艾伦去冒险？好吧，我现在就告诉你，我是不会这么做的。成为像我们这样特殊群体中的一员，并不是我所期待的，再说我也有权利像其他人那样获得生活给予我的一切。虽然这并不轻松，但就像现在这样漫无目的、年复一年地等下去，不结婚，你以为我就会轻松了吗？无论怎样，我们任何人都不会轻松——即便我们当中有两个女人放弃对爱的渴望，放弃自己的满腔深情，事情也不会有什么改变。我们五个女人中只有三个可以和你们三个男人结合，那其他两个女人怎么办——就这样被排除在外？这样一来她们会孤苦伶仃，永远没有归属感。难道她们就应该被剥夺一切，生活在欺骗当中吗？

“真正从未考虑过这些事情的是你，迈克尔——或者说是你们这些人。我知道自己要做什么：除了大卫和罗瑟琳，你们其他人根本不知道自己想做什么，因为你们都没恋爱，根本不知道如何面对这些事。”

就眼下事情的进展来看，她说的话某种程度上还是有道理的。不过，如果说，在所有问题出现之前，我们的确没有认真考虑过的话，但对那些一直伴随着我们的问题，我们还是有充分认识的。其中最主要的问题是我们需要戴着面具生活，终日跟家人在一起，却要过着令人窒息的生活，始终处在高压之下。我们最期望的事就是有一天能放下重负，得到解脱。尽管我们知道要想真正解脱，希望非常渺茫，但至少大家暂时都觉得跟一个普通人结婚不是什么好主意。我们这会儿住在家里的情况就够糟糕的了，跟普通人结婚也并不会有所改观，反而要继续和一个不能发送意念的人终日亲密地生活在一起，而又不能让他（她）发现端倪，这是根本不可能的。一方面，我们自己人可以紧密联系，而与我们当中的某人产生婚姻关系的那个普通人却无法与我们紧密联系。结合的两个人有不同的交流方式，可其实两个人的不同又根本不仅仅是简单的语言问题，而是比语言还要宽的鸿沟——变异。这一点必须永远保密，而最终这一点也还是会将两人拆散，到那时，婚姻就没有任何意义了，只是一种伪装而已。

所以这将会是一出悲剧，我们当中与普通人结合的那个人在婚后永远都会缺乏信心，永远没有安全感，也没有任何美好的前景，终生都要保持戒备，决不能有任何失误——而其实我们都很清楚，要想永远都不出任何问题是根本不可能的。

通过意念来了解他人，很迅速，也很灵敏，而相形之下，通过察其言、观其行的方式就慢得多了，而且也不透彻。那些“普通人”永远也不能真正与他人分享自己的思想，而通过脑电波，我们几个人之间却可以紧密地相互联系，普通人是永远也不会理解这些的。“共同思考”可以让两个人去解决一个人无法做到的事，那些普通人怎么可能理解呢？而且我们不用笨拙地使用词句——虽然这么做也有很多缺点，比如我们彼此之间很难撒谎或假装什么的，即便我们想这么做都不行，但是，误解他人对我们来说也几乎是不可能的。那么，还有什么能把我们紧紧束缚在一个“普通人”身上呢？要知道，对我们来说，他不能发出和感知脑电波，就像半个聋哑人一样，最多也不过是对别人的感觉聪明地猜测一下而已。跟这样的人结合会给我们带来长期的痛苦，无尽的折磨，而且，这样下去，我们早晚会露馅的，各种小错误的不断累积，会逐渐引起“普通人”的怀疑，这对我们来说将是致命的……

过去，安妮跟我们没什么不同，对这些问题她也看得非常明白，可现在她却假装忽视了这些。为了表现自己的特立独行，她开始拒绝回应我们，以此来挑衅示威。不过，她是完全关闭了自己的意念，还是继续在听我们交流，我们并不清楚。我们怀疑前者更符合她的做派，可毕竟无法确定，于是我们也就不敢讨论下一步应该采取什么措施了——可能也没有什么有效的措施。反正我是想不出来，罗瑟琳也茫然无措。

罗瑟琳已经长成大姑娘了，她身材苗条，亭亭玉立。看到她美丽的面庞，人们都会情不自禁地多看两眼。她走路时姿态优雅，很有魅力，不少年轻小伙子为之倾倒，她也对他们彬彬有礼，可仅限于此。她很有能力，处事果断，从不依靠他人。也许是她的这种独立吓到了那些小伙子，因为不久之后他们就不怎么关注她了。她是不会喜欢上他们当中的任何一个的，可能正是由于这个原因，她对安妮所要做的事倍感震惊，远远比我们要惊讶得多。

我和罗瑟琳小心翼翼地幽会，只要不引起他人的怀疑，我们就经常在一起。除了我们几个人之外，没有人怀疑过我们俩有什么事。我们经常会想，什么时候就不用这样躲躲藏藏的了，这的确很悲哀，因为我们也只能想想罢了。有时想起安妮的所作所为，我们还是很愤怒。跟一个普通人结婚，即使这个人是最善良、最出众的，对我们来说也依然无法想象。

在我们的圈子之外，我唯一可以寻求帮助的就只有艾利克斯姨父了。跟我们大家一样，他也知道这场婚礼即将到来。不过，安妮竟然也是我们中的一员，这一消息对他来说却是新闻。他悲哀地接受了这个事实，思索了一会儿之后，他摇

了摇头。

“不，这样做是行不通的，大卫。在这一点上，你是对的。这五六年来我一直在观察，没有发生过这样的事——我还在想可能永远也不会发生了呢。我想你们肯定是进退维谷、陷入绝境了，否则你也不会跑来跟我说这些，是吧？”

我点点头：“不管我们说什么，她都不听。现在更离谱的是，她干脆不回应我们了。她说一切已经结束了，她从来都不想特立独行，现在她要尽可能跟普通人一样。这是我们第一次真正的争吵，最后她说她恨我们所有人，也痛恨我们固执己见，阻挠她与普通人结婚——至少，这就是她想告诉我们的，不过事实上却不是如此，真正的原因是她迫切地需要艾伦，所以下定决心排除万难，任何事都阻止不了她拥有艾伦。我——我从来都没见过一个人会如此地需要另一个人。她是那么迫切、那么盲目，简直不顾一切、不计任何后果。我不知道我们还能做些什么。”

“也许跟你们切断联系之后，她就能像普通人一样，你们觉得没有这种可能吗？这样难度大吗？”艾利克斯姨父问道。

“我们当然也这么想过，”我对他说，“她可以不回应我们。她现在就是这样，就像一个人拒绝说话一样——但继续如此……就像是发誓此生都不再说话一样。我的意思是她不可能让自己忘却这一功能——收发脑电波，而真的变成一个普通人。我们都觉得这不可能。迈克尔告诉她说，这就好像你要嫁的人只有一只胳膊，所以你就假装自己也只有一只胳膊，但其实你有两只胳膊。这没什么意义——再说也不是长久之计。”

艾利克斯姨父沉思了一会儿。

“你们确信她对这个艾伦已经痴心不改、失去理智了吗？”他问道。

“她现在已经完全不是那个我们认识的安妮了，甚至都无法正常思维了，”我说道，“在她拒绝回应之前，她的意念已经非常诡异了。”

艾利克斯姨父又摇了摇头：“女人要结婚时，往往认为自己恋爱了，她们感觉这是一个维护她们自尊的理由，这没什么害处。不管怎么说，大多数女人都需要这些幻想才能继续生活下去。但一个恋爱中的女人会变成另外一个人，在她的世界中，所有以前的看法都改变了。她会变得自私褊狭，为自己的感情不计后果，因此在其他事情上也就变得不可靠了。为了忠诚，她可以牺牲一切，包括她自己。在她看来，这很符合逻辑。但在其他人看来，就不那么理智了。这样的话，暴露在普通人当中就非常危险了，尤其是在她还需要克服愧疚感、甚至想赎罪时，这对某些人来说是相当危险的——”他停了下来，静静地想了一会儿，然后继续说道：“这太危险了，大卫。悔恨……克制……自我牺牲……对圣洁的追求——所有这些都像一座座大山。她有这么多负担，需要有人能跟她共同分担，她太需要帮助了，所以……迟早有一天，我担心，大卫，迟早有一天，她会……”

我也这么想。

“那我们应该怎么做？”我很难过，不断重复着这句话。

他严肃地看着我。

“你们怎么做都不过分。你们当中的一个人走上了一条不归路，让其他八个人都陷入危险。当然她可能不是故意的，虽然如此，这件事依然有严重的后果。就算她真的忠诚于你们，保守秘密，可她还是为了自己让所有人都担上了风险——只消在睡梦中说几句话就足以让大家有性命之忧。她给大家制造了永远的威胁，就像一把利剑悬在大家的头顶上，随时都有可能落下来，而这一切只是因为她想跟一个男人一起生活，她真的有这个权利吗？”

我犹豫了：“嗯，如果你这么说的话——”

“你觉得她有这个权利吗？”

“可我们已经尽力劝她别这么做了。”我没有正面回答他的问题，有些底气不足。

“但却没有成功，是吗？那现在怎么办？你们就坐视不管，任其发展吗？不知道哪一天她就会泄露秘密，出卖你们所有的人。”

“我不知道。”我只能这么说了。

“听着，”艾利克斯姨父说道，“我给你讲个故事。一艘大船在海上被烧了，剩下一艘小船和四个人在海上漂着。他们的食物不够，淡水也很少。其中一个人喝了海水，疯掉了。他想毁掉小船，让大家一起淹死。他是其他所有人的威胁。

最后，其余三人只好把他扔下船去——结果其他三人刚好有足够的食物和水，支撑到了岸边。即便其余三人不这么做，那个人也会死的——而其他三人很有可能也就陪他一起命葬大海……”

我摇了摇头。

“不，”我坚决地说，“我们不会那么做的。”

他依然坚定地望着我。

“对任何人来说，这个世界都不是那么温暖——尤其是对那些与众不同的人来说，这个世界根本就没有温暖可言，”他说道，“可能你终究还是不适宜生存的那种人啊。”

“不仅如此，”我说道，“如果你说的是艾伦，需要把他扔下船去，我们会照做的。但你指的是安妮，我们不能这么做——不是因为她是女孩，而是因为她是我们中的一员。只要是我们当中的任何一个，我们就不会这么做，我们根本下不去手，因为太亲近了。对安妮和其他几个人，我感觉比自己的亲姐妹还要亲，这种感觉是很难解释的——”我顿了顿，想找一种方法向他表明我们对彼此来说意味着什么，可似乎没有什么办法能把我们彼此间的感觉用语言表达出来。我只能跟他说我们之间就像亲兄妹一样，尽管这么说其实并不足以表达那种感觉。

“如果真要如此，这就不仅仅是谋杀了，艾利克斯姨父，这要糟糕得多，就像永远打碎了我们之间的一切似的……我们——不能这么做……”

“这样选择就相当于在你们每个人头上悬了一把利剑。”他说。

“我知道，”同意他的话让我心里很难受，“可即便如此，我们也不能那样做，否则就像是那一把把利剑直接插进了我们每个人的心里，这会更加糟糕。”

我甚至不敢跟其他人讨论该如何解决这个难题——我害怕安妮会接收到我们的脑电波。不过我很确定他们的意见。艾利克斯姨父提出了唯一可行的解决方案，可我同时也知道那种方法是根本不可能的，这也就意味着——其实我们什么也做不了。

安妮现在依然不发射任何脑电波信号，我们也就没有她的任何消息。不过，她是否真的不愿意接收我们的信号，这一点还不得而知。从她妹妹瑞切尔那儿，我们知道她现在只听有声的语言，努力使自己在各个方面像个普通人。可即便如此，我们其他人彼此之间也不敢太放肆地用脑电波传递意念、交换想法。

在接下来的几周里，安妮依然如此，大家几乎都相信她已成功抛却了特异功能，成为了一个普通人。举行婚礼那天，一切都进展顺利，没出什么纰漏。她和艾伦走进了那座她父亲送给他们的房子——在她父亲那一大片农场的边缘。到处都有人说风凉话，说嫁一个不如自己的人并不明智。但除此之外，也就没什么别的评论了。

接下来的几个月里，我们几乎没听到安妮的任何消息。她也不怎么希望她妹妹去看她，好像她依然很在意，要切断与我们最后的联系。我们只希望她能过得更好，不要发生我们担心的事。

在我和罗瑟琳看来，这件事让我们对自己的麻烦进行了更细致的思考。到底是什么时候知道我们要与对方结婚的，我们俩都不知道。有些事情是命中注定的——而我们俩的结合就是其中之一——因为这些事是那么地符合自然法则，那么地符合我们的意愿，以至于我们感觉好像一直就知道似的。其实在我们认可我们俩的事之前，对将来的看法早就已经感染了我们的思绪。对我来说，如果事情不这么发展的话，那一切简直就难以想象：两个人从小到大一直共同思考、亲密无间，而周围的人都对他们存有敌意，这使得两人愈加亲密。即便在这两个人觉察到彼此已经坠入爱河之前，他们就已经明白自己是根本离不开对方的了。

但在确切知道彼此相爱时，他们忽然意识到，在一些事情上他们与普通人也并不是完全不同……他们与普通人一样，也面临着同样的障碍……

在巨马这一问题上，我们两家的宿怨第一次公开化了，到现在已经有好几年了。我父亲跟我的舅舅（他是我母亲同父异母的弟弟）——也就是罗瑟琳的父亲安格斯，都成了神出鬼没的游击战士。他们彼此竞争、你追我赶、互有胜败，都努力地想战胜对方。他们像鹰眼一般，时刻密切关注对方的庄稼，哪怕是最细微的变异和冒犯都不放过。如果有人给父亲或是舅舅带来消息，找到了对方庄稼变异的证据，那么这个人就会得到奖赏，父亲和舅舅都因着力嘉奖举报者而出名。

父亲决心要比安格斯更诚实、更正直，所以他做出了巨大的牺牲。比如说，尽管很喜欢西红柿，但他还是决定不再种植这种不稳定的作物了。所以现在，我们只能买西红柿了，还有土豆。当然还有其他一些农作物品种也因不可靠而被列入了黑名单，这带来了很多不便，并使得我们的花费有较大增加。两家你追我赶，农场都有了较高的正常率，但睦邻友好方面依然没什么进展，两家关系持续交恶。

双方都决不可能同意两家联姻，这是再清楚不过的了。

对我们两个来说，情况变得越来越不乐观了。罗瑟琳的母亲已经给她说过几次媒了；而我也发现母亲经常带着一种精挑细选、反复掂量的眼光审视几个女孩子，尽管迄今为止好像还没有哪个姑娘让她特别满意。

我们确信，目前两家对我们俩的情况都还一无所知。斯特隆家和莫顿家除了刻薄的对骂以外再无其他交往，唯一一个能让两家人共处一室的地方就是教堂。罗瑟琳和我见面也不怎么频繁，而且非常谨慎。

现在出现了僵局，并且似乎会无限延续下去，除非我们做些什么来打破这一局面。其实有一种方法是可以解决问题的，但若要采取此种方法，我们必须得确定一点——安格斯对女儿的未婚先孕、甚至是即将分娩大为光火却又无可奈何，只得强迫我们尽快举行婚礼，可我们对此丝毫没有把握。从他反对我们斯特隆家族的方式来看，我和罗瑟琳认为，他倒是很有可能直接用枪来解决问题。同时，我们确信即便奉子成婚这一招奏效了，我们真的勉强结了婚，那我们俩也会被逐出家门，双方家庭都不会再认我们。

我们又反复讨论，再三探究，想找到和平的方式走出僵局，但是安妮的婚礼都过去半年了，我们还是找不出头绪。

至于我们当中的其他几个人，我们发现第一次警钟敲响时大家惶惶不可终日的紧张，已经在这六个月里消磨得差不多了。这倒并不是说我们在思想上又放松下来：自从发现我们八个人之后，我们还从未碰到过这样的危机，不过在不得已的情况下，我们已经习惯生活在威胁之中了，安妮的危机就那么不了了之了，我们又逐渐适应了这种惴惴不安的生活——其实只是比以前的威胁感稍微加重了点儿而已。

然后，在一个周日的黄昏，艾伦被发现死在通往他家的田间小路上，一支箭射穿了他的脖子。

我们是从瑞切尔那里得到的消息，然后她试着跟姐姐建立联系，而我们则焦躁不安地等待着动静。瑞切尔集中了所有的精力，但依然没用。安妮还是紧紧关着思想的大门，用沉默跟我们对抗——八个月来一直如此，即便极度悲伤，她的意念也还是没有一点儿动静。

“我要去看看她，”瑞切尔通过意念告诉我们，“她这会儿一定要有人陪一下。”

我们满怀期望地等了一个多小时，瑞切尔的意念终于心烦意乱地进来了。

“她不见我，根本不让我进屋。她让一个邻居进去了，又尖叫着让我滚开。”

“她一定认为是我们当中的人干的，”迈克尔回应道，“你们谁做的——或者有谁知道此事？”

我们一个一个都断然否认了。

“我们不能让她这么想，”迈克尔决定，“决不能让她这么想，得尽快联系上她。”

我们都试了，可不管我们怎么做，都没有收到任何回应。

“没用的，”迈克尔承认道，“瑞切尔，你得想办法写个条子给她，措辞委婉一些，让她明白我们跟此事无关，但这并不意味着其他人没干这件事。”

“好吧，我试试。”瑞切尔有些迟疑，但还是答应了。

一个小时过去了，我们再次听到了她的消息。

“还是没用。我把便条给了在那儿的那个女人，然后一直等在外面。那个女人出来后说安妮根本没打开看，直接就撕掉了。我母亲现在正在那儿，想劝她回家去。”

迈克尔没有很快回应，而是等了一会儿，然后他建议道：

“我们最好准备一下。如果有必要的话，大家都要做好逃跑的准备——不过不要引起周围人的怀疑。瑞切尔，你继续看看能发现什么，如果有什么事的话，马上告诉我们。”

我不知道怎么做才好。佩特拉已经睡觉了，如果我吵醒她的话肯定要惊动其他人。另外，我也不知道这么做是否有必要。安妮可以怀疑我们任何一个人，可总不会怀疑佩特拉吧，她顶多会认定是我们当中的某个人谋杀了她的丈夫。所以我没有行动，只是在脑海里构思了一个粗略的计划，并姑且认为自己已经足够警惕了，万一有动静我就会即刻带佩特拉安全撤离。

瑞切尔的意念第三次进来时，外面已经一片漆黑了。

“我们要回家了，我跟我母亲。”她说道，“安妮把所有人都赶出来了，她现在就一个人。我母亲想留下来，但是安妮好像有点儿精神错乱、歇斯底里，她把大家都赶走了。大家怕继续坚持会让她的精神受到更大的刺激，只好照做了。她告诉我母亲她知道谁该为艾伦的死负责，不过她没说那个人的名字。”

“你确定她指的是我们吗？毕竟也有可能是艾伦自己与他人起了什么争执，而这些事我们并不知情。”迈克尔指出了另一种可能。

瑞切尔还是比较确定：“如果只是这样的话，她肯定会让我进去，而不会尖叫着让我滚开啊。”她指出，“明早我再去一趟，看看她是否改变主意了。”

说到这儿，我们终于可以暂时舒缓一下紧张的心情了，至少可以稍微放松几个小时。

重　生

第二天早上，瑞切尔告诉了我们最新的情况。

天刚刚亮了一个小时，瑞切尔就起床出发了，她穿过父亲的大片农场，走到安妮家门口。她有点儿犹豫，害怕自己会像昨天一样被安妮咒骂着赶出去，然而，仅仅站在那里盯着那座房子并没有任何意义，她还是鼓足勇气，抬手拍了拍门环。敲门声在屋里形成回声，又传了回来，她一直等着，却没有听到任何动静。

她又试着拍了拍，这次更加用力，可还是没有人应答。

瑞切尔觉得不对劲了，她使劲地拽着门环，趴在门上仔细地听。没有任何动静，她十分担忧，慢慢松开门环，去了昨天和安妮在一起的那个邻居家。

她们把一根伐好的圆木推进窗子，然后沿着圆木爬了进去，发现安妮在楼上的卧室里，吊在屋里的横梁上。

她们把她放下来，平放在床上。但还是来迟了几小时，邻居在她身上盖了一张床单。

对瑞切尔来说，这一切好像不是真的。她晕倒了，那位邻居搀着她的胳膊把她扶了出去。离开时，她看见桌子上有张折着的纸，于是顺手拿了起来。

“这应该是给你或者你父母的。”她把那张纸塞到瑞切尔的手里。

瑞切尔呆呆地看着这封信，看着信封上的字。

“可这封信不是给我的——”她下意识地说道。

突然她停了下来，假装更仔细地看信封上的字，反正邻家那个妇女不识字，她刚刚想起来。

“哦，我明白了——是的，我会把信交给我父母的。”她一边说着，一边把那张纸装进她裙子的兜里——其实这封信既不是写给她的，也不是写给她父母的，而是写给监察官的。

邻居的丈夫驾马车把她送回了家，她把这个噩耗告诉了父母，然后一个人回到自己的房间——在安妮结婚前这个房间是她俩共用的——开始看那封信。

这封信把我们都揭发了，包括瑞切尔，甚至还有佩特拉，安妮在信中控诉我们共谋杀害艾伦，然后由我们某一个人具体负责实施，只是她没说这个人是谁。

瑞切尔完完整整地把这封信读了两遍，然后很小心地烧掉了。

在接下来的一两天里，我们几个人紧张的神经终于稍稍放松了一些。安妮的自杀是个悲剧，不过没人会觉得这里面有什么蹊跷。一位年轻的妻子，已经怀上了她的第一个孩子，骤然失去丈夫，震惊之下，精神失常而自杀，这个结果的确令人悲伤，但整个事件是讲得通的，没留下什么疑点，更不会引起他人的怀疑。

艾伦的死依然找不到凶手，这对我们来说是个谜，对其他人也是。通过盘查，当局已经找到了几个对艾伦怀恨在心的人，但没有哪个人有足够的动机；而且所有嫌疑犯都能拿得出过硬的证据，证明自己案发时不在犯罪现场。

老威廉·泰承认那支箭是他造的，可这个地区大部分的箭都是他造的，那并不是一支竞赛用箭，也没有什么其他的辨别办法。那只是一支很普通的狩猎用箭，任何人家里都能找到一打。大家说什么的都有，流言蜚语满天飞。还有人说安妮并不像大家想的那么忠贞，因为艾伦死前的几周里她似乎很怕看到自己的丈夫。更让安妮的父母伤心的是，谣言又演变成是安妮自己放箭杀死了丈夫。由于悔恨，或是害怕自己的恶行被发现，她最后自杀了。可这种说法还是不太可信，于是，原先沸沸扬扬的流言又慢慢平息了——安妮并没有足够的杀人动机。在后来的几周中，大家又找到了新话题，这个谜团也就被认定是无法解开的了——艾伦之死甚至有可能只是个事故，某人打猎时误杀了他，却又不敢承认……

我们非常留心，注意着任何可能把注意力转移到我们身上的猜测和假设，可是毫无端倪。慢慢地，大家对这件事也就不那么关注了，我们终于又放松了紧张的神经。

这一年来我们几乎一直非常紧张，现在终于可以略微放松一下了，可大家心中依然有潜在的危机感，时刻警惕着。大家强烈地意识到，我们之间的关系并非牢不可破，其实我们已经分崩离析了；另外，大家还更加清楚地认识到了一点——所有人的安全都系在每个人的手中。

我们为安妮的死感到悲哀，不过已经没有那么强烈了，因为在此之前其实我们就已经失去了她，到现在已经有一段时间了。只有迈克尔依然十分担忧，丝毫没有放松的迹象，他说：

“事实已经证明，我们当中有一个人好像并不是那么坚定……”

11

今年春季，调查情况出奇地好，经过第一次调查，整个地区只有两块田地需要净化，这两块地既不属于我父亲，也不属于舅舅安格斯。前两年的情况一直很糟，因为有些人在第一年时很犹豫，舍不得处置那些有可能生出变异后代的家畜，可第二年情况依然很差，这也就促使他们在第二年下定决心，杀掉了那些可疑的家畜。如此一来，今年家畜的正常率也就很高了。另外，这种令人鼓舞的趋势一直保留了下来，又让人们重获信心，人们变得更加友善和快乐。五月底时，不少人认为今年的变异率会创历史新低，甚至连老雅各布都不得不承认上帝盛怒已息，暂时平静。“上帝是多么慈悲啊！”说这话时，他语气里依然带着一丝不屑与非难，“给他们最后一次机会吧，让我们祈祷，祈祷他们已经涤荡了罪恶，否则明年对我们所有人来说都会是糟糕的一年。当然，今年还有很长时间，就正常率一事来说，还有可能重新降下来，还存在着变数呢。”

然而，后来的正常率也依然没有下降的迹象。蔬菜仍旧保持了较高的正常率。看天气，就知道今年会是个丰收年。监察官大部分时间都是静静地坐在自己的办公室里，这使他几乎变得受欢迎起来——而从前却不是这样。

和其他人一样，我们也觉得今年夏天似乎应该非常平静，顶多也就是略微有点儿辛劳而已——实际上，要不是因为佩特拉的话，这个夏天就真是如此了。

那是六月初的一天，佩特拉突发奇想，要出去冒险。于是，她接连做了两件连她自己都知道应该被绝对禁止的事：首先，她一个人骑着自己的小马跑出了我们家的土地范围；其次，只在空旷的村子里玩还不能让她满意，她竟然又跑到林子里探险去了。

就像我以前说过的那样，瓦克努克周围的树林是相当安全的，但也不敢说就一定没有危险。野猫很少会主动袭击人，除非陷入绝境；大部分时候，碰到人它们都会跑开。然而，不带任何武器贸然进入树林还是很不明智的，因为树林很大，有些狭长地带会横跨荒村，探入到边缘村境内，大型动物还是有可能在这些地方出没的，从一片林地潜入另一片林地。

佩特拉呼救的脑电波还是像以前那样突然，让人意想不到，虽然没有像上次那样猛烈地带有强制性，让人惊慌失措，但强度还是很大的；收到她危急遇险的脑电波后，我们的精神高度紧张，非常难受。她还是个孩子，根本不知道如何控制自己的意念。她就那么释放自己的感觉和情绪，就像一大滴浓墨洒了出去，不知道会溅到何方。

我试图联系他们，告诉大家我会处理这件事，但是我甚至连罗瑟琳也联系不上了。很难描述这样的一个大墨点：就像在巨大的噪音之下，别人都听不见你说话了；又好像是在一片浓雾中，你尽力想去看清一切，却又什么都看不清。更糟糕的是，这种呼唤没给出一丁点儿图景和暗示：就是那种——我这样尽力用人类的语言来解释另一种意识肯定无法解释清楚，甚至会越说越乱，但那种感觉就像是无声的呐喊，只是一种情绪的反应，没有思想，更没有控制：我怀疑佩特拉根本不知道自己在做什么，只是本能罢了……我只能判断出一点——那是一个痛苦的信号，来自远方……

我当时正在家里的冶炼间里干活，接到呼唤的信号后，我马上跑了出来，带上枪——那杆枪一直都挂在门后边，子弹上膛，以备应急之需。几分钟内，我给一匹马备好了马鞍，那种呼唤唯一让我可以明确的就是方向了，策马出门后我很快就上了那条绿色的小路，我加大脚劲骑马，朝西边的森林飞奔而去。

如果佩特拉在发出她那压倒一切、力量强大的痛苦呼唤过程中能稍微有点儿间歇——只要几秒钟，让我们其他人有时间彼此联系一下——那结果就完全不同了。事实上，如果真能那样的话，可能什么都不会发生，一切如常。但是她没有任何间歇或停顿，一直继续着，像个隔板一样完全阻碍了我们大家之间的交流，我们所有人只能尽快寻找呼唤的源头，其他什么事都做不了。

路面的情况并不好，我不小心从马背上跌了下来，再次抓到马又浪费了很多时间。一进入森林，路面就更硬了，因为林中小径走的人很多。路面整洁，没什么障碍，很适合骑马穿行。可正因为如此，我反而急急忙忙走过了。灌木丛太浓密了，我根本无法直接骑马跨过去，走上正确的路。于是我只好掉头回去，辨别方向没有丝毫的困难，因为佩特拉呼救的脑电波一刻都没停过。我终于找到了一条小路，非常狭窄，又极其蜿蜒，很多树枝从两旁探出来挡住了去路，我颇费周折，非常沮丧，好几次都只能压低身子勉强骑马穿行，但大致的方向还是对的。后来，路面越走越开阔，我又能选择自己的路了。又往前走了四五百米，穿过一大片灌木丛，我来到了一片空旷的林间空地上。

一开始我并没有看见佩特拉，只看到了她的小马。它喉咙已经被撕裂了，躺在空地上。那头野兽还在撕咬着小马——正从它的后腿上撕扯一大块肉。它一门心思都放在吃上，甚至都没有注意到我已经慢慢靠近了它——那是一种变异的动物，我曾经见过。

那头野兽身上的毛是红棕色的，还有些黄色和暗棕色的点。它巨大的前掌像个肉垫一般，上面长满了乱蓬蓬的软毛，和着血黏成一团，爪子又长又弯，十分锋利。它全身上下一直到尾巴都长着软毛，看起来整个身体就像一根巨大的羽毛。它的脸是圆的，眼睛看起来像黄色的玻璃。耳朵很宽大，耷拉下来，鼻子几乎是向上翻的。两颗门牙向下探出来，盖在下颚上，此刻，它正用门牙和爪子撕扯着小马。

我把枪从背上取了下来，这个动作引起了它的注意。它转过头，一动不动地蹲在那里盯着我，血汁从嘴里渗出来，闪闪发光。它的尾巴忽然竖了起来，微微摆动着。我拉开枪栓，正要举枪射击，这时，一支箭嗖的一声射过来，刺穿了它的喉咙。它跳了起来，在半空中痛苦地扭动着身子，然后四脚朝天倒在了地上，但它依然面对着我，黄色的眼睛里充满了怒火。我的马惊了，一下子用后腿站了起来，我那一枪也射向了空中。那头野兽似乎还要再做最后的挣扎，但还没等到它跳起来，又有两支箭射向了它，一支射中后腿，一支射中头部。它站在那里一动不动，支撑了一会儿就倒下了。

罗瑟琳骑马从我的右边冲了过来，弓还拿在手里。迈克尔从另一边出现了，箭已经搭在了弦上。他注视着那头野兽，看它是否死了。尽管我们离佩特拉很近了，可她超强度的脑电波还是让我们头痛欲裂，丝毫没有减弱的趋势。

“她在哪儿?”罗瑟琳问。

我们环顾四周，发现那个小家伙正趴在一棵小树上。她坐在一根树枝的前叉上，双手紧紧抱着树干。罗瑟琳策马到她的正下方，对她说已经安全了，可以下来了，可佩特拉还是紧紧地抱着树干，一动不动，似乎已经忘记怎么撒手了。我下马爬到树上，把佩特拉抱起来，罗瑟琳举起手臂，够到她，才把她抱了下来。罗瑟琳让她骑坐在自己前面，安慰着她，但佩特拉只顾低头看着自己死去的小马。她很难过，十分伤心。

“我们得让她停下来，”我对罗瑟琳说，“她会把所有人都召集到这儿来的。”

迈克尔确定那头野兽已经死了，然后也过来了，担心地望着佩特拉。

“她根本不知道自己在做什么。这样下去不行，她只是在心里呐喊着自己的恐惧，最好让她真的大声喊出来。我们先把她带到看不见小马的地方吧。”

我们往前走了走，绕过一片丛林。迈克尔轻柔地跟她说话，鼓励着她。她好像并不明白这一切，依然十分悲伤，没有减弱她那种释放的强烈意念。

“也许我们可以试着同时向她释放意念，”我建议道，“这样就可能抚慰她，让她放松。你们准备好了吗？”

我们整整试了十五秒，而佩特拉的悲伤仅仅停止了片刻，接着她释放的意念就又填满了我们的脑海。

“没用。”罗瑟琳停了下来。

我们三人注视着她，觉得非常无助。这时，她的意念稍微改变了些，至少我们感觉不那么尖锐了，不过她悲伤和迷惑的情绪却依然强烈。她哭了起来，罗瑟琳一只手搂着她，把她抱得更紧了。

“让她哭出来吧，这样可以释放一下紧张的情绪。”迈克尔说道。

我们等待着她平复情绪。担心的事情终于还是发生了：瑞切尔骑着马从树林里出现了；过了一会儿，一个男孩也从另一边骑马匆匆赶来。我以前从没见过他，但我知道他肯定就是马克。

虽然大家经常通过意念交流，但我们还从未碰过面。我们早就知道有些事情是不安全的，而我们所有可以用意念交流的人聚到一起就是最不安全的事情之一。几乎可以肯定，另外两个女孩应该是在路上，正往这儿赶，来完成这样一次聚会——而此前我们商议过，这样的聚会是绝对不能有的。

我们急急忙忙地用话语告诉他们发生的情况，敦促他们尽快离开这儿，并且要分散开来，各走各的路。这样一来就不会有人看到我们聚到一起了。迈克尔也得离开。我和罗瑟琳留下来陪佩特拉，尽可能让她镇静下来。

他们三个意识到情况的严重性，完全同意我们的建议。一会儿之后，他们就离开了，骑马朝不同的方向奔去。

我们继续安慰着佩特拉，却收效甚微。

大约十分钟后，那两个女孩——萨利和凯瑟琳——穿过森林赶来了。她们也是骑着马，带着弓箭，随时准备应付各种情况。我们曾希望已经走了的那三个人能碰到她们，直接让她们回去。不过很显然，他们走的不是同一条路。

她们骑马走近我们，难以置信地盯着佩特拉。我们又用语言把所有的一切解释了一遍，建议她们尽快离开。正当她们掉转马头想要离开时，一个身形高大的人骑着一匹红棕色的母马从林子里冲了出来。

他勒住马，坐在马上看着我们。

“这里怎么了？”他问道，完全是一种质疑的口气。

对我来说，他是个陌生人，所以尽管他满面狐疑，可我并不紧张。我问他是谁，他不耐烦地拿出自己的身份铭牌，

上面还盖着今年的戳。很显然，大家都是合法公民，而不是什么外来人。

“这一切是怎么回事？”他再次问道。

我冲动地想跟他说：“管好你自己的事吧，这关你什么事？”但想到在这种情况下，还是讲点策略为好，于是解释说，我妹妹的小马驹遭到了袭击，听到她求救我们赶了过来。可他似乎不愿意相信这些，凝视着我，又转身去看萨利和凯瑟琳。

“是吗？那又是什么让你们俩这么匆匆忙忙赶过来的？”他问道。

“当然是听到了孩子的呼救，我们赶了过来。”萨利回答他。

“我当时就在你们身后，我怎么没听到？”他说道。

萨利和凯瑟琳对望了一眼，萨利耸了耸肩。

“我们听到了。”她的回答很简短。

是时候让我出面施以援手了，要尽量减少这个人的疑惑。

“我想方圆几英里内的人应该都听到了吧，”我说，“那匹小马驹也在尖叫呢，唉，真可怜！”

我领他绕过一片丛林，带他去看遭到袭击的小马驹和那头死去的野兽。他很吃惊，似乎没想到我们还有证据，不过这好像消除不了他的疑虑，于是，他要求看萨利和凯瑟琳的身份铭牌。

“这到底是为什么？”终于我忍不住问他。

“你不知道边缘村派出了间谍，混进我们这儿了?”他问道。

“不知道，”我对他说，“怎么了，我们看起来像边缘村的人吗?”

他没有回答我。“嗯，她们有身份铭牌。有命令说得注意那些边缘村的间谍，所以现在是非常时期，森林里是有问题的，你们离林子越远，碰到麻烦的可能性就越小，要尽量规避风险。”

他还是不怎么满意，又扭头去看那匹死去的小马驹，然后又看着萨利。

“我能看出来，这匹小马驹已经死了差不多半小时了，也就是说它是在半小时前发出的尖叫声。那你们两个是怎么来的呢?”

萨利瞪大了眼睛。

“嗯，这就是声音传来的方向，我们就往这边赶，接近这儿时，我们又听到了小女孩的尖叫声。”她简单地说道。

“你们能赶过来真是太好了，”我插话道，“如果不是碰巧我们先到一步，你们可能就救了她的命呢。现在都过去了，幸运的是她没有受伤，不过被吓得够呛，我得把她带回家了。非常感谢你们俩。”

她俩完全理解了我的深意，又反过来恭喜我们，毕竟佩特拉逃过了一劫，并祝愿她尽早恢复正常，免受惊吓的困扰，然后就骑马走了。那个人又逗留了一会儿，仍然有些疑惑，可他又没什么理由继续盘问我们。他盯着我们三人看了好一会儿，似乎想找出什么破绽，又欲言又止，不过最终他改变了主意，只是又重复了一下他让我们远离树林的建议，然后跟着她们俩一起走了。我和罗瑟琳看着他消失在树林中。

“他是谁啊？”罗瑟琳不安地问道。

我只能说他铭牌上的名字是杰罗姆·斯金纳，别的就不知道了。他对我来说是个陌生人，我们的名字对他来说应该也不意味着什么。要不是佩特拉给我们设置屏障，我肯定会用意念问问萨利他是谁。就这样跟其他人断了联系，只能通过话语才能传达信息，让我觉得很不习惯，就像被人捂住了嘴说不出话、而别人的话也都含糊不清似的。我也不禁感叹安妮的决心之强，这一会儿工夫不能跟其他人通过意念交流就让我这么别扭，而安妮竟然可以完全抑制自己，数月之间不跟我们任何人联系。

罗瑟琳依然用右手抱着佩特拉，骑马慢慢地朝家的方向走去。我把马鞍和缰绳从小马身上取下来，又把箭从那头野兽身上拔下来，跟上她们。

我把佩特拉带回家后，家人把她放到床上。一直到傍晚她都在释放意念，时强时弱，断断续续一直持续到快九点。然后，她的意念猛然减弱，终于消失了。

“谢天谢地，她终于睡了。”这是我们中的某个人用意念说的。

“那个斯金纳是谁？”罗瑟琳和我同时不安地询问他人。

萨利用意念回应道："他是我们这儿的人，但以前没有多少人知道他。我父亲认识他，他拥有一家农场，就在你们家附近的树林旁边。让他看见我们真是太倒霉了，他一定很奇怪为什么我们会朝林子的方向飞奔。"

"他好像很怀疑这一切，为什么呢？"罗瑟琳问道，"他知道思维影像吗？我觉得应该没人知道这些。"

"他自己发不出脑电波，也接收不到——我已经再三试过了。"萨利告诉她。

迈克尔也跟了进来——他的思维影像形式比较独特——询问后来情况怎样。我们描述了一番，他说道：

"的确有一些外人认为类似的某种东西是可能存在的——不过他们并不真正清楚这种精神影像的转移。他们称之为遥感——至少，那些相信这种情形存在的人这么叫，其实另外的大多数人对此还是相当怀疑的。"

"他们认为这是变异吗，我是说那些相信这种能力存在的人？"我问道。

"很难说，据我所知，这个问题好像还没有人直接提出来过。但理论上，既然上帝能读懂人们的思想，那么上帝真正的形象也理应如此。当然可能存在争议，有人认为人类暂时失去了这种能力，是上帝对人类的惩戒，也是大灾难的一部分——不过要是在法庭上的话，我可不愿冒险去跟大家辩论。"

"这个人似乎感觉到有点儿不对劲了。"罗瑟琳说，"关于那天的事还有其他人有疑问吗？”

大家都说“没了”。

“很好，”她说，“不过我们得小心，不要让这样的事再次发生。大卫要用语言给佩特拉解释一下，尽量教她学会自我控制。如果她再发出强烈的脑电波，把我们互相屏蔽的话，你们都不要理它，也别回应。让我和大卫来处理就行了。如果那种意念具有强迫性，就像第一次那样，不管是谁第一个接近她，都要想办法让她失去意识，不再释放，在她的意念消失的那一刻，马上回过头来尽量掩盖好一切。必须得确保一点——我们决不能再聚到一起了。下次我们很可能就不会像今天这么幸运了。大家明白吗？有什么不同意见吗？”

大家都一致同意，不一会儿，他们就各自收回了思维影像，只剩下罗瑟琳和我了。我要和她商量一下处理佩特拉这个问题的最好方法。

第二天早上，我起得很早，刚一起床我就意识到佩特拉又释放自己痛苦的意念了。但这次有所不同，没有了那种急促的警报，完全让位给了悲哀——为她死去的小马。而且这次的强度也小得多，不像昨天那样急促和强烈。

我试着和她联系，尽管不明白是怎么回事，可她还是觉察到了。她的思绪略微顿了顿，疑惑了几秒钟。我下了床，直接去了她的房间。她很高兴竟然有人和她做伴——也用意念和她联系，我们继续这样交流，她的悲哀程度大为减轻。我答应她下午带她去钓鱼，然后就离开了。

要用语言来解释一个人是如何释放出可以被他人理解的思维影像——这决不是一件轻而易举的事。我们几个人最初发现自己具备这一能力时，其实都像是在黑暗中摸索，但后来我们发现彼此都有这一能力，开始相互练习，也就逐渐熟练了。而佩特拉却不同。在六岁半时，她就已经具备了投射自己思维影像的能力，而且非常强大，与我们完全不同——并且毫无意识，因此也就不知道如何控制自己的这种意念。我已经尽力向她解释这一切了，而且她现在都快八岁了，可用简单的语言告诉她这一切依然很难——尽管非常有必要这么做。我们坐在河边盯着浮子等鱼上钩，此时我开始尽力向她解释这一切，一个小时过去了，可还是没什么进展。她已经很烦了，根本不想听我解释。似乎需要换一种方式了。

“我们来玩个游戏吧，”我提了个建议，“你闭上眼睛，紧紧闭上，假装你在低头看一口很深很深的井。除了一片黑暗，你什么都看不到，对吗？”

“对。”她双眼紧闭。

“很好，现在，其他什么事都别想，只想着这口井是多么黑，多么深。只是这么想，不要看。好吗？”

“好的。”她说。

“现在看看吧。”

我用意念给她勾勒了一只兔子，又让它抽了抽鼻子。她笑了，很好，这是好现象：至少，我明确了一点，她能接收到我的意念。我又把兔子抹掉，想象一只小狗，然后又是一群小鸡，再是一匹马和马车。一两分钟后她睁开了眼睛，看上去很困惑。

“它们在哪儿呢？”她一边问，一边看看四周。

“它们根本不在这儿，这些都是想象的东西，”我告诉她，“这只是个游戏，现在，我也会闭上我的眼睛。我们俩一起低头看这口井，什么都不想，只想这口井是多么黑。现在轮到你在井底想一幅画面了，这样我就能看到那幅画了。”

我认真地想象，尽量让自己的思维敏感起来。事实证明这是个巨大的错误——首先是一道晴天霹雳，接着就是电闪雷鸣，我感觉像被雷击中了似的。我大为吃惊，头晕目眩，根本不知道她头脑中想象了什么样的画面。接着，其他人的意念接踵而来，愤怒地抗议，我赶紧向大家解释。

“好了，看在上帝的分上，一定要小心，别让她再这么做了！刚才她这一下子差点儿让我把斧头劈在自己脚上。”迈克尔很恼火，骂骂咧咧的。

“开水壶烫伤了我的手！”这是凯瑟琳的意念。

“快哄哄她，想办法让她缓和下来。”罗瑟琳建议。

“她已经缓和下来了，现在非常安静了，刚才的情形似乎就是她的方式。”我跟大家说。

“可能吧，但这样可不行，”迈克尔答道，“她可不能总是这么冲，一定得让她把强度减下来。”

“我知道——我正在尽我的最大努力呢。你们想到什么好办法了吗？”我问道。

“好吧，让她下次尝试时记得事先通知我们。”罗瑟琳告诉我。

我收回意念，不再和他们联系，转而再次关注佩特拉。

“你用力过猛，没控制好，”我说，“这次想象一幅小点儿的画面，绝对不要太大了，把它放在深深的井底，颜色要柔和一些，不要太刺眼，慢慢地、轻柔地想，就好像你是用细细的蛛丝把这一切编织出来似的。”

佩特拉点点头，又一次闭上了眼睛。

“小心啊，又来了！”我警告其他人，忐忑不安地等着。估计应该又会比较骇人，让大家避之不及吧。

然而，这次却没有那么糟糕，只是像在头脑中啪地炸开，但并不严重。虽然我还是被搞得有些头晕，可我毕竟看明白是什么东西了。

“那是一条鱼！”我说，“它无精打采地耷拉着尾巴！”

佩特拉咯咯地笑了，非常开心。

“毫无疑问那是条鱼，”迈克尔回应道，“干得漂亮。你现在所需要做的就是让她继续降低强度，降到上一次强度的百分之一，否则她会让我们的大脑都爆掉的。”

“现在轮到你向我展示了。”佩特拉要求道。我们的学习课程就这样继续着。

接下来，我们又学了一会儿。学习过程有时真的很惨烈，让人精疲力竭，但还是取得了一定的进展。佩特拉大概已经学会了如何形成思维影像——虽然还很初级，这一点我们已经预料到了，她毕竟还只是个淘气的小孩，但她发出的意念还是经常能够被分辨出来的——尽管有些变形和走样。最主要的问题依然是如何降低强度：当她激动时，发出的意念会对我们形成重击，足以让大家都昏过去。其他人抱怨说，在我们练习时，他们根本什么都做不了——譬如有人在你的脑袋里用大锤重重地敲，又要让你完全忽略这一切，这根本不可能。那天下午学习结束时，我告诉佩特拉：

“现在我会让罗瑟琳来给你一幅意念的图景。闭上眼睛吧，就像刚才那样。”

“罗瑟琳在哪儿呢？”她环顾四周，问道。

“她不在这儿，但这并不影响思维影像传送图景。现在，想象着那一片黑暗的深井，什么都别想。”

“你们其他人都听好了，”我用意念告诉他们，“先不要发送任何意念，好吗？给罗瑟琳腾出空间，别打断她。来吧，罗瑟琳，用力发射你的意念吧，务必要清晰。”

我们静静地坐在那里“看”着。

罗瑟琳想象的是一个池塘，里面长满了芦苇，她又让池塘上面多了几只鸭子，看上去很可爱，而且颜色各异。这群鸭子在池塘里嬉戏，就像在跳芭蕾舞似的，非常优美，但其中一只又矮又胖，它非常认真，尽力想跟上大家的步伐，但又总是慢半拍，动作也不那么一致。佩特拉喜欢极了，不知不觉地流露出了喜悦之情。接着，十分突然地，她兴高采烈地把自己的兴奋投射了出去，一下子把整个图景全部抹掉了。

这让大家十分扫兴，疲惫不已，但她的进步还是明显的。

第四次上课时，她不闭眼睛就知道怎么清理自己的思绪了，这是一大进步。到那一周的周末，我们真的有很大的进步了。虽然她的意念依然有些粗糙，不太稳定，但随着练习正在逐步好转，而且还可以接收到简单的意念，尽管我和其他人交流时的意念她几乎还是收不到。

“意念太多了，一时间我很难都看明白，因为它们转瞬即逝，”她对我说，“但我能分辨出你、罗瑟琳、迈克尔和萨利的意念，只是速度太快，意思含糊不清，而其他人的意念我就摸不着头脑了。”

“其他人——是指凯瑟琳和马克吗？”我问她。

“哦，不是，我能分辨出他们的意念。是其他地方的其他人，他们在很远的地方。”她不耐烦地说道。

我吃了一惊，但还是决定平静地接受这一切。

“我不认识他们，他们是谁？”

“我不知道，”她说，“你听不到他们的意念吗？是从那边传来的，但那是很远很远的地方。”她指了指西南方向。

我把这件事颠来倒去地想了想。

“他们现在就在发送意念吗？”我问道。

“是的，但不多。”她说。

我尽全力去感知、探测，但却没收到任何脑电波。

“尽量把你收到的意念复制给我怎么样？”我建议道。

她照做了，确实在西南方向有类似的信号，那种意念有我们都不具备的某种特质。那种信号非常含糊，无法理解，我想可能是因为佩特拉正在转述的是一种连她自己都无法理解的意念。我实在读不出什么，于是让罗瑟琳试试，她也读不出什么。很明显，佩特拉找到这些信号非常费力，所以尝试了几分钟后，我们决定暂且放下这件事。

尽管佩特拉依然喜欢偷偷躲过我的监视，用意念发出震耳欲聋的咆哮，但对她所取得的进步，我们都颇引以为豪——就好像我们发现了一个无名之辈，却又知道她注定会成为一个伟大的歌唱家：只是此事远比它的表面情况要复杂和重要得多……

迈克尔说："这件事将会非常有趣——只要在让我们大家都神经错乱以前，她能学会控制好自己的意念。"

大约在佩特拉的小马遇袭十天后，吃晚饭时，艾利克斯姨父叫我趁天还没黑去帮忙校准车轮。很明显，这只是随便找的借口，从他的眼神中我好像读到了什么，因此毫不犹豫地同意了。我跟着他走出屋子，溜到草垛后面，那儿既不会有人听到我们说话，也不会有人看到我们。他抽了根稻草剔着牙，严肃地看着我。

"你们最近很不小心啊，是吧，大卫？"他问道。

表示漫不经心的方式有好多种，但问我问题时，他只会用这种方式。

"没有啊。"我告诉他。

“要不就是你们中的其他人有些粗心，这也有可能吧？”他暗示道。

可我还是不以为然。

“嗯……”他咕哝一声，“既然如此，那你说乔·达利为什么总问关于你的问题？你知道这件事吗？”

我不知道原因，于是实言相告。他摇了摇头。

“这可不是什么好现象啊，孩子。”

“他只是问我——还是也问其他人呢？”我问道。

“你和罗瑟琳·莫顿。”

“噢，”我不安地说道，“但是，如果只是乔·达利的话……有没有可能是他听说了一些关于我和罗瑟琳的传闻，于是想跳出来传播谣言，制造我们的丑闻？”

“可能是这样，”艾利克斯姨父虽然觉得有理，但依然有所保留，“另一方面，乔可是监察官用过的人，当监察官要秘密调查一些事时，就会让乔来打先锋。我觉得这可不是什么好现象，让人讨厌。”

我也很讨厌。但他又没有直接接触我或者罗瑟琳，我实在想不明白，他还能从哪儿找到什么牵涉到我们的不雅传闻。我认为，他找不到什么证据陷害我们，根本无法证明我们属于任何已有的变异罪名。

艾利克斯姨父摇了摇头。“那些名目是很有包容性的，一点儿都不排外，”他说，“把所有可能发生的那一百万种变异都明确写进去是不可能的啊——列举的只是最常见的那几种。

当突然有新的变异出现时，会有新的测试方案针对这些情况的。监察官的工作之一就是随时保持警惕，如果他能得到足够的信息，使得一切调查显得理所当然的话，他就会展开质询的。"

"我们曾经设想过会发生什么事，"我告诉他，"如果出现了什么问题，他们也不会清楚他们在找什么。我们只需要装傻就行了，让自己看上去非常迷惑，不知道他们要干吗，就像任何正常人所应该有的反应一样。即便乔真发现了什么，其实也不过是怀疑，不可能找到有力的证据。"

他还是不太放心。

"还有瑞切尔呢，"他提到，"姐姐的自杀让她震动很大，你说她会不会——"

"不会的，"我非常自信，"首先，如果这么做的话她自己就无法全身而退，除此之外，万一她有什么动静，我们也就会知道了，她是无法在我们面前掩饰什么的。"

"好吧，那，还有年幼的佩特拉呢。"他说。

我盯着他。

"你是怎么知道佩特拉的事的？"我问道，"我从没告诉过你啊。"

他很满意地点了点头："可她就是你们中的一员，我觉得她是。"

"你是怎么发现的？"我很紧张，紧追不舍，心中琢磨着会不会有其他人也有类似的想法，"她跟你说的吗？"

“噢，当然不是，算我碰巧猜中的吧。”他顿了顿，“其实我也是间接地从安妮那儿知道的。我早就跟你们说过，让她跟那个家伙结婚不是什么好事。有一种女人就是一直都不满足，直到让自己成为某个男人的奴隶、出气筒才满意，她会让自己完全成为那个男人的附庸，依附于那个男人。而安妮恰恰就是那种女人。”

“你不是要说——千万别告诉我，安妮把自己的一切都告诉艾伦了。”我表示不信。

“她就是这么做的，”他点了点头，“还不仅如此呢，她还把你们所有人的事都告诉艾伦了。”

我盯着他，根本无法相信。

“艾利克斯姨父，你不可能知道这一切的！”

“我就是知道，大卫。可能她不是故意的，可能她只告诉了艾伦关于她自己的事，有的女人认为自己在床上是不能向自己的另一半撒谎的。可能是艾伦逼着她说出了你们其他人的名字，但反正他就是知道了，他真的知道了这一切。”

“但即便他知道这一切，你又是怎么知道的呢？”我问道，心中越来越紧张。

他开始回忆道：

“从前，在里格的码头曾经有个低级酒馆，那是一个叫格劳斯的家伙开的，生意很好。他有三个女服务员、两个男酒保，这五个人都听他的——完全听命于他。如果他把自己知道的一切说出来的话，其中的一个男酒保就会因曾在公海当海盗而被绞死，而其中的两个女服务员就会因谋杀而被判死刑。我不知道其他那两个人犯过什么事，但反正老板就是有手段能让所有的员工都心惊肉跳。你应该明白，这就是个完美的阴谋，可以无限期地勒索他们。如果男酒保有什么小费的话，他会全要过来，一点儿都不给他们留；只要有海员光顾，他会务必确保女服务员笑脸相迎、服务周到，而且从海员那儿获得的小费也要一律上缴。我以前经常看到他是如何对待他们的，经常看到面对自己员工时他脸上的表情——有点儿扬扬自得，因为他抓住了他们的小辫子，知道内幕，而他这五个员工也深知其中的利害。他只需皱皱眉，就能让他们五个忙活得手忙脚乱。”

艾利克斯姨父停了停，若有所思。

“我绝对没有想到我会再看到那种表情——竟然就在瓦克努克教堂里一张男人的脸上！反正我是绝对没有想到，竟然会在这儿再看到那样一副嘴脸，你能想象吗？我感觉有点儿古怪，甚至是毛骨悚然，但我的确看到了。他脸上就是那种表情，他的眼神首先落到了罗瑟琳身上，然后是瑞切尔，再就是你，最后是佩特拉。他对其他人并不感兴趣，就只是那么饶有兴致、目光贪婪地盯着你们四个人看了许久。”

“你可能弄错了——那只是一种表情而已……”我说。

“可那种表情是不对的，噢，绝对有问题，我知道那种表情的含义，他的那副神情一下子把我带回到了里格码头的那个低级酒馆——酒馆老板的神情就是这样的！再说，如果我领会错了的话，我怎么能知道佩特拉的事呢，而且佩特拉恰恰就是你们其中的一员，难道真会这么巧吗？”

“那你又做了什么？”

“我回到家里，想了想格劳斯的事，他的生活可真是惬意啊，又想了想其他几件事。然后我就给我的弓换了一根新弦。”

“原来那是你干的！”我忍不住惊呼。

“只能如此啊，大卫。当然，我知道安妮会认为是你们当中的人干的。但她没法告发你们，因为告发你们也就相当于暴露了她自己和她妹妹。这么做是有风险，但我也只能冒这个险了。”

“当然有风险——而且几乎真的把我们置于险境，我们差点儿就全完了。”我告诉了他安妮把一封信留给监察官的事。

他摇了摇头。“我没想到她真能做得出来，唉，这个可怜的女孩，”他说，“但这件事还是要做的，而且幸亏我没耽误时间。艾伦并不是傻瓜，他一定会确保自己的安全不会受到威胁。在他真正开始讹诈你们之前，他一定会事先写好证言藏在某处，万一自己遭遇不测，证言就会自动公开。他也一定会让你们知道这一切，然后再开始勒索你们。这样的话，你们就非常被动了。”

我越想越觉得这件事真的是非常麻烦。

“你自己擅作决定，让我们冒了很大的风险，艾利克斯姨父。”我跟他说。

他耸了耸肩。

“我难道不是冒了更大的风险吗？而且给你们去除了重大的祸患，相较而言，这个险还是值得冒的。”他说。

然后，我们又说到眼下的事了。

“但这些质询不可能与艾伦有关，他都已经死了好几个星期了。”

“另外，如果艾伦要勒索钱财，他是不会把这些告诉其他人的，”艾利克斯姨父也表示同意，“肯定有某件事，”他继续说道，“让他们觉得不对劲，但他们又肯定不可能知道太多，否则他们早就会开始质询了，甚至在开始质询之前他们就什么都知道了，然后再走程序。摸不透情况，监察官是不会贸然行动的，否则就会很被动，被你父亲抓到把柄——他同样也不会让安格斯·莫顿抓到把柄。但是，如果能在这件事上找到蛛丝马迹，他也绝对不会轻易放过。”

说了这么多，我们还是理不出头绪，不知道应该从哪儿开始着手来商量对策。

我梳理之前的事，马上想到这一定与佩特拉的小马之死有关。艾利克斯姨父当然知道这件事，但并不知道内幕。当初如果我告诉他一切的话，那么也就把佩特拉有超强意念的事告诉他了，所以我选择了沉默。我们大家都心照不宣地认为，他知道我们的事越少越好——万一碰到什么麻烦，他也就越容易掩盖这一切。然而，他现在已经知道佩特拉的情况了，于是我也就把那天发生的一切告诉了他。我们并不觉得这件事有可能会暴露出什么问题，但他还是记下了那个男人的名字，因为除此之外他也没有任何头绪。

“杰罗姆·斯金纳，”他重复着，似乎没什么印象，“很好，我会继续关注一下，看看能否找到有关此人的信息。”

当天晚上，我们又通过意念商量对策，但也没商量出什么结果。迈克尔这么说道：

“这样吧，如果你和罗瑟琳非常确定，在你们那儿他们的怀疑根本无从查起，那么他们也就查不到我们其他任何人头上——除了那个在森林里碰到的人。”在意念中他用思维影像的画面来显示那个人，而没有费劲地用字母思维拼出那个人的名字——“杰罗姆·斯金纳”。“如果是他泄露了消息，那么他一定已经告诉了本区的监察官，那么那边的监察官也就会按照惯例告知你们这边的监察官，这就意味着好几个人已经觉得这件事很蹊跷了，而且对我们这边的萨利和凯瑟琳也会有同样的调查。还有一件事也糟糕透顶，最近一直传言会有来自边缘村的大规模进攻，大家都疑神疑鬼，警惕性出奇地高。明天我会去探探消息，然后再把最新的情况告诉你们。”

“那我们应该做些什么呢？”罗瑟琳也插进来问道。

“眼下什么事也没法做，”迈克尔回答道，“如果确实是这个环节走漏了风声，那么你们就分为两个组了：萨利和凯瑟琳一组，你、大卫和佩特拉一组，我们其他三个人根本没有牵涉进去。千万别轻举妄动，做出什么不寻常的事来，否则会招致他们的进一步怀疑，进而对你们发动猛攻。如果他们真的质询你们，就按照我们已经商量的来，装傻充愣、故作天真，应该可以摆脱困境、蒙混过关。但佩特拉是我们的软肋，她还太小，根本不知道其中的利害关系。如果他们在她身上寻找突破口，玩点儿花招，那么她完全可能会落入陷阱，这样的话我们就得集体大逃亡，在那片不毛之地——边缘村终了此生……

“那么佩特拉就成了问题的关键，绝对不能让他们控制住她。他们完全有可能不怀疑她——但毕竟她当时也在场，所以也有可能成为怀疑对象。如果有任何迹象显示他们开始对她感兴趣，那么千万不要继续装傻充愣，一定要果断决策，带她出逃——只要他们开始在她身上寻找突破口，他们早晚会想办法从她口中得到他们想要的东西。

“当然，一切也可能会风平浪静，就像什么都没发生过一样，但万一事情变得不可收拾，大卫一定要担负起责任来。这将是你的使命——大卫，确保不要让她接受询问——要不惜一切代价。如果需要杀人的话，那你就必须果断出手。千万要记住，如果找到证据，到时他们杀我们时是决不会犹豫的，甚至连眼睛都不会眨一下。别忘了，他们只要有所进展，发现证据，就会对我们斩草除根的。即便不是马上发现我们所有人，也一定会慢慢地、一个接一个除掉我们。

“如果事情真的往最坏处发展，你无法救佩特拉的话，杀掉她也许是一种仁慈的做法，相较于让她去那片不毛之地——边缘村生活。这点你明白吧？你们其他人也同意吧？”

大家都依次表示同意。

万一被发现是异种，可怜的小佩特拉要饱受残害，被赤身裸体地扔到边缘村，而且很有可能就在那儿悲惨地冻死饿死。想到这一切，我也同意了。

“很好，”迈克尔继续说道，“那么，为了安全起见，你们四人还有佩特拉最好早做打算，收到消息就能马上逃跑——如果有必要的话。”

他继续告诉我们具体的细节。

很难想象我们还能采取什么其他措施。我们当中任何一个人的公开举动都可能立即给其他人带来麻烦。不幸的是，我们在接受质询时还能继续收发意念，这一时刻马上就会到来了，可能也就只有两三天吧……

12

傍晚跟艾利克斯姨父谈话时我还觉得问题不大，而后来的讨论和迈克尔的建议让我觉得，被他们发现的威胁就在眼前，比之前的感觉更加真实。不知怎么，这让我切身感受到将来的某一天我们可能要自己应对这真实的一切——这种警报不会简单地自行解除，烟消云散，让我们也还能像以前一样生活——一切不会如此简单下去了，真的到时候了。我知道大约从去年开始，迈克尔就变得越来越焦虑，好像有一种来日无多的感觉，而现在我也开始有这种感觉了。我甚至还考虑得更远，就在那天晚上上床之前，我还做了些准备——把一张弓和两打箭放在手边，并且找了一个袋子，里面放了几条面包和一块奶酪。另外，我还决定第二天一早准备一包备用衣服、靴子以及其他一些用得着的东西，把它们藏在外面某个既干燥又方便拿到的地方。还要给佩特拉准备几件衣服、毛毯、水袋，还有说什么都不能忘带的打火匣……

就要进入梦乡时，我依然在脑海中继续盘算着需要带什么。

大约不到三个钟头，我就被门闩的咔嗒声惊醒了。没有月亮，但映着星光就能看见门边有个矮小的、穿着白睡衣的人影。

“大卫，”她叫道，“罗瑟琳说——”

但还没等她告诉我，罗瑟琳的意念就猛地插了进来。

“大卫，”她用意念急促地告诉我，“我们必须马上走——尽快。他们已经抓走了萨利和凯瑟琳——”

迈克尔这时也插了进来：

“你们俩都要抓紧时间——趁现在还不晚。这次的突然行动是早就计划好的。要是他们真的完全了解我们的话，就会同时派一队人来抓你们了——根本不会让你们有时间接到警报而逃跑。就在十几分钟之前，他们几乎同时出现在了萨利和凯瑟琳家中。赶快走，快！”

“在磨坊门口会合，赶快！”罗瑟琳补充道。

我用话语跟佩特拉说：

“尽快穿好衣服，而且一定要静悄悄的。”

她可能没有完全理解我们意念交流的详情，但那种紧迫感她还是感受到了。她就那么点了点头，悄悄地退出去，消失在漆黑的走廊中。

我穿上衣服，把床上的毛毯卷成一团，又在黑暗中摸索着找到弓、箭和那袋食物，然后朝门口走去。

佩特拉已经差不多穿好了衣服。我从她衣橱中随手抓了几件衣服，一块儿卷进了毛毯中。

“先不要穿鞋子，”我小声说，“提着鞋子踮着脚走出去，像猫一样，不要发出任何声响。”

我们俩蹑手蹑脚溜出屋子，到了院子里。我放下手中的铺盖卷和袋子，穿好鞋子，这时佩特拉也已经穿好了鞋子。

她要说些什么，但我把手指放在唇边，示意她不要出声，并向她传输了那匹黑色母马希巴的形象。她点了点头，接着我们轻手轻脚地穿过了院子。我刚打开马厩的门，就听到远处有声音，我们屏气凝神，仔细去听。

“是马蹄声。”佩特拉小声说道。

确实是马，还不止一匹，都是马蹄踏地的声音，还有马嚼子的叮当声。

没时间去找马鞍及马笼头了。我们牵着希巴的缰绳走出马厩，踩着那块大石头爬上马背。由于带了很多东西，我身前已经容不下佩特拉了。她坐在我身后，搂住我的腰。

我们骑上马悄悄地从院子里溜了出去，远离了房子，然后朝河堤方向奔去。隐约听得到别的马蹄声越来越近。

“你离开了吗?”我问罗瑟琳，同时也告诉她我们这边的情况。

“我十分钟之前就离开了，我早就准备好了一切。”她责备似的说，“我们一直在竭尽全力联系你，可你睡得像死猪一样。幸亏佩特拉醒了。”

佩特拉终于控制好了自己的意念，她十分激动，迫不及待地闯了进来，想知道到底发生了什么事，她的思绪太强烈了，就像一团迸发的火花。

“平静下来，亲爱的，再轻柔点儿，”罗瑟琳表示不满，“我们一会儿就告诉你这一切。”佩特拉刚才让她头晕目眩，她顿了顿，稍微缓了缓。

“萨利？凯瑟琳？”她联系她们俩。

她们俩一起回应。

“我们正在路上，他们要把我们送到监察官那儿。我们假装是无辜的，什么都不知道，一脸迷惑。就应该这样，对吧？”

迈克尔和罗瑟琳也觉得那是最好的办法。

“我们觉得，”萨利接着说，“我们应该切断脑电波，关闭思维影像，不与你们联系。对我们来说，如果我们真的不知道发生了什么事，那么表现得像正常人一样就会更容易些。所以尽量不要联系我们，你们都要尽量克制。”

“好——但你可以随时联系我们。”罗瑟琳表示同意，接着她又跟我联系，“快点儿，大卫，农场上已经有灯亮了。”

“没事，我们正朝约定的地点赶呢，”我告诉她，“不管怎么说，黑灯瞎火的，他们要想找到我们逃跑走的是哪条路，估计得花点儿时间。”

“他们根据马厩的温度就能知道你们还没走远。”她指出了一个关键问题。

我回头看看，远远地看见家里的一个窗户灯亮了，还有一盏摇摇晃晃的灯笼。隐约听到有男人的呼喊声。我们已经赶到河边，可以让希巴慢点儿跑了，应该安全了。就这样跑了半英里，我们赶到了浅滩，接着又跑了四五百米，就快靠近磨坊了。为了避免惊动他人，骑马慢慢走过磨坊应该更显谨慎。我听见墙的那边拴着条狗，但它没叫。过了一会儿，我感受到了罗瑟琳如释重负的感觉，她大约就在我前面。

我们又骑马慢跑起来，过了一会儿，我注意到路边树下有动静。我掉转马头，发现罗瑟琳正在那儿等着我们——还有她父亲那两匹巨马。两个庞然大物高高耸立在我们身边，身上都背着很大的驮篮。罗瑟琳站在其中一个篮子里，她的弓已经搭好了箭，就在手边，横搭在篮子上。

我骑马靠过去，她探出身子看看我都带了些什么东西。

“把毯子递给我，”她指挥着我，一边伸出手来接着，“袋子里都装着什么？”

我告诉了她。

“你是说你就带了这点儿东西吗？”她很是不满。

“走得有点儿急。”我说。

她把毯子垫在两个驮篮之间的鞍板上。我尽力将佩特拉举起来，让她够到罗瑟琳的手。我们俩一起努力，佩特拉终于爬了上去，坐在了毯子上。

“我们最好待在一块儿，”罗瑟琳指挥着，“我在另一侧的驮篮中给你留了位置，在那边你可以向左侧射击。”她扔下小型绳索梯，绳索从巨马的左侧垂了下来。

我从希巴的背上跳了下来，指了指家的方向，拍了拍它的屁股让它跑起来。然后，我笨手笨脚地爬上另一个驮篮。就在我双脚离开绳索梯的那一瞬间，罗瑟琳就将绳索梯拽了上来拴住。她挥了挥缰绳，还没等我坐好就出发了，另一匹巨马被牵着跟在后面。

我们驾着马慢跑了一会儿，然后离开这条路向一条小河走去，那条小河有一条支流，于是我们拐到了那条支流上。走了没多久，我们又离开了那条支流，走上了另一条泥泞的道路，这条路带着我们走向了另一条小河，我们又沿着这条小河的河床走了大概有半英里，或者更长一点儿，然后拐到了另一片崎岖、泥泞的道路上，走了没多久，路面就变得坚硬了，继续往前，路上又尽是石块了，马蹄踏上去叮当作响。巨马在凹凸不平的石块间蜿蜒而行，我们走得更慢了。我意识到罗瑟琳一直在很细心地掩盖我们的踪迹。我一定是无意中释放了意念，因为她马上也用意念跟我联系了，而且有几分冷淡。

“你根本没有想过我们的行程，就知道睡觉，真是不简单啊。”

“我已经开始想了，”我反驳道，“今天早上我本来要计划一下所有的事的，但我没想到会这么急。”

“所以我刚才叫你、想和你商量一下怎么办时，你就像头猪一样只知道睡觉。我和妈妈花了整整两个小时来准备驮篮、挂好马鞍，以备应急之需，而你所做的就是躺在床上呼呼大睡。”

“你母亲？”我吃惊地问道，“她知道了？”

“她似乎知道一点儿，可能她猜到了一些事，到现在已经有一段时间了。我不知道她猜到了多少——她也从没谈过。我想她是觉得只要没有明确承认，没有说出来，那就万事顺利。今天晚上，当我告诉她我很可能必须要离开时，她哭了——但她并不惊讶；也没有反对或劝我留下来。我觉得她好像早已暗下决心，在将来的某一天要帮我逃跑，这一天终于来了，她也确实这么做了。”

这让我陷入了思考。我可不敢奢望我妈妈会为佩特拉做这种事。不过哈丽特姨妈被父亲打发走之后，她还是哭了。反正哈丽特姨妈是早就准备好了，即便违反《纯净法》也要保护自己的孩子，索菲的母亲也会这么做。我不禁纳闷有多少母亲会对这些事睁一只眼闭一只眼，反正我们实际上并没有与上帝真实的形象不符——或者说即便有点儿不符，如果监察官那儿能搪塞过去的话……我还在想，对于我带着佩特拉离开一事，妈妈私底下是高兴呢，还是会很伤心……

我们继续沿着罗瑟琳设计好的这条飘忽不定的路线前进，这有助于掩盖我们的踪迹，让他们无法追踪到我们。我们又蹚过了很多溪流和小河，走过了很多崎岖不平、尽是石块的路段，最后驱马爬上一个很陡的山坡，走进一片森林中。没多久我们就看到了一条朝向西南方的路。已经走了这么远了，而且道路如此复杂，再三变化，走到现在，我们也就不再担心留下脚印是否会有点儿冒险了，因此我们就一直沿着这条路前行，没再变换路线，慢慢地，天色开始变亮。我们转入深林，找了块空地把马拴在那儿，让它们在那儿吃草，休息一会儿。

我们吃了点儿面包和奶酪后，罗瑟琳说：

“既然你之前睡得那么香，那么就先由你来站岗吧。”

她和佩特拉舒服地裹在毯子里，很快睡着了。

我坐在那儿，已经搭好箭的弓横放在膝盖上，另外的半打箭就插在身边的泥地里。除了鸟叫，什么声音都没有，偶尔能听到小动物爬动的声音，还有巨马大口吃草的咀嚼声。阳光透过稀疏的树枝缝隙照进来，让我感觉身上暖暖的。我不时起身，静静地在空地的边缘四处走动，手中的弓箭随时待发。我没发现什么险情，但至少这样能让我保持清醒。几小时后，迈克尔的意念传了过来。

“你们现在在哪儿？”他问道。

我尽可能详尽地向他解释了我们现在的方位。

“你们在往哪个方向走？”这是他最关心的问题。

“西南方向，”我告诉他，“我想我们会夜间行动，白天休息。”

对此他表示赞同，但他又说：

“最糟糕的情况是，由于受到边缘村要来进攻一类传言的恐吓，最近会有很多巡逻队前往各处排查。我觉得罗瑟琳带着那两匹巨马上路有点儿不明智——只要他们发现这两匹马的踪迹，消息就会如野火般迅速地传播开来，其实，只要一个马蹄印就足以暴露你们。”

“普通的马短时间内的速度能和这两匹巨马相当，”我承认道，“但它们的耐力和巨马根本没法比。”

“你们可能的确需要耐力。可坦白说，大卫，你们更需要智慧。我们如果再不注意可就会有大麻烦了。他们发现了很多问题，比起之前我们所猜测的要多得多，尽管他们还没查到马克、瑞切尔和我身上。但现在发现的问题已经让他们如临大敌了，他们会专门组织民兵去抓你们。我想了个主意，我们立刻自告奋勇加入民兵，然后制造传闻，就说有人看到你们朝东南方向去了。等这一切烟消云散之后，再让马克重新散布谣言，带人朝西北方向去找。

“如果有人发现了你们，要不惜一切手段，决不能让他把消息传出去。但不能开枪。我们这边有命令说除非迫不得已或者为了传递信号，否则，在外执行任务时不能用枪——反正只要有枪响，就会暴露你们的行踪，所以，你们也要尽量避免。”

“没关系，我们没有枪。”我告诉他说。

“这样更好，省得万一你们没忍住而开枪，那可是大麻烦——但他们以为你们有。”

我故意没带枪，一部分原因是枪响会暴露行踪，但主要是因为换子弹太慢，况且又很重，不方便携带，而且弹药用完就没用了。箭的射程不是很远，但无声无息，等他人换子弹的工夫，你就可以射出一打的箭，甚至更多。

马克也加入进来：

“我都听到了。需要的时候，我会散布谣言，让他们朝西北方向追。”

“好。但在我通知你之前，先不要轻举妄动。罗瑟琳这会儿在睡觉吧？告诉她醒了之后与我联系，可以吗？”

我说我会的。接着大家也就没再交流。我继续盯了几个小时，然后叫罗瑟琳起来换班。佩特拉还没有醒，于是我在她身边躺下来，一会儿就睡着了。

也许是我睡得不沉，也许只是巧合，反正我醒来时刚好发现罗瑟琳的意念极度痛苦。

“我已经把他杀死了，迈克尔。他完全不动了……”然后罗瑟琳的意念陷入了一阵惊慌失措、混乱无序的状态中。

迈克尔的意念传了过来，依然是那么沉稳而又令人安心。

“不要怕，罗瑟琳。你必须那么做。这是我们和他们之间的一场战争。我们并没有挑起战争——我们和他们一样都有存在的权利。你不用害怕，罗瑟琳，亲爱的，你必须那么做。”

“发生什么事了？”我坐起来问道。

他们没有理我，或者是顾不上理我。

我看了看四周。佩特拉仍然躺在我身边熟睡着；巨马在安静地吃草。迈克尔又进来了：

“把他藏起来，罗瑟琳。尽量找个地势低点儿的地方，再在上面堆些树叶盖住。”

一阵沉默。接着罗瑟琳应允了，这时她已经克服了恐惧，尽管仍然十分痛苦。

我站了起来，拿起弓箭，穿过空地朝罗瑟琳的方向走去。

就要走进那片森林时，我突然想到佩特拉无人保护，于是就没再往前走。

过了一会儿，罗瑟琳出现在丛林中。她走得很慢，一边走着，一边攥着把树叶擦手中的箭。

“发生什么事了？”我再次问道。

但她的意念好像又一次失控了，由于情绪紧张，她的意念扭曲而混乱，含糊不清。走近时，她干脆用语言对我说：

“那是个男的，他发现了马的踪迹。我发现他顺着马蹄印跟踪我们，迈克尔说……噢，我真的并不想那么做，大卫，但我还能怎么做呢？”

她的眼中满是泪水。我抱住她，让她靠着我的肩膀哭泣。我不知道该怎样安慰她，只能像迈克尔那样给他信心，让她相信她绝对有必要那么做。

过了一会儿，我们慢慢往回走，她在依旧酣睡着的佩特拉身边坐了下来。

我突然想到一件事，就问道：

“他的马呢，罗瑟琳？跑掉了吗？”

她摇了摇头。

“我不知道。我猜他一定骑马了，但我看见他时，他是徒步跟着我们的踪迹过来的。”

我觉得我们最好折回去看看他是否把马拴在沿途的某个地方了。我往回走了大半英里，但没有发现他的马，甚至没发现马蹄印——除了巨马留下的。我回来时，佩特拉醒了，在和罗瑟琳聊天。

时间在流逝。迈克尔和其他人那里也再没有什么消息传来。尽管发生了这些事，但待在这儿依然比冒着被发现的危险大白天出发要好。所以我们就等在那里。

然后，下午的时候，又发生了一些事，而且非常突然。

那既不是意念，也没有具体的形状；纯粹是一种痛苦所致，就像在痛苦地煎熬中哭泣。佩特拉呼吸急促，扑到罗瑟琳的怀中大哭。传递过来的情绪是那么激动，给我们巨大的冲击，让我们感觉大脑很疼。罗瑟琳和我十分吃惊，面面相觑，目瞪口呆；我的手甚至也发抖了。而这种冲击无声无形，没有规律，我们分辨不出是谁发出的。

接着又是一阵痛苦，其中掺杂着一丝羞愧，伴随着无望的凄楚，那种形式特有的朦胧之感无疑是凯瑟琳的风格。罗瑟琳紧紧握着我的手。我们共同忍受着，慢慢地，那种凄切凌厉的感觉逐渐减弱，紧张的压迫感也渐渐消失了。

过了一会儿，萨利进来了，她情绪激动，断断续续地向我们描述她对凯瑟琳的关爱和同情，接着又陷入了极度的痛苦中。

“他们已经摧垮了凯瑟琳，已经摧垮了她……哦，凯瑟琳，亲爱的……你们不能责备她，任何人都不能，请你们千万不要责备她。他们正在折磨她呢。我们中的任何人都可能会受不了的。她现在已经神志不清了，听不到我们的呼唤了……哦，凯瑟琳，亲爱的……”她的思绪融入了无形的悲痛中。

接着，迈克尔进来了，开始很不安，但一会儿又变得强硬起来，他一贯沉稳而坚忍，我还是第一次见他如此强硬。

“这是战争，是你死我活的战争。总有一天我会杀了他们为凯瑟琳报仇。”

接下来的一个小时什么事也没发生。我们尽了最大的努力来安抚佩特拉。她并不清楚刚才发生了什么事，但那种凌厉的意念就把她吓得够呛。

然后萨利又进来了，心情沉重又悲伤地强迫自己说：

“凯瑟琳承认了，坦白了一切。我也确认了她的话。他们早晚也会那么对我的。我——”她一边犹豫，一边好像在颤抖，因为她发射过来的思维影像在不断地颤抖，“我实在不敢面对那一切，那比烧红了的烙铁要可怕得多，凯瑟琳受尽了各种酷刑的折磨，最终招了。我说不下去了……原谅我，请你们都……原谅我们俩……”她又中断了联系。

迈克尔不安地进来了，他也非常担忧。

“萨利，亲爱的，我们当然不会责备你——你们两个我们都不会责备。我们能理解。但我们必须要知道你都告诉了他们什么，他们现在知道多少？”

“关于意念的事——还有大卫和罗瑟琳。他们几乎已经确定他俩也是我们中的一员，但他们还需要确认。”

“佩特拉呢，他们也知道了？”

“是的……啊，啊，啊！”一阵懊悔翻滚而来，“我们也没有办法——可怜的小佩特拉——但他们是知道的，真的。大卫和罗瑟琳出走时带上她，这就是最好的证明，也是唯一的解释。怎么撒谎都瞒不过去。”

“其他人他们知道了吗？”

“还不知道，我们跟他们说没有其他人了。我觉得他们相信了。他们仍然在提问题，想要了解更多情况。他们想知道我们是怎样使用意念的，使用范围有多远。我骗了他们。我说不超过五英里，而且即便在五英里之内，距离远了也不容易理解……凯瑟琳刚刚清醒过来，还不能与你们联系。但他们一直在审问我们，一直不断地……你们看不见他们都对她做了些什么……哦，凯瑟琳，亲爱的……她的脚，迈克尔——哦，她可怜的双脚……”

萨利的思维和意念陷入了痛苦，接着就消失了。

再没有人进来过。我感觉我们的心都在滴血，一时很难从这种重创中恢复过来。说话要先选择词句，然后再说出来；但思维和意念是能感觉到的，就在你的心里……

太阳渐渐西斜，我们正要收拾行李动身，迈克尔又联系我们了。

“听我说，”他告诉我们道，“他们非常重视这件事，被我们搞得如临大敌。一般来说，如果一个异种逃离了某个区域，他们就会不再追究了。没有身份证明，或者没有经过当地监察官的全面检查，任何人都无法在我们这片土地上定居，那么他就很可能会去边缘村生活，并在那儿终老一生。但让他们不安的是我们平时都看不出什么异常，却在他们中间生活了将近二十年，而他们从来就没有怀疑过我们。到任何地方，我们都跟正常人没什么两样，很容易蒙混过关。所以你们三个的抓捕告示都已经张贴出去了，他们正式把你们归为了异类。这就意味着你们不是人类了，因此也不再享有人类社会的任何权利和保障。任何人以任何形式帮助你们都是在犯罪；任何人对你们的行踪知情不报也要受到惩罚。

“事实上，你们已经成了逃犯。任何人，只要看到你们就可以朝你们开枪，而且免责；如果有人向政府汇报你们中枪身亡，得到证实之后，就会得到一笔小额赏金；但如果能把你们活着带回去，就会得到很大一笔赏金。”

说到这儿时，他顿了一会儿，我们正在仔细琢磨他的话意味着什么。

“我不明白，”罗瑟琳说道，“这是不是预示着我们要离开这儿，而且必须永远离这儿远远的？”

“他们害怕我们，想抓住你们了解更多关于我们的事——这就是他们拿出这么一大笔奖金的原因。这不仅仅是上帝真实形象的问题——尽管他们让这件事看上去像这样。他们真正关注的是我们可能会对他们构成威胁。设想一下吧，如果我们有更多的同类，不需要外在的语言信息体系就可以一块儿思考、计划、协调事情——那么我们就会比他们更聪明，并且始终处于领先地位。如果真的是这样的话，就会让他们相当不舒服；所以他们要在我们发展壮大之前完全消灭我们。他们把这当作一件事关生死存亡的大事——而且他们可能是对的。”

“他们会杀了萨利和凯瑟琳吗？”

这个想法罗瑟琳还没仔细思量，就直接冒了出来。我们等着她俩任何一个人的回应，可她们什么反应都没有。我们不知道那意味着什么；她们可能只是又关闭了她们的意念接收系统，或者是累得睡着了，也可能已经死了……迈克尔认为处死她们是不太可能的。

“他们现在牢牢地把她们俩控制在手中，没有理由杀她们：这么做很可能会激起民愤，让当地人对政府有更多的敌意。宣布一个身体上有缺陷的新生儿为非人类是一回事，但处理这件事绝对不能那么机械，这要复杂得多。对于那些已经认识她俩多年的人来说，完全接受她俩是非人类的判决并不容易。如果贸然把她俩杀了，会让许多人感到不安，也会对政府产生怀疑——就像一部法律也有效力的追诉期一样，她们这么长时间来应该已经过了法律的追诉期了，再说她们也没有为非作歹。”

“她们不会被杀掉，但我们就会被他们杀掉，而又不会引起什么震动，是吗？”罗瑟琳说道，似乎十分苦闷。

“你们还没被抓到呢，再说现在周围的人都还不认识你们。对于陌生人来说，你们仅仅是在逃的非人类而已，只要他们还没看到告示，是不会对你们痛下杀手、斩尽杀绝的。”

他都说到了这个份儿上，我们也就没什么好说的了。迈克尔问道：

“今天晚上你们准备往哪边走？”

“还是朝西南方向走，”我告诉他，“我们本来想在‘荒村’找个地方住下来，但是既然任何猎人都有权射杀我们，那我们就不得不继续赶路，直接进入边缘村了。”

“这样最好不过了。如果你们能在那儿先找个藏身之处躲一段时间，我们就会想办法，看能否放出风去，谎称你们已经死了。我会尽力想办法让他们相信的。明天，我会和一支队伍一块儿朝着东南方向搜查，到时我会通知你们再怎么做。还有，如果你们碰到什么人，一定要确保先下手。”

说到这儿我们就没再联系。罗瑟琳已经收拾停当，我们又重新在驮篮里垫了些衣物，这样感觉比前一天晚上舒服多了。然后，我们就爬了上去。我仍然在左侧，但这次佩特拉和罗瑟琳一起在右侧的驮篮中。罗瑟琳回头在巨马的臀部重重地拍了一下，于是，巨马拖着庞大而笨拙的身躯又开始向前走了。刚才在收拾行李时，佩特拉就闷闷不乐，这会儿她突然大哭起来，释放出极其难过的意念情绪。

她抽抽噎噎地哭鼻子，可见她根本不想去边缘村。关于那儿一直流传着很多故事，比如鬼婆婆老麦琪、长毛怪杰克和他一家，还有其他一些令小孩畏惧的人物形象等等，这些人据说都潜伏在那一带，一想到这些，她就怕得要命，所以她根本就不想去。

如果我们从小没听过那些可怕的故事，自己不害怕那些东西，或者我们能知道那个地方的真实情况，反驳那些传闻，不让那种病态的恐怖气氛笼罩在边缘村之上，那么安慰佩特拉应该就会容易点儿，而事实却恰恰相反，我们自己也非常害怕，所以安慰佩特拉非常费劲。实际上，我们跟大多数人一样，对边缘村几乎一无所知，所以我们的劝说和安慰是那么的苍白，根本没有说服力，也就一直没什么效果。我们不得不再三忍受佩特拉释放的一波又一波的难过的情绪。诚然，较之以往的情形，佩特拉这次释放的脑电波要弱一些，没有那么凌厉，而且多次的经验已经让我们可以适当抵制她强大的意念对我们的影响；尽管如此，影响还是很明显的，我们被搞得疲惫不堪。罗瑟琳用了整整半个小时，才让佩特拉那屏蔽一切、喧闹噪音一般的意念渐渐平息下来。她刚让佩特拉安静下来，其他人就不安地进来了。迈克尔恼火地问道：

“这次又怎么了？”

我们解释了一下。

迈克尔抑制住心中的怒火，将注意力转向佩特拉。他慢条斯理地用意念告诉她，边缘村并不是人们所说的那么恐怖，那些都是谎言。生活在那里的男男女女只是非常不幸，他们并不开心，仅此而已。他们从家中被带到这儿时往往还是婴儿，当然有些人可能会稍微大几岁，他们不得已从家中逃出来，仅仅是因为他们看上去跟其他人不一样，他们不得不住在边缘村，因为只有待在那儿人们才不会为难他们。他们中有一些人看起来确实十分奇怪，甚至好笑，对此他们自己也无能为力，这很让人遗憾，但并不可怕。如果我们一不小心多长了个手指或者耳朵，我们也早就被赶到边缘村了——尽管本质上我们可能与现在没什么两样。人生得什么样其实并不重要，大家很快都会适应的，而且——

但就在这时佩特拉打断了他。

“另一个人是谁？”她问道。

“什么另一个人？你在说谁？”迈克尔问她。

“有个人正在用意念表达思想，跟你的混在一起了。”佩特拉告诉他。

沉默。我马上开始仔细感知和探测，但并没察觉到其他的脑电波。

“我什么也没察觉到啊！”迈克尔说，马克和瑞切尔也是如此。“那一定是——”

佩特拉传出一阵迅猛而强烈的讯号，要是用语言表达的话，就是极不耐烦地说了一句“闭嘴”。于是我们都静默了，等着她，看她能感知到什么。

我朝另一个驮篮中瞥了一眼，罗瑟琳一条胳膊揽着佩特拉，正聚精会神地望着她。佩特拉闭着眼睛，聚精会神，似乎把所有的注意力都放在感知上了，像是在虔诚地倾听。过了一会儿，她稍微放松了一点儿。

“是什么？”罗瑟琳问她。

佩特拉睁开眼睛。她的回答令人困惑，也不是很明确。

“有个人在问问题。她离我们很远，很远很远。她说她之前跟我一样也非常害怕。她想知道我是谁，现在在哪儿。我要告诉她吗？”

一时间大家警惕起来。接着迈克尔略显兴奋地问我们是否同意告诉她。我们同意了。

“那好，佩特拉，告诉她吧。”迈克尔也表示赞同。

“我必须得十分大声，她离我们很远。”佩特拉事先提醒我们。

她释放的脑电波果然十分强大。如果她在我们完全开放接受意念时这么做的话，我们的大脑就会被撕裂。我关闭了自己的接收系统，关闭了自己的思维，尽量将注意力集中在前面的路上。这样确实有所帮助，但还是不能完全抵挡得住。佩特拉的意念很简单，她这个年龄也只能这样了，不能对她奢望太多，但即便如此，她的意念还是极其强烈，就像一道光芒万丈的强光，让人眩晕，那种轰鸣声让我震耳欲聋。

这一切逐渐减弱时，迈克尔舒缓地吐出一口气；紧接着佩特拉重复喊了两声“闭嘴”。一阵沉默，随后我们好像又经历了一次短暂的失明。过了一会儿，一切再次渐渐平息下来。

“她在哪儿？”迈克尔问道。

“在那边。”佩特拉告诉他。

“天哪——”

“她在指着西南方向。”我解释道。

“你问她那儿叫什么了吗，亲爱的?”罗瑟琳问道。

“问了，我知道那个地方分两个部分，还有很多水，可除此之外没什么意义。”佩特拉用语言含糊地告诉她，“她也不明白我在哪儿。”

罗瑟琳提议：

“让她用意念把地名的字母拼出来。”

“但我不认识字母啊。”佩特拉眼泪汪汪地反对。

“哦，亲爱的，那确实比较麻烦，”罗瑟琳承认，“但最起码我们可以把我们这儿的地名传送过去。我用意念把字母一个一个地传送给你，你再传给她。怎么样?”

佩特拉将信将疑，但她同意试试。

“好，”罗瑟琳又警告道，“大家要当心了！我们又要开始了。”

她先描绘了一个字母“L”，佩特拉照例还是用惊人的力量将其转发出去了。罗瑟琳接着又描绘了字母“a”及其后面的字母，直到把整个词儿“拉布拉多”（Labrador）都传递了出去。佩特拉告诉我们：

“她明白了，但她不知道拉布拉多在哪儿。她说她会尽力去弄清楚。她也想把她的字母影像传递给我们，但我说没什么用。”

“但这是有用的，亲爱的。你可以从她那儿接收过来，然后传递给我们——但有一点，必须要温柔，这样我们才能读懂。”

很快我们就收到了第一个字母。第一个字母是“Z”。我们感到很失望。

“这究竟是什么地方呀？”大家同时问道。

“一定是佩特拉把字母弄反了，肯定是‘S’。”迈克尔推断。

“不是‘S’，是‘Z’。”佩特拉含泪坚持道。

“别管他们，继续。”罗瑟琳告诉她说。

单词的后半部分也出来了。

“不管怎么说，后面的字母倒还能拼出来，”迈克尔说，“Sealand[①]——一定是这样的——”

“不是‘S’，是‘Z’。”佩特拉执拗地重复道。

“但亲爱的，‘Z’的话就没有任何意义了，而Sealand很明显就是海洋中的一块陆地。”

我半信半疑地说：“根据艾利克斯姨父的说法，地球上的海洋比人们想象的要多得多。这是否有助于我们推断一些情况呢？”

大家议论纷纷，就在这时，佩特拉又开始激愤地和那个陌生人谈话，大家静默了。跟那个人交流之后，她得意扬扬地宣告胜利：“那就是‘Z’，她说了与‘S’不同，‘Z’就像蜜蜂发出的声音。”

“好吧，”迈克尔平和地跟她说，“问问她，那儿是不是有

① 海中之地。

大片的海洋。”

佩特拉很快就问完了，说：

“是的。那个地方分两个部分，四周都是海。从她那儿，现在可以看到大片大片阳光洒在海面上，而且海水一片碧蓝——”

“在午夜？”迈克尔说，“她一定是疯了。”

“但她那边还没到晚上，她向我展示了那一切，”佩特拉说，“那个地方有许许多多的房子，那些房子与瓦克努克的房子不同，而且要大很多。还有马车，不需要马就能在路上行驶。还有东西在天空中，嗖嗖地从他们头顶上面飞过——”

我忽然十分震惊地意识到，那些画面也曾经出现在我小时候的梦境中，而那一切我几乎已经忘记了。我打断佩特拉，更加确切地重新描述她刚才所说的——是个形状像鱼的东西，表面发白发亮。

“是的——就是那样。”佩特拉表示赞同。

“总而言之，这一切太奇怪了，”迈克尔插嘴道，“大卫，你到底是怎么知道的——？”

我打断了他。

“现在先让佩特拉做她能做的，”我提议道，“我们待会儿再细说。”

所以我们再次尽全力屏气凝神，抵制着那猛烈的暴风骤雨，而佩特拉又开始激动地用她的最强女高音开始交流起来——在我们看来，她根本好像就是在自言自语。

重　生

我们在林间缓慢前行，非常小心，决不敢在途中留下痕迹，所以走得很慢，而且非常劳累。同时，我们既要随时准备发射弓箭，又要保持警惕，精神高度集中，以免让手中的弓箭误射出去，还要经常蹲得低一点，躲避横七竖八的树枝。碰到人的风险并不大，但偶尔会遇到一些正在觅食的野兽。幸运的是，当我们碰到野兽时，它们总是匆忙逃窜——可能是巨马庞大的躯体令它们畏惧：果真如此的话，至少这还是个优势，可以省很多事，让我们心里平衡点儿，要知道，除去身后那些特征明显的巨马马蹄印可真是十分麻烦。

那个地区的夏夜不长。我们缓缓前行直到天蒙蒙亮时才停下来，然后找了一块空地休息。卸下马鞍太危险；而沉重的马鞍以及驮篮又必须借助枝杈悬挂着，还得利用滑轮才能吊起来，这样的话会浪费大量时间，一旦有危险我们就没法快速逃离了。于是我们还是像前一天一样，只把马拴住吃草，简单休息一会儿。

吃东西时，我跟佩特拉聊起了她那个朋友展示给她看的东西。她跟我说得越多，我就越兴奋。她说的一切几乎都与我儿时梦境中所看到的情景吻合。知道那个地方真的存在，这忽然大大地激发了我的兴致，让我备感激动，之前我不过以为那是古人类的生活场景，而现在看来，那一切原来都是真的，就存在于世界的某个地方。然而，佩特拉累极了，所以尽管有很多问题想问她，我还是没有多问，而是让她和罗瑟琳睡觉了。

太阳刚刚升起，迈克尔就不安地进来了。

“他们已经发现了你们的踪迹，大卫。罗瑟琳射死的那个人——他的狗找到了他的尸体；而且他们发现了巨马留下的马蹄印，正在沿途追赶。我们全部人马正折回去前往西南方向追踪。你们最好继续前进。你们现在到哪儿了？”

我把情况告诉了他，如果估计得不错，我们当时离荒村已经不到几英里了。

“那么继续前进，”他跟我说，“你们拖延的时间越长，他们就会有越多时间先派一队人去拦住你们。”

他说得有理。我叫醒罗瑟琳，解释了一下。十分钟后，我们又出发了，佩特拉依然在懵懵懂懂地睡着。现在快速前进是首要任务，掩盖足迹已经无足轻重了，所以我们就顺着我们发现的第一条通向南方的道路快速进发，尽量催促巨马快跑。

这条路有点儿曲折，但大致方向还是对的。

我们顺着这条路走了整整十英里，没碰到任何麻烦，但后来，我拐了个弯，就发现一个人骑着马迎面朝我们奔来，距我们还不到五十码。

13

那个人毫不犹豫，一看到我们就松开缰绳，从背上一把抓起他的弓。他还没来得及上弦，我们就已经朝他射过去了。

巨马突然一动，我们都射偏了。他射得更准一些，那支箭从我们俩之间穿了过去，蹭到了巨马的头。我第二次又没射着，但罗瑟琳这次射中了他的马，正中胸前。那匹马两条前肢腾跃起来，差点儿把那人掀翻了下去。然后，那匹马猛地掉头，如离弦之箭一般冲了出去，我又在后面补射了一箭，射到了马屁股。它朝路边一跃，猛地把那个人甩到了灌木丛中，接着又以最快的速度沿着小路疾驰而去。

我们没管那个人，继续向前，经过他身边时，巨大的马蹄离他的头不到两英尺，他畏缩着躲到一边，吓得要死。到下一个拐弯处时，我们回头看见他坐了起来，正在查看自己的伤势。有一匹受伤而又没有人骑的马在我们前面狂奔，这无异于是在传递警报——这场遭遇战最让我们不满的地方就是这一点。

森林向前延伸了几英里，突然就没有了，我们发现前面是一条用于耕作的河谷。在河谷的那一边，有一英里半的空旷地带，接着又是森林了。那片地带大都是牧场，牛羊都用栅栏或篱笆围着。不久，我们就赶到了仅有的那几块耕地的左侧，那些幼苗看起来好像是燕麦，但在我的家乡，燕麦苗后来变异了，就被大片地焚烧了，那是很久以前的事了。

看到这些燕麦苗，我们备受鼓舞，因为这意味着我们已经快到荒村了，而在荒村，即便与上帝的形象有异也是不受约束的。

这条小路顺着一道斜坡缓缓而下，通向一个农场，那个农场也就跟瓦克努克的茅屋、草棚聚集区差不多。棚屋中间的空地用作场院院子，我们看到四五个妇女和两个男子围着一匹马。他们正在仔细地对它进行检查，我们当然知道那就是刚才跑掉的那匹马。显然，它也是刚到，那些人还在议论着它。我们决定抓紧时间继续前行，不留给他们时间去装备武器，追赶我们。

他们只顾着检查那匹马，我们都已经在这块空地上走了一半了，他们还没有发现我们。过了一会儿，一个人抬头瞥了一眼，其余的人也转身盯着我们。之前他们肯定没见过这么大的马，看着这两匹庞然大物负重朝他们飞奔而来，咚咚的马蹄声如雷鸣一般，他们一下子被震住了。还是被他们围在中间的那匹马反应快，它猛地腾空跃起，仰天长嘶，惊醒了目瞪口呆地愣在那里的人。那匹马仓皇逃去，周围的人也四处逃散开去。

我们根本都用不着放箭。那群人都急忙跑到各自家中躲了起来，我们没受到任何阻拦，十分顺利地穿过了他们的场院。

我们继续前行，这条路忽然向左拐了，但是罗瑟琳依然策马向前直奔，朝着下一片森林进发。路边的围栏像小树枝一样在巨马的践踏下倒向两边，两匹巨马犹如两辆大型车辆，隆隆地穿过那片田地，身后留下了一路毁坏的栅栏。

快进入下一片森林时，我回头望了望。农场里仓皇逃窜的那些人已经从家里探出头来，他们站在那儿指指点点，凝望着我们。

进入森林，又走了三四英里之后，我们便到了一片更为开阔的地带，但跟我们之前见过的所有地方都不一样。那儿遍布着灌木丛、荆棘丛和草丛。大部分草都很粗壮，叶子也很大。有些地方，野草长得非常骇人，又高又大，长成一簇一簇的，锋利的叶片长到八至十英尺那么高。

我们就在这些草丛间蜿蜒前行，大概朝西南方向前进，又走了几个小时，就进入了一片很古怪的树林中，一棵棵树都出奇地大。这儿是个不错的藏身之所，几块空地上都长着普通的草，应该是很好的草料。我们决定在这儿休息一下。

我拴好马，罗瑟琳铺好毯子，很快我们就狼吞虎咽地吃了个饱。一切都很平静，让人舒服。可佩特拉突然间猛地开始用意念交流起来，那种强大的辐射一下子好像把我们变成了瞎子，以至于我咬到了自己的舌头。

罗瑟琳眯着眼睛，一只手抱着头，非常痛苦。

“看在上帝的份儿上，孩子，你一定要注意点儿！”她抗议道。

“对不起，我忘了。”佩特拉漫不经心地说道。

她脑袋稍稍歪向一边，坐了一会儿，跟我们说道：

“她想和你们中的一个人讲话。她说请你们认真听，她会用最大的力量跟你们交流的。”

“好，”我们同意了，“但你必须保持安静，否则你真的会弄瞎我们的。”

我竭力去感受，但什么都感受不到——或者说犹如一道一闪而过的微光，模模糊糊。

我们松懈了下来。

“没用，”我说，“你得告诉她我们根本无法联系上她，收不到她的脑电波，佩特拉。”

接着，我又对大家说：“请注意，佩特拉又要发威了。”

我们竭力抵制接下来佩特拉和那个人交谈对我们狂风骤雨般的影响，接着佩特拉减弱了她的意念，让我们不至于头昏眼花，然后开始把自己收到的信号转发给我们。这些信号必须十分简单，这样即便她搞不懂是什么意思，也能把信号记下来；因此，我们收到的这些信号几乎就像宝宝在牙牙学语，多次重复之后我们终于了解了大意——想想这一切似乎是不可能的，既要用这种方式表达思想，还要再用最简单的意念语言来传递。但这段模糊的话的主旨还是至关重要的，而且已经足够清楚地传达给了我们。

这段话迫切强调的是重要性——不是我们的重要性，而是佩特拉的重要性，要不惜一切保护她。未经专门训练就拥有如此强大的意念发射能力简直闻所未闻——这是一个极为重要的发现。救援力量已经在路上了，但在到来之前，我们必须消磨时间，保证自身的安全——似乎是要尽力保证佩特拉的安全，而不是我们的安全——而且，一定要不惜一切代价。

还有很多意思就不是很清楚了，有点儿模糊，但主要意思应该就是这些，不会弄错。

“你们明白了吗？”听完佩特拉的转述，我问其他人。

他们都明白了。迈克尔回应道：“这真是令人费解。毫无疑问，与我们相比，佩特拉的意念发射能力显然是超强的——但我感觉那个人，在向我们解释这一切时，似乎特别吃惊，就好像她发现我们还处在原始社会似的，你们注意到了吗？这样看来，她仿佛是在说我们是原始人。”

“是的，她就是觉得我们都还是原始人，”罗瑟琳也表示认同，“这一点根本无需怀疑。”

“一定还有什么没理解对的地方，”我插进来，“可能是佩特拉无意中让那个人觉得我们是边缘村的人。至于——”佩特拉愤怒的否认以排山倒海之势涌了进来，屏蔽了我的意念。我尽量对其置之不理，继续用脑电波表达我的想法，“至于说救援，也一定是理解上有出入。那个人在西南方向的某个地方，大家都知道往那边走一直都是废地，绵延数英里。即使最后追兵追来了，她也在遥远的另一边，她怎么可能帮助我们呢？”

罗瑟琳不想再继续争论下去了。

“让我们拭目以待，看将会发生什么吧，总会弄清楚的，”她提议道，“现在我唯一想做的事就是睡觉。”

我也一样，因为佩特拉在驮篮中的大部分时间都在睡觉，所以我们让她保持高度警惕，站岗放哨，如果听到或看到什么可疑的事，立刻叫醒我们。我和罗瑟琳还没躺下就睡着了。

我被佩特拉拽着肩膀摇醒时，发现太阳就要落山了。

“是迈克尔在叫你。”她跟我说。

我强打精神，与迈克尔联系。

“他们又发现你们的行踪了。在荒村边缘的一个小农场，你们策马飞奔而过，还记得吗？”

我确认了此事，他继续说道：

“现在不少人马正在向那儿汇集。天一亮，他们就会根据你们的足迹展开追踪。你们最好尽快动身。我不知道你们前面会是什么情况，但可能会有一些人从西边抄近路去拦截你们。如果真是这样，那就得赌一把，我估计夜里他们会好几个人一组形成警戒线围堵你们，他们可不敢冒险一人一组拉网似的包围你们，众所周知，边缘村的人经常会在此地出没。所以，幸运的话，你们应该能偷偷溜过他们的包围圈——几人一组的警戒线必定非常稀疏。”

“好。”我疲倦地答应着，接着我突然想起了一个之前我就要问的问题，“萨利和凯瑟琳怎么样了？”

“我不知道啊，一直没有回应。现在距离已经很远了。有谁知道吗?”

瑞切尔进来了，由于隔得很远，她的意念非常微弱。

“凯瑟琳昏迷了，从那时起就一直没有消息。我和马克担心——”她渐渐没声了，支支吾吾不愿意再说下去。

“继续说。”迈克尔说道。

“好吧，凯瑟琳昏迷了这么长时间，我们怀疑她是不是——死了。”

“还有萨利——”

这次她更不愿再说下去了。

“我们认为——我们担心她的大脑肯定是有了什么古怪的问题……从她那儿仅仅传来一两团影子，十分微弱，也不知道什么意思，所以恐怕……”她十分难过，慢慢退了回去。

一阵沉默。接着迈克尔发出了强硬、凌厉的意念。

“你知道那意味着什么，是吧，大卫?他们害怕我们。他们企图找到更多我们的人，并准备把我们彻底消灭——只要他们能抓到我们。你决不能让他们抓到罗瑟琳和佩特拉——亲手杀掉她俩也比让她们落入敌手要好。你明白吗?”

我看了看躺在我身边熟睡的罗瑟琳，红红的夕阳映得她的头发闪闪发光。随后，我又想起了凯瑟琳遭受酷刑之后传过来的意念。想到罗瑟琳和佩特拉可能也会遭受那种痛苦，我简直浑身颤抖。

“嗯，”我跟他说，又向其他人承诺道，“我明白。”

他们对我表示同情，又鼓励了我一会儿，然后大家就无声无息了。

佩特拉注视着我，她并不害怕，但却很困惑。她认真地开口问道：

“为什么他说你必须要杀了罗瑟琳和我？”

我勉强镇定，不再悲伤难过。

“只是说万一被对方抓住的话就这么做。”我告诉她，尽力让她听起来觉得在这种情况下，那是最明智、最平常的办法。她煞有介事地考虑了一下，接着问道：

“为什么？”

“这个嘛，”我尽力解释，“你知道我们跟他们那些人不同，因为他们不能形成思维影像，而当一些人与众不同时，普通人就会害怕他们——”

“他们为什么会害怕我们呢？我们又不会伤害他们。”她打断了我。

“我也说不准是为什么，”我告诉她，“但他们确实害怕我们。这是一种感觉，而不是理智的思考。而他们越愚蠢，就越会认为每个人都应该跟其他人一样。他们一旦感到害怕了，就会变得十分冷酷，就要去伤害那些不一样的人——”

“为什么？”佩特拉继续追问。

“他们就是会那么做，而且如果他们真抓到我们的话，就会重重地伤害我们。”

“我还是不明白这是为什么。”佩特拉继续坚持自己的问题。

“这就是事物的运作方式，很复杂也很讨厌，”我告诉她，“等你再长大一些，你就会明白了。但问题是，我们不想让你和罗瑟琳受伤害。你还记得自己曾把开水洒到脚上吗？你要知道，这会比那要糟糕得多。死反而会好很多——死了有点儿像睡着了，那样他们就伤不着你了。”

我低头看着罗瑟琳，她依然在睡觉，胸部随着呼吸缓缓地起伏，一绺头发散落在脸颊上，我温柔地为她拂到一边，轻轻地吻了她一下。

不一会儿，佩特拉又问道：

“大卫，你什么时候杀我和罗瑟琳——”

我搂住她：“小点儿声，亲爱的。那种情况是不会发生的，因为我们是不会让他们抓到的。现在，我们把罗瑟琳叫醒吧，但不要告诉她这些。她可能会为此担心，所以就把它当作我们之间的秘密，好吗？”

“好。”佩特拉同意了。

她轻轻拽了拽罗瑟琳的头发。

我们决定再吃点儿东西，等天黑点儿再走，那样就可以根据天上的星星辨别方向了。佩特拉整顿饭都异常安静，起初我以为她是在琢磨我们刚才的谈话，但我错了，过了一会儿，她就从沉思中回过神来，非常健谈地说道：

“那个海中之地（Sealand）一定是个有趣的地方。那里的每个人都会形成意念，或者说是思维影像——好吧，是几乎每个人都会——而且没有人会因此而伤害其他任何人。”

“哈，我们睡觉时，你在和那个人聊天，对吗？”罗瑟琳说，“我不得不说在我们睡觉时你们交流最好不过了，因为我们很舒服，一点儿也不难受。”

佩特拉对罗瑟琳的话不予理会，继续说道：

“但他们并不是个个都精通脑电波的收发——大多数人就像你和大卫，”她亲切地告诉我们，“但这个人比绝大多数人都要厉害，而且她已经有了两个孩子，她认为自己的两个孩子将来肯定也会很厉害，只是他们现在还小。但她认为她那两个孩子肯定也没有我厉害。她说我能形成最强大的脑电波。”佩特拉得意扬扬。

“我一点儿也不感到惊讶，”罗瑟琳对她说，“你接下来需要学的就是形成高质量的意念，不要再制造噪音了。”她补充道，故意挫挫佩特拉的锐气。

佩特拉仍然满不在乎：“她说如果我再训练一下的话，会做得更好。而且我长大后一定会有小孩，他们肯定也能发射强大的脑电波。”

“哦，你一定会的，但你一定要那么做吗？”罗瑟琳说，“何必呢？到现在为止，思维影像给我带来的主要是麻烦。”

“在海中之地可不是这样，”佩特拉摇了摇头，“这个人说那儿的每个人都想学会形成意念，而且那些不会的人会通过努力训练来掌握如何收发意念。”

我们仔细考虑了一下她的话。我想起了艾利克斯姨父讲过的关于黑海岸以外的那些地方的故事，在那里，变异的人认为他们才符合上帝真实的形象，而其他的人都是变种。

“她说，”佩特拉补充道，“那些只能用语言交流的人丧失了一些东西。她说我们应该同情他们，因为无论到多大岁数，他们都不能更好地理解他人。他们每次只能对一个人说，而不能一块儿思考。”

“可到目前为止，我还不能说自己同情他们，他们倒是应该同情同情我们。”我说道。

“可她说我们应该那么做，因为与那些会形成思维影像的人相比，这些只能通过语言交流的人生活是十分枯燥乏味的，脑子也是糊里糊涂的。”佩特拉的语气中带有一点儿说教的意味。

我们任由她喋喋不休地往下说。她说的很多事情都很难理解，而且可能连她自己都没弄懂，但有一件事是明确无误的，不管这些岛上的人究竟是什么人，也不管他们在什么地方，至少他们自我感觉非常好，从没感觉到自己是小人物。现在看来，罗瑟琳之前用“原始”来描述那些普通的拉布拉多人很可能是对的。

在明亮的星光下，我们又出发了，仍然朝着西南方向，在草丛和灌木丛间迂回而行。由于事先有迈克尔的警告，我们尽量放低声音前行，眼睛和耳朵时刻保持警惕，任何风吹草动都不放过。我们就这样走了一段路，静悄悄的，只听到马蹄上绑了厚厚的稻草后踏在地上的那种稳健而厚重的声音，马鞍固定带和驮篮微微发出咯吱咯吱的声音，偶尔还会听到一些小动物惊慌逃窜的声音。

过了三个多小时，我们察觉到前方隐隐约约有一片幽深的黑影；继续往前走，就发现一片浓密的森林如一堵黑墙似的赫然耸立在眼前。

在黑暗中我们根本看不出那片森林有多浓密。最好的办法似乎就是一直走到那片森林跟前，如果发现两匹巨马确实很难穿行，那我们就沿着树林的边缘走走看，力求找到合适的入口。

我们就是那么做的，在离那片森林不足一百码的时候，冷不丁从后方传来一声枪响，子弹嗖地从我们身边飞了过去。

两匹巨马都受了惊，猛然跃起，我差点儿从驮篮中被甩出去。我们身后那匹巨马猛地向旁边一扯，引绳咔嚓一声被挣断了。那匹巨马径直朝森林里奔去，可似乎又一下子改变了主意，突然转向了左边。驮着我们的那匹巨马也紧随其后，第一匹巨马践踏之处，污泥和石块横飞，我们只能紧紧抓住驮篮，不让自己被甩下来，在剧烈的颠簸中牢牢嵌在驮篮里，任由这匹巨马跟着前面那匹巨马狂奔一气。我们只能在驮篮中听天由命。

又有人在我们身后开了一枪，巨马跑得更快了……

我们又飞奔了好一会儿，两匹巨马玩命地狂奔，沉重的马蹄猛踏地面，真有点儿地动山摇的感觉。左前方忽然出现了一道火光，又有人开枪了，一听到枪声，我们的马就侧跃一步，拐到了路的右侧，朝森林里奔去。冲进林子时，我们在驮篮里蹲得更低了，生怕被树枝刮到。

我们还算走运，因为碰巧从一处树干不是那么茂密的地方冲进了森林，尽管如此，这依然是一场梦魇般的经历——不时有树枝撞在驮篮上折断，或是拖住驮篮。巨马只管往前冲，避开大点儿的树干，在树林间穿梭，靠蛮力撞出了一条路，而一些树枝和小树在猛烈的撞击下或裂或断。

巨马的速度不可避免地慢了下来，但它极度惊骇，想躲避枪弹、逃离危险的决心却丝毫没有减弱。我整个身体不得不绷紧着，用胳膊、腿适当做做掩护，以免在驮篮中被撞散了架。我一直蜷缩在驮篮中，根本不敢抬头看外面的情形——那么做的话完全有可能被削掉脑袋。

我也不知道他们有没有追过来，不过应该不太可能。因为树林中很黑，什么都看不清；再说我们身后那些被折断的树枝树干就像一把把匕首似的杵在那里，正常大小的马要是跟进来追我们的话，早就被开膛破肚了。

我们的马逐渐平静了下来；它的步伐不再那么急促，那种慌不择路的迅猛也慢慢消退了。它开始择路而行，不怎么横冲直撞了。我们左侧的树林变得稀疏了一些，罗瑟琳从驮篮中探出身子，重新抓起缰绳，驾着巨马向左拐弯。我们歪歪斜斜地拐了出去，到了一块狭窄的空地上，在那儿我们又可以看到头顶上的星星了。这条小路是人工开辟还是天然形成的，在昏暗的星光下我们根本分辨不出。我们停了一会儿，考虑要不要冒险继续前行。走这条路会让他们的追踪变得容易，但这一劣势可以被我们能够快速赶路而抵消，我们最终还是决定沿着这条路向南走。一旁传来树枝的噼啪声，我们俩都备好弓箭，四处张望，但跑来的竟然是走失的另一匹巨马。它急匆匆地从阴影中跑出来，欢快地嘶叫着，又跑到了我们身后，就像自己还被绳索牵着似的。

走到这儿，周围的一切就更加破败不堪了。小路曲曲折折的，引领我们沿着露出地面的岩层绕行。我们顺着峡谷的一边倾斜而下，越过几条小溪。有时会碰到一些相对开阔的地段，其余的地方都是密林，抬头也看不见天。我们赶路的速度终于又不可避免地放慢了。

我们觉得我们一定已经到边缘村了，不知道他们是否会冒险继续追赶我们。我们试图联系迈克尔商议对策，但他没有回应，我猜他睡着了。有一件事让我们困惑了好久，是不是应该丢弃这两匹显眼的巨马，它们毕竟会暴露我们的行踪——或许可以让它们继续沿着这条路走下去，而我们则应该步行走另一条路，可是，真的到时候了吗？没有其他消息，我们真的很难做决定。丢弃这两匹巨马，转为步行是非常愚蠢的——但如果我们确定他们会冒险进入边缘村来追赶我们的话，舍弃这两匹巨马就一点儿都不愚蠢，而是非常明智的了。要是他们真要追赶的话，那很快就会追上的，因为他们白天赶路比我们夜晚赶路要快得多。可还有另一点，我们真的很累了，想到有可能要步行前进，简直让人崩溃。我们又试着发射脑电波联系了迈克尔一次，可他仍没有回应。而再过一会儿，我们就没得选择了。

我们走在其中的一条小路上，头顶上的树叶把天空遮得严严实实，形成了一条漆黑的隧道，巨马小心翼翼地慢慢走着。突然，不知道什么东西砸在我身上，把我压在了驮篮中。我毫无防备，根本没机会放箭。那东西太重了，压得我喘不过气来，接着我就眼冒金星，什么都不知道了。

14

我慢慢苏醒过来，但还是恍恍惚惚的，似乎在半睡半醒之间。

罗瑟琳在叫我；是那个真正的罗瑟琳，那个一直把自己藏在内心深处、很少表露真我的罗瑟琳。另一个务实干练的罗瑟琳是她自己刻意装出来的——但她伪装得太像了——虽然那并不是真正的她。孩提时代，她就十分敏感，经常担惊受怕，却又十分果断。从那时起，我就看到她开始伪装自己。她本能地感知到自己处在一个充满敌意的世界中——她好像比我们其他几个人更早意识到这一点——并且开始刻意武装自己来面对周围的世界。她外面的那层盔甲是一块一块慢慢形成的。我看着她找到了自己的武器并且运用得越来越娴熟，看着她完全构建出另一种性格，彻底地将自己伪装起来并始终戴着这层面具——她如此善于伪装，又如此专注，有一段时间她甚至连自己都骗过了。

我喜欢大家都能看得到的那个罗瑟琳。我喜欢她苗条的身材、优雅的体态、高耸的胸部、纤长的双腿以及走路的姿势、微笑时的双唇和她双手抚摸我时带给我的那种踏实感。我喜欢她金黄色的头发，握在手中如高质量的真丝一般，我也喜欢她光滑的肩膀、柔软的脸颊、温暖的躯体和芬芳的气息。

所有这些都很容易让人着迷——太容易了：任何人都一定会喜欢这一切的。

这一切都需要她的防卫：独立、冷漠的外表——维持这一切她需要务实、果断、可靠而又漠然，对一切都没有兴趣——没有这样的态度，一切是难以维系的。她并未打算让人们喜欢她这样的性格，而且有时，她这样的性格还会伤到别人；但如果仅仅把这当作是后天雕琢、超越天性的成功典范，那么，见过她这样的性格是怎样形成的、知道这种性格为什么会形成的人一定会对其赞叹不已、心生爱慕。

但现在是那个真正的罗瑟琳，是她在轻轻地、绝望无助地喊着我的名字，她把所有的盔甲外壳都扔到一边，露出了自己的真心。

当然，这次还是没用语言。

语言的存在，用一位诗人的话来说，只能描述苍白无力的身体情欲之爱，但除此之外，语言就十分笨拙、一无是处了。

我的爱意涌向了她，她的爱意又绵绵不断地回应着我。她的爱抚平了我的创伤，慰藉了我的心灵；我的爱舒缓了她的紧张，让她心里更加踏实。

我们之间的距离，还有差异，越来越小，逐渐消失。我们能够交流、交织、交融为一体。作为个体，我们两个都已不复存在；我们一度成为了一个人，从孤独的自我中逃离出来，形成短暂的共生状态，两人共同面对同一个世界……

重　生

其他人都没见过那个真正的罗瑟琳，甚至连迈克尔等人也只是偶尔在不经意间才能瞥到那一瞬。他们不知道罗瑟琳到底付出了什么样的代价才锤炼成了今天这个样子。他们都不知道我亲爱的、敏感脆弱的罗瑟琳向往着逃离、温柔和爱情；她现在越来越害怕为了自我保护所伪装出来的自己；可没有了这层盔甲，她更加害怕面对生活。

时间长短无所谓，我们这次重聚能持续多久并不重要，也许只是倏忽一瞬。重点在于那一瞬间确实存在过；那是无法用时间长短来衡量的。

然后我们又分开了，我终于开始意识到现实的事物：灰蒙蒙的天，浑身伤痛，很快，迈克尔焦急地询问我怎么了。我好不容易才想了起来。

“我不知道——什么东西砸在了我身上，”我告诉他，“但我感觉现在没事了——就是头有点儿疼，浑身难受。”

刚说完话，我就意识到为什么我会这么不舒服——我仍然待在驮篮中，但身子几乎是叠着的，而且驮篮本身还在慢悠悠地晃来晃去。

迈克尔摸不着头脑，就去问罗瑟琳。

“他们从上面的树上跳下来伏击我们，一共四五个人吧。其中一个正好落在大卫的头上。”她解释说。

“他们？”迈克尔问道。

“边缘村的人。”她回答说。

我松了一口气。我之前还以为我们是被追捕我们的人包抄了呢。我正要问这会儿是什么情况，迈克尔又问道：

“昨天晚上他们对你们开火了吗?”

我承认有人冲我们开火，但据我所知，可能有别的什么人也开了枪。

“不，只有一队人马，”他失望地告诉我们，“我本来还希望他们能走错路呢。我们都已经被召集到了一起，他们觉得以小队的形式深入边缘村太危险了。大约还有四个小时，我们就要集合进发了，能有一百多号人吧。

“他们已经决定了，要是真碰上边缘村的人就一定要对他们迎头痛击，无论如何，这样以后会省掉很多麻烦。你们最好舍弃那两匹巨马——带着它们，你们永远都不可能掩盖你们的踪迹。”

“很遗憾，你这条建议稍微迟了一点儿，已经来不及了，”罗瑟琳告诉他说，“我在前面这匹马的驮篮中，双手被捆在一起，大卫在后面那匹马的驮篮中。”

“佩特拉在哪儿?”迈克尔焦急地问。

“噢，她很好，就在我对面的那个驮篮中，跟看管我们的那个人相处得很好。”

“到底发生了什么事?”迈克尔问道。

“是这样的，他们先从树上跳下来伏击我们，接着一大批人又从树林里跑出来，拦住了我们的马。他们逼我和佩特拉下马，又把大卫抬了下去。然后他们讨论了一会儿，甚至还有点儿争议，最终决定派人把我们送走。所以他们又把我们放进驮篮中，并且每匹马上各留了一个看守，送我们继续朝前走——朝着我们之前进发的方向。”

“那也就是继续往边缘村深处进发，是这样吧？”

“没错。”

“好吧，至少那是最好的方向了。”迈克尔说道，“他们的态度怎么样？凶吗？”

“一点儿也不凶。他们只是小心地看着我们，怕我们跑了。他们似乎知道我们是谁，但怎么处置我们，又有些拿不定主意。他们因为这个争论了好一会儿，但我觉得实际上他们对巨马更感兴趣。坐在我这匹马上的人似乎并无恶意。他正和佩特拉聊天呢，并且非常认真，让人奇怪——我不确定他是不是真的那么简单。”

“你能弄清楚他们打算怎么处理你吗？”

“我问了，但我觉得他只是奉命行事，要把我们带到某个地方。”

“呃——”迈克尔似乎第一次感到有点儿不知所措了，“好吧，我想现在我们能做的就是等等看——但是让他知道我们马上就要出发去追捕你们也没什么坏处。”

迈克尔说到这儿就收回了自己的脑电波。

我挣扎着扭来扭去，费了好大力气才伸开腿，在晃晃悠悠的篮子中站了起来。对面驮篮中的那个人转过身来亲切地打量着我。

“吁，那边！”那个人拉着缰绳，对马喝道。他从肩上取下水囊，用皮带拴住朝我扔过来。我打开瓶盖，感激地喝了一口，接着又扔还给他。我们继续往前走。

现在我能看清周围的情况了。这是个破烂不堪的村子，我们已经走出那片茂密的森林，当然，这个村子里的树也比较多。第一眼看到这个村子就让我相信父亲是对的——这些地方的一切都在模仿正统的标准。我几乎连一棵正常的树都看不到。一些很常见的树干，都支撑着异型的树枝：一些很常见的树枝，却长出了不一样的树皮，树叶也是奇形怪状的。走了一段之后，我们左边出现了一道巨型的篱笆，完全阻隔了我们的视线。篱笆是用满是荆棘的灌木树干编成的，编得奇形怪状，树干上面的刺儿像铁铲一样大。在另一个地方，地面看起来像是一条小河的河床，但现在干涸了，河床上满是巨大的鹅卵石，可仔细一看，才发现这些鹅卵石其实都是一些球状真菌，长得很密，紧紧黏在一起。还有一些地方，树干软得直不起来，只能贴着地面盘旋生长。到处都是一些微型的树盘成的圈儿，弯弯曲曲、疙疙瘩瘩的，看起来得有几百岁了。

我暗中瞥了对面那个人一眼。他浑身脏兮兮的，衣服破破烂烂，帽子也皱巴巴的，但除此之外，没发现什么异常。他发现我在看他。

“之前没来过边缘村，是吗，小伙子？”他问道。

“没有，”我告诉他，“这儿的一切都是这样的吗？”

他咧嘴一笑，摇了摇头。

“这儿的一切都跟其他地方不一样，这就是边缘村之所以是边缘村的原因；还没有什么东西能在这儿长出它本来的样子呢。”

“还没有任何东西正常过？”我重复了一下。

“当然，可总有一天一切都会安定下来。废地曾经就是边缘村，但那里现在比较稳定了；你们的家乡很可能曾经就是废地，但现在那儿已经非常稳定了。我想这一定是上帝在玩考验耐心的小把戏，他当然一点儿都不急。”

“上帝？”我疑惑地问道，“他们一直跟我们说是魔鬼统治着边缘村。”

他摇了摇头。

“那是你们那边的说法，其实并非如此，小伙子。你们的家乡才是那个邪恶的老撒旦横行的地方，他守护着自己的一切利益。你们那里的人太自以为是了。还说自己符合上帝的真实形象，还说……还想像古代的人一样。大灾难也没有让他们明白什么道理啊……”

“那些古人类也曾认为自己是最优秀的。他们的确有很多美好的想法，知道这个世界应该怎么运转。他们想做的一切也就是让这个世界运转得更好，让人们可以更加愉悦，并让这一切保持这种状态；然后大家就会生活得很美好，因为他们的想法比上帝的理念还要更加文明。”

他摇了摇头。

“可这一切是行不通的，孩子，不可能行得通啊。他们以为上帝死了，他们自己就代表上帝的遗愿，可实际上并非如此，上帝根本没有遗嘱，如果真有什么遗嘱的话，那就说明上帝已经死了。但他没死，他还一直在发展变化呢，就跟任何其他活着的东西一样。所以当他们根据自己想出来的某种永恒的准则，竭尽全力让一切固定、有条理、永远如此下去时，上帝就给他们带来了大灾难，毁掉了他们所做的一切，提醒他们生活是一直在变化发展着的。

"上帝看到事情的发展不能按照本来的面目呈现，于是就重新洗了牌，想看看再来一次是不是会有更好的突破。"

他停下来思考了一会儿，接着继续说道：

"也许上帝的牌洗得并不彻底，有些牌可能黏在了一起，所以有些地方依然跟原先是一样的顺序。比如，你们家乡那儿就是如此。那里的人仍然遵循以前的准则，仍然认为他们就是上帝遗嘱的遵循者，所以拼尽全力去保持现状，并维系一切的发展——而上次大灾难到来的原因就是如此。总有一天上帝会厌烦的，因为那些人仍然没有从上次的事情中吸取教训，到时上帝就会跟人类玩点儿新花样了。"

"噢。"我含混地应道，但至少觉得自己很安全。我感到很奇怪，心中暗自纳闷：到底有多少人会对上帝的旨意获得如此的默示，毕竟这有点儿自相矛盾吧？

这个人似乎还不满意，因为他觉得好像还没有把自己的观点说透，说到家。他指指周围那些变异的景物，突然间我注意到了他的异样之处：他的右手缺了前三根手指。

“总有一天，”他宣称，“会有一些东西脱颖而出，稳定下来的。那会是一个全新的世界，新的植物象征着新的物种。大灾难就是一次变革，会带给我们一个新的开始。”

“但是在我们那儿，为了让一切生物繁衍符合真正的形象，他们会消灭异种的。”我指出。

“他们会为此倾尽全力，他们以为自己可以做到这一点，”那个人没有反驳我，“他们顽固地抱残守缺，决心恪守古人类的标准——但他们真的是在这么做吗？他们能做到吗？他们怎么知道自己的庄稼、水果以及蔬菜是完全一模一样的，难道就没有变异？标准到底是什么，就没有争议吗？那些高产的物种最终总会被接受，几乎总是这样，难道不是吗？通过杂交，牛会变得更加强壮，或者产出更多的牛奶或牛肉，不是这样吗？诚然，他们可以彻底消灭那些明显的异种，但你能确定古人就能分得清、认得出现存的所有物种吗？反正不管怎么说，我不确定。其实你明白，你根本无法禁止变异的发生。你们可以阻断它们的生长，破坏它们，你们可以延缓变异或是为了自己的目的而使它们产生变化，但是不管怎样，变异还是在发生。

“看看这两匹马吧。它们可是获得了政府的许可的。”我对他说。

“当然，我就是这个意思啊。”他说道。

“但是，如果继续这样下去的话，我觉得大灾难就没有再次来临的必要了。”我反驳道。

“对于其他物种来说，变异可以继续下去，”他说，“但对人类而言不是如此，对古人类和你们那里的人来说，这都是不行的，虽然他们也经常会出现变异，能够为此贡献力量。可他们还是会抑制任何形式的人类变异，固步自封，与外界隔绝，让一切都保持不变。因为他们认为自己是最完美的，并傲慢地相信这一切。他们觉得只有他们自己才符合上帝真正的形象；好吧，那接下来的情况也就是理所当然的了——如果他们符合真正的形象，那他们自己就一定是上帝；而且，作为上帝，他们觉得自己有权颁布法令，‘但一切就到此为止，不能再继续发展下去了’。这就是他们的大罪：他们企图扼杀上帝创造出来的生命。”

他说到最后几句话时，口吻跟他前面说话时完全不同，让我怀疑自己又碰到了一个虔诚的信徒。我决定转换话题，问他一个更为现实的问题，为什么要把我们当作囚犯。

他似乎也说不准为什么，只是让我放心，只要发现有陌生人进入边缘村，通常都会这么做，对我们的所作所为并不反常。

我想了想，然后又跟迈克尔联系。

“你觉得我们应该告诉他们什么？”我问道，“我猜他们会审问我们的。当他们发现我们身体上没什么异常时，我们肯定得告诉他们一个逃离家园的理由。”

“最好告诉他们事实，只是尽量避重就轻，别说得太多，就像凯瑟琳和萨利那样，只要能说得过去就行。”他建议道。

“那好吧。”我表示同意，“你听明白了吗，佩特拉？就跟他们说你只能跟罗瑟琳和我收发意念或是思维影像。不要提到任何有关迈克尔或是西兰岛人的事。”

“西兰岛的人正赶来营救我们，现在离我们已经不远了。”她十分确定地告诉我们。

迈克尔对此表示怀疑，“如果他们能来，当然最好。但不要对边缘村的人提到他们。”

“好吧。”佩特拉答应道。

我们讨论着是否要告诉看守我们的那两个人——大队人马正计划来追捕我们。最终，我们决定把这一切告诉他们，因为这应该没什么坏处。

在我对面驮篮中的那个人对我所说的并不吃惊。

“很好，这正合我们的心意。”他说，但没再进一步解释什么。我们依旧缓慢前行。

佩特拉又开始和她远方的朋友交谈了，毫无疑问，距离近了不少。佩特拉无需用那么强的力量就能与她取得联系，而且在努力之后，我也第一次接收到了一点儿那边的讯息。罗瑟琳也有所察觉。她拼尽全力发射自己的思维影像，向对方提了一个问题。对方加强了发射意念的力量，将思维影像清晰地传给了我们，她很高兴能与我们取得联系，也渴望知道更多佩特拉无法告诉她的消息。

罗瑟琳尽她所能，向对方解释了我们当前的处境，说我们暂时应该没什么危险。对方建议说：

“小心一点儿。无论他们说什么，你们都要答应，并且跟他们拖延时间。要大肆渲染你们家乡的人对你们构成的威胁。我们并不清楚该部族的情况，也没法给你们提其他什么建议。有些变异的部族憎恨那些外表正常的人。夸大强调你们与家乡那些人有多么的不同肯定不会有什么害处。最重要的是那个小女孩，要不惜一切代价保证她的安全。我们之前从未见过这么小就有如此强大的收发思维影像能力的人。她叫什么名字？”

罗瑟琳用字母影像把佩特拉的名字拼给她，接着又问道：

“可你们是什么人呢？西兰岛是什么地方？”

“我们是新人类——是和你们一样的人，能够共通思维。我们生来就是这样一种人：将创建一个新的世界——一个不同于古人的世界，也不同于野蛮人的世界。”

“也许你们就是上帝对人类的希望？”我问道，有一种再次回到了一片熟悉土地上的感觉。

“我不清楚你说的那种人，谁知道呢？但我们知道我们可以创造更好的世界，比古人所创造的那个世界要好得多。他们只能算是比较聪明的半人类，比野蛮人稍微好点儿；他们具有生命，但相互隔绝，只能用笨拙的语言相联系，由于语言不通、信仰不同，他们往往会更加闭塞。他们中有些人可以独立思考，但仅限于个人罢了。有时候他们可以有共同的感情，但不能集体进行思考。在简陋的生存条件下，他们可以过得很好，就像动物一样；但他们让这个世界越来越复杂，而他们自己也就越来越难以应付了。他们无法有共同的思维和意识，只能在小圈子中进行富有建设性的合作，在大范围内，他们只会起到破坏作用。他们一直贪婪地向往着一切，然后又不想面对这一切所带来的责任。他们制造了很多问题，然后又像鸵鸟那样把头埋进沙子里逃避现实，去相信那些毫无意义的信仰。你知道，他们之间无法真正沟通，也不能相互理解。他们最多也就算是高等动物，仅此而已。

“他们从没有获得过什么真正的成功。如果他们不带来这场几乎将他们毁灭的大灾难的话，那他们也会粗心地培育出各种猛兽，直到让他们自己陷入贫穷乃至悲惨的境地，最终饿死，并让整个世界再次进入野蛮时代。无论怎么样，这就是他们的宿命，是必然要失败的，因为他们是不完善的物种，先天不足。”

我又一次产生了这种想法：这些西兰岛的人还真是颇为自信。对那些跟我在同样环境下长大的人来说，对古人如此不敬是很难接受的。我还在绞尽脑汁地琢磨这个问题时，罗瑟琳又接着问道：

“但你们到底是什么人呢？你们是从哪儿来的？”

“我们的祖先生活在一个岛上——确切地说，是两个岛——有点儿与世隔绝的意思，这是非常幸运的。可即便在这儿，他们也没能摆脱大灾难，依然受到了影响——虽然这里灾难的强度要小得多。他们毕竟是与外界完全隔离的，所以活了下来，只是几乎回到了野蛮时代。后来，不知怎么，其中的一支就能共通思维了。一段时间之后，那些擅长使用意念交流的人发现了有些人也稍稍能进行意念交流，就教他们发展、加强这种能力。同时，能够相互进行意念交流的人往往会很自然地结合到一起，繁衍生息，那么这一支也就逐渐发展壮大起来了。

“后来，他们在其他地方也找到了能收发思维影像的人，这时，他们才发现自己是多么地幸运；因为即便在那些身体变异都无所谓的地区，那些能够共通思维的人也经常要受到迫害。

“很长一段时间之内，对于其他地区能够共通思维的人所承受的不幸，我们都无能为力，也帮不上什么忙——可还是有些能够收发意念的人试图驾船来西兰岛，有时他们也确实能来到这儿，从而最终获救。不过后来，我们重新拥有了先进的机器之后，就能去把他们接回来，接到我们这儿。现在，只要我们能与对方取得联系，就尽力去帮助他们——但我们之前从未与距离这么遥远的人取得过联系。我现在仍需花费很大的力气才能联系到你们——但我们之间的联系会越来越容易的，可我现在得停下来了。照顾好这个小女孩。她很独特，也极为重要，一定要不惜一切代价保护好她。”

对方的思维影像渐渐退去，一会儿就什么也觉察不到了。接着佩特拉进来了，不知道她到底听懂了多少，大部分应该似懂非懂吧，但最后那几句话她显然听懂了。

“那人说的可就是我哦！”她得意扬扬、亢奋不已地炫耀道。

她收发意念时依然是那么剧烈，震得我们头皮发麻，好一会儿才缓过来。

“小心点儿，你这个自以为是的小淘气，过不了多久我们就会碰到长毛怪杰克的。”罗瑟琳故意这么对她说，想压压她的气焰，“迈克尔，”她补充道，“你也都收到了吧？”

“是的，”迈克尔对这一切似乎有所保留，“我觉得，她的话有种居高临下的意味，就像是在教导小孩似的。更为糟糕的是，他们还要从那么远的地方赶过来。你们希望他们很快就能赶过来提供帮助，但我觉得比较悬，几乎不可能。对了，再过几分钟，我们就要出发去追赶你们了。”

巨马迈着沉重而稳健的步伐缓慢前行。对那些在推崇规范的环境中成长起来的人来说，周围的景物依旧让人心烦意乱、充满警惕。当然，这里很少有东西像艾利克斯姨父说的南方之地那么有趣；另一方面，其实这儿也没有什么我熟悉的事物，或是正统正常的东西，让人很不舒服。在如此混乱的情况下，某一棵树是异类或只是混种似乎都已无关紧要了，可一下子离开树林走到开阔点儿的地方，我还是有了一种解脱之感——尽管在那儿，灌木的种类也都不尽相同、难以分辨，甚至连草都长得十分奇怪。

中途我们只停了一次，补充食物和水，不到半个小时，我们就又上路了。大约过了两个小时，穿过几片林地之后，我们来到了一条不宽不窄的河边。我们这一侧河岸很陡，地面很突兀地折向河面；河的另一侧矗立着一片略显红色的岩石，不是很高。

我们一直沿着岸边，朝河的下游方向走去。大约走了四五百米，我们发现那儿矗立着一棵明显变异的树，看上去就像一个巨大的木梨，它所有的枝干都在顶部长成很大的一簇。就在那棵树附近，一条溪流把前面的路截开了，巨马从那儿慢慢下了水——坡并不陡。我们就这样弯弯绕绕地在河水间行进，向着对面的岩壁走去。走近时才发现，那儿有一道很大的裂缝，穿行其间，才发觉其中有些地方很窄，行进间，两边的驮篮都蹭着岩壁，我们勉强挤着走了过去，这段路不短，得有一百多码吧，之后的路慢慢变宽了，开始渐渐向上倾斜，直到达到正常地面的高度。

我们走出了岩缝，走上了河对岸，七八个男子手持弓箭站在岸边。他们狐疑地瞪着这两匹巨马，好像随时准备逃跑似的。走到他们正对面，我们停了下来。

在驮篮另一侧的那个人忽然扭头看着我。

“下去吧，小伙子。”他对我说道。

在前一匹巨马上的佩特拉和罗瑟琳已经在往下爬了。我一下来，骑着巨马的那个人就猛地给了巨马一下，两匹巨马就迈着沉重的步子继续前进了。佩特拉紧张地抓着我的手，但目前看来，这些衣着破烂、头发蓬乱的弓箭手似乎对那两匹巨马更感兴趣。

我们还没有发现这群人中哪个会令人一下子就毛骨悚然，

他们不过是略有变异而已：有一个人握着弓箭的手是六指；还有一个人的头顶像个光滑的褐色鸡蛋，上面一根头发也没有，甚至整个面部也没有一丝毛发；另一个人的手脚都非常大；但其他人的毛病就看不出来了，应该是被衣服遮住了。

罗瑟琳和我都有一种解脱感，因为不用面对我们预想中的那些恐怖的异种。佩特拉发现他们都跟传说中的长毛怪杰克长得不一样，也高兴了不少。很快，他们目送着那两匹巨马消失在了树林中，然后他们把注意力转向我们。其中两个人让我们跟他们走，其余的人依旧站在原地。

我们沿着一条小路走进一片树林，很显然，这条路走的人很多。走了几百码之后，我们来到了一块空地上，右边还矗立着那面微红的岩壁，大约四十英尺高，这片岩壁好像是这条山脊的背面，正面就是那条小河。岩壁的表面有很多小窟窿，里面插着不少当梯子的树枝，梯子通向这片岩壁顶端的开阔地带。

前方的空地上遍布着简陋的棚屋和帐篷，几缕炊烟袅袅升起。几个衣衫破烂的男子和好几个样子邋遢的妇女在那儿走来走去，不知在忙活什么。

我们在棚屋和垃圾堆间绕来绕去，直到我们抵达最大的那个帐篷那儿。这个帐篷的顶部看起来像是干草堆的罩子——大概是某次从瓦克努克抢来的战利品吧，它牢牢地系在一个由竹竿捆成的支架上。一个人坐在进门处的凳子上，我们走近时，他抬头看了看我们。看到他的脸，我吓了一跳——他长得那么像我父亲。接着我认出了他——这就是那个七八年前我在瓦克努克见过的囚徒，那个“蜘蛛人”。

带我们过来的那两个人把我们推到他面前。他细细地打量着我们：先是上上下下地打量了罗瑟琳苗条的身材，那种方式我不太喜欢——罗瑟琳当然也不喜欢；接着他更加仔细地盯着我看，还不时地点点头，好像对什么事情感到很满意似的。

“还记得我吗?”他问。

“记得。”我说。

他的目光从我脸上移开，转向那一片窝棚聚集区，然后又盯着我。

“跟瓦克努克不太一样吧。”他说。

“是不太一样。”我表示赞同。

他没说话，沉思了一会儿。

“知道我是谁吗?”他问道。

“我想我知道，我觉得自己已经搞清楚了。”我回答说。

他挑着眉毛，表示怀疑。

“我父亲曾经有个哥哥，”我说，“大约在他三四岁以前，大家都以为他跟正常人一样。后来他的身份证明被吊销了，并被送走了。”

他缓缓地点了点头。

“但不完全正确，”他说道，“他母亲疼爱他，他的保姆也很喜欢他。他们要带他离开时，他却不见了——但是他们隐瞒了这件事，这是理所当然的。他们把整件事隐瞒了下来：装作这一切根本没有发生过。”他又停下来沉思了一会儿，很快补充道：

“他可是长子，遗产的继承人。瓦克努克应该是我的——要不是我的身份被吊销的话。”他伸开他长长的胳膊，盯着胳膊看了一会儿。然后放下胳膊，又看了看我。

“你知道人的胳膊应该有多长吗？”

“不知道。”我坦承道。

“我也不知道。但在里格有人知道，那些研究上帝真正形象的所谓的专家知道。所以，我就失去了继承瓦克努克的权利——而且必须要像野蛮人一样生活在这一片蛮荒之间。你是长子吗？”

“唯一的儿子，”我对他说，“我还有个年幼的弟弟，但——”

“没有身份证明，是吗？”

我点了点头。

“所以你也丧失了瓦克努克的继承权！”

我从未因为这方面的事而烦恼过，也从未真正想过要继承瓦克努克的产业。在过去的日子里，我一直有种不踏实的感觉——总是怀有某种恐惧，害怕自己早晚有一天会被发现——这几乎是注定的。这种想法困扰我太久了，以至于我完全忽略了可能会失去遗产的恐惧和愤恨，但这件事却令他十分恼怒，难以释怀。现在，我的问题已经解决了，我很庆幸自己能够安全地脱身，我这样告诉了他。但这并没有让他高兴起来。他若有所思地看着我。

“你没有胆量去捍卫本该属于你的东西吗？”他激励我道。

“按理说瓦克努克应该是你的，既然如此，那它就不是我的，”我指出，“但我想说的是，躲躲藏藏的生活，我已经受够了！”

“我们这里的人都在躲躲藏藏地生活啊。”他说道。

“也许吧，”我对他说，“但你们可以做真正的自己，不需要伪装，也不用时时刻刻小心提防，开口说话时也不用再三考虑。”

他缓缓点了点头。

“我们听说过你们的事，我们有我们的消息渠道，”他说，“可我不明白的是，他们为什么会费这么大的力气来追你们。”

“我们认为原因是这样的，”我解释道，“我们比一般的异种更令他们担忧，因为他们无法识别我们。我想他们一定以为还有很多像我们这样的人还没被发现，他们想要抓住我们，逼我们说出所有的人。”

“你说的是一个十分不错的理由，决不能让他们抓住你们。”他说道。

我知道迈克尔的意念传了过来，罗瑟琳正在和他交流，但我不能同时应付两场谈话，所以只能让罗瑟琳跟迈克尔交流。

“所以说他们马上就要进入边缘村来追捕你们，是吗？他们一共有多少人？”他问道。

“我不知道。”我一边说，一边思考着怎样回答才对我们最为有利。

“根据你刚才说的话，你们也应该有你们的信息来源，应该有办法知道这些情况。”他说道。

我想知道他到底对我们了解多少，是不是也知道迈克尔的存在等等——但接下来发生的事让我的设想泡了汤。他眯起眼睛继续说道：

“小伙子，你可千万别想糊弄我们。他们要抓的人是你们，你们已经一身麻烦了。我们干吗要管你们会有怎样的遭遇？把你们其中一个放到他们能找到的地方是很容易的。”

佩特拉明白了他的意思，惊慌失措。

“一百多号人吧。”她赶紧说出了答案。

他若有所思地看了佩特拉一眼。

“也就是说你们当中至少有一个人跟他们在一起——我觉得很有可能，”他看着我们，又点了点头，“派出一百多个人只是为了来抓你们三个，实在是兴师动众啊……我明白了，”他又扭头看着我，“最近肯定会有些传言，说边缘村要惹上麻烦了，已经有这样的传言了，对吧？”

“是的。”我承认道。

他咧嘴笑了。

“那么，一切终于来了。这是他们第一次决定先发制人来侵略我们——当然，也是为了来抓你们。他们自然会沿着你们的足迹前进。他们已经到哪儿了？”

我问了一下迈克尔，得知大部队还需要再走几英里才能与之前向我们开火、吓得巨马落荒而逃的那队人马会合。随后的难题是怎样将这个具体位置告诉我面前这个人。我告诉了他，他还是听明白了，而且并不觉得困惑。

“你父亲和他们在一起吗？”他问道。

我之前特意没问迈克尔这个问题，现在也不想问。我只不过停顿了片刻，接着告诉他：“没有。”透过眼角的余光，我注意到佩特拉当时正想说话，罗瑟琳制止了她。

“太遗憾了，”蜘蛛人说道，“很长一段时间以来，我一直盼望着有朝一日我能以平等的身份见到你的父亲。根据我的消息来源，我以为他也会来。也许他并不像他们所说的那样，是上帝真实形象的英勇捍卫者。”他继续用那种坚定的目光盯着我，仿佛看透了我的一切。我能感觉到罗瑟琳对我的同情，她也理解我为什么没问迈克尔那个问题，那种感觉很温暖，就好像她紧紧握住了我的手似的。

然后，突然之间，他把注意力转向了罗瑟琳。罗瑟琳也注视着他。她站得笔直，气定神闲，非常自信，平静地看了那个蜘蛛人好一会儿，目光冷冷的。接着，她好像突然间屈服了，这令我非常吃惊。她双目低垂，满脸通红。蜘蛛人微微笑了……

但是他错了。面对这个强者、征服者，罗瑟琳并没有投降。只是那种强烈的厌恶和恐惧让她的内心崩溃了。在她的思绪中，我感觉到了这个蜘蛛人，他极度丑恶、非常凶残。

她之前的恐惧隐藏得很好，而现在突然爆发了，她应该是害怕极了；不是一般女子对男子的那种害怕，而是小孩子对怪兽的那种害怕。佩特拉也不由自主地感受到了那种思维影像，吓得尖叫起来。

我用尽全力冲向那个蜘蛛人，掀翻了他的凳子，让他四脚朝天摔在了地上。身后那两个人猛地冲过来拽住了我，但之前我至少已经狠狠地给了他一记重拳。

那个人坐起来，摸了摸下巴。他咧嘴冲我笑了，但笑容中没有一点儿高兴的样子。

“你确实很有勇气，”他坦言道，“但仅此而已。”他用那细长的双腿撑着站了起来，“小伙子，在这儿你没看到几个女人吧？离开这儿时可以留心观察一下，也许你就明白了。再说，这个女人已经可以生育了。我已经想了很长一段时间了，希望能有几个孩子——即便他们有可能会长成我这样。”他又微微一笑，接着皱着眉头看着我，“小伙子，最好别多管闲事，要学会接受现实。放聪明点儿，我不会再给你机会了。”

他把目光移向了拽着我的那两个人。

“把他带出去，”他对那两个人说，“我的意思是让他待在外面别过来，如果他还是不懂事的话，就直接朝他放箭！”

那两个人对我推推搡搡，押着我离开了。走到一片空地的边缘地带，其中一个人朝我猛地踹了一脚，我趴在了地上。

“继续往前走！”他说。

我站起身，回头看了看，其中一个人用箭指着我。他向前努努嘴，催我快走。我只能照做，继续向前走去——走了一段距离，直到树林挡住了我的身影；我回头见他们没有跟过来，又悄悄折了回去。

而这一切都在我的预料之中。他们没朝我放箭，只是将我痛打了一顿，又把我扔回到了灌木丛中。我记得自己被扔向灌木丛，但落地之后的事我就不记得了……

15

我在被拖着走，我能感觉到腋下有一双手在拖拽着我。细小的树枝弹回来抽在我的脸上。

“嘘……”我身后的人小声道。

“稍微停一会儿就行。”我小声回应道。

拖拽停了下来。我躺在那儿平静了一会儿，缓了缓神，翻身站了起来。一个女人，一个年轻的女人，跪坐在那里，看着我。

此时，太阳已经西斜，森林里有些昏暗，我无法细致地观察她，只见她乌黑的头发垂在被晒黑的脸颊两侧，一双炯炯有神的黑眼睛诚挚地凝望着我。她的连衣裙上身是一种难以名状的褐色，破旧不堪，脏兮兮的。裙子是无袖的，但最让我困惑的是上面竟然没有十字架。我之前从未见过裙子上不缝十字架保护自己的女人。那样的穿着让人觉得很奇怪，甚至可以说不合规矩。我们就这样彼此对视了好几秒。

“你不认识我了，大卫？”她悲伤地说。

那时我还没有认出她。但她喊“大卫”的语气突然让我想起了什么。

“索菲！”我说，“噢，索菲！”

她笑了。

“亲爱的大卫，”她说，“他们伤你伤得重吗？”

我试着活动了一下胳膊和腿，有些僵硬，还有几处一动就疼，身体和头部也同样很疼。我感觉左脸颊上有凝结的血块，但似乎没有骨折。我想试着站起来，但她伸出一只手放到我胳膊上。

“不，先不要起来，再等等，等到天黑，”她继续看着我，“我看到他们把你们带进了边缘村。你和一个小女孩，还有另一个女孩——她是谁，大卫？”

她的话让我为之一震，我一下子清醒过来，想起了之前发生的事。我开始疯狂地搜寻罗瑟琳和佩特拉的意念，却无法联系到她们。迈克尔感受到了我的恐慌，马上联系我，以平复我的心情。同时，他也松了一口气。

“谢天谢地，我们还担心你会一直昏迷、无声无息呢。轻松点儿，她们很好，只是疲惫不堪，都睡着了。”

“罗瑟琳她……？”

“我可以很明确地告诉你，她很好。你这是怎么了？”

我把情况告诉了他。整个交流只持续了几秒钟，但这已经足以让索菲好奇地盯着我了。

“她是谁，大卫？”她又问道。

我跟她解释说罗瑟琳是我表妹。我说话时她一直看着我，然后慢慢地点头。

“他想要得到她，对吗？”她问。

“他是这么说的。”我一脸严肃地承认道。

“她会为他生小孩吗？”她继续追问。

“你到底想问什么呢？”我问她。

“那么，你爱她？”她接着说。

又是这个字眼……当两颗心试着交融，当彼此的思想都不再单单属于一个人，当双方已经你中有我、我中有你、难分彼此时；当两人开始恋爱，用共同的眼睛去看、用共同的心去爱、用共同的欢乐去享受时；当两个人只有片刻的自我，其余时间都不分彼此时，当两个人的身体彼此吸引、相互交织时……当这一切发生时，这个字又到哪儿去了？这时，我只能发现这个字的苍白无力，根本无法描述我的感觉。

“我们彼此相爱。”我说。

索菲点点头。她捡起一些小树枝，然后一边看着自己晒得黝黑的手指折断它们，一边说道：

“他已经走了——去了要打仗的地方。她现在暂时是安全的。”

“她睡着了，”我跟索菲说，“她们都睡着了。”

她又困惑地看着我的眼睛。

“你是怎么知道的？”

我尽可能简单地跟她解释。她一边听着，一边继续折树枝，然后点点头。

“我记起来了，我妈妈说过你身上有一种能力，有时在她说话之前你就已经理解她的话了，是那种能力吗？”

“我想是的。我认为你妈妈也拥有一点儿这种能力，但她自己不知道。”我说。

“拥有这种能力一定很棒，”她若有所思地说，“就像你身体里有很多双眼睛一样。”

“差不多吧，”我承认道，“很难解释，但这并不总是美妙的，有时也挺痛苦的。”

“任何异种都会痛苦——总是这样。”她继续坐在脚后跟上，看着膝上的双手，眼神空洞。

“如果她要为他生孩子，那他就不要我了。”最后，她说道。

虽然光线并不好，但我还是看到她脸上闪着泪光。

“索菲，亲爱的，”我问她，“你爱上他——爱上那个蜘蛛人了吗？”

“哦，不要那么叫他——求你了——我们任何人都无法决定自己的样子。他叫戈登，对我很好，大卫，他喜欢我。你只有变得跟我一样一无所有之后，才能理解那到底意味着什么。你从未体会过孤独的滋味。在这里，可怕的空虚包围着我们，那种感觉你永远无法理解。我是多么乐意为他生孩子啊，如果可以的话……我——噢，他们为什么要这么对我们？他们为什么不杀了我？那样会让我好受些……”

她默不作声地坐着，眼泪从紧闭的眼睑中涌出，顺着脸颊流下。我将她的手放在我的掌心上。

我记得曾经见过这样的画面——男人拉着女人的手，牵着马慢慢远去，马背上的小索菲回头向我招手，渐渐消失在树林里。剩下的是凄凉的自己，独自感受脸颊上依旧湿润的吻——那是她留给我的，手里还拿着黄丝带系着的一缕头发——也是她留给我的。如今看着伤心欲绝的她，我的心忽然很痛。

“索菲，”我说，“索菲，亲爱的，不会那样的，你明白吗？决不会那样的。罗瑟琳肯定不会那样的，我知道。”

她再次睁开眼睛，眼泪汪汪地看着我。

“你无法知道另一个人的事，你只是在尽量安慰我……”

“不是的，索菲，我的确知道。你和我只能相互了解一点儿，但我和罗瑟琳情况就不一样了：我们可以思维相通，我能感受到她的想法。”

她疑惑地看着我。

“那是真的吗？我不明白——”

“你怎么可能明白呢？但这的确是真的。我能够感受到她对那个蜘——那个男人的感觉。”

她仍然有点不相信似的看着我。

“你能看到我在想什么吗？”她有些不安地问道。

“你能说出我在想什么吗？同样道理啊，我肯定也不知道你在想什么。”我让她放心，“这并不是像间谍那样窥视他人，这更像是你有能力说出自己的想法——如果你愿意的话，但如果你想保密，也可以不说。”

向她解释要比向艾利克斯姨父解释难多了，但我尽量用简单的语言告诉了她。我忽然意识到天完全黑了，而我正对着一个我几乎看不清的人说话。我停了下来。

重　生

“现在够黑了吗?”

“嗯，只要我们路上小心点儿，就不会出什么事的。”她对我说，“你能走路吗？离这儿不远。”

起身的那一刻我明显感觉到身体的僵硬和疼痛，但并无大碍。在昏暗的环境中，她的眼神似乎比我更好一些。她拉着我的手，在前面带路。我们还在树林里行进，但我可以看到左手边有火光闪烁，我意识到我们正沿着营地的边缘行走。我们一直在树林中前行，绕到营地西北方一处不高的山脊那儿，树林到了尽头。然后我们沿着山石的基部，在黑暗中继续走了大概五十码。她停了下来，将我的手放在一架粗糙的梯子上——其实也就是插进岩壁缝隙中的木棍罢了。我曾经来过这儿，虽然现在头痛欲裂，可我还记得这个地方。

“跟着我。”她一边小声说着，一边很突然地向上爬去。

我小心地跟着她往上爬，爬到梯子的尽头，看到的是一块狭长的岩石平面。她伸手把我拉了上去。

“坐下吧。”她说。

我一路都带着打火匣，但现在已经不见了。她来回走动，好像在寻找什么东西。不一会儿，她将打火石和打火镰相互摩擦，我看到了火花。她继续朝着火花吹气，直到火花点亮一对蜡烛。蜡烛又短又粗，燃烧时烟雾不断，而且释放出难闻的气味，但毕竟驱走了黑暗，让我看清了周围的环境。

这是一个大约十五英尺深、九英尺宽的洞穴，是从砂质岩石中挖掘出来的。入口处挂着一块毛皮帘子。在洞穴深处的一端，顶部有裂缝，有水从那儿滴落，大约每秒滴一滴，不快不慢，十分稳定。水滴入木桶，木桶满了，溢出的水流进一个凹槽，直接通到洞穴的入口处。在洞穴深处的另一端是一个床垫——其实不过就是由小树枝编织而成，上面再铺上些毛皮和一条破破烂烂的毯子。还有几只碗和一些器皿。洞口附近有一个发黑的小洞，设计精巧，与外界相通，还可以直接窥探到外面的情况，并起到通风的作用。洞穴内壁上有很多窟窿，上面插着几把刀和其他一些工具，把手都露在外面，从墙上凸出来。由灌木枝编成的床垫旁边放着一支矛、一把弓和一个装了十二支箭的箭囊。其他就没什么东西了。

我忽然想起温德先生家的厨房。那里干净、明亮，墙上也没有说教的经义，让人觉得很舒适，有宾至如归的感觉。而在这个洞里，烛光摇曳，油腻的烟雾飘至洞穴顶部，散发着一股臭烘烘的味道。

索菲从桶里舀了盆水，从墙上的窟窿里翻出一块还算干净的碎布，走到我身边。她洗净了我脸上和发间的血，并检查了一下出血的原因。

“只是一道口子，不深。”她让我放心。

我在盆里洗了洗手，她把水倒进凹槽里，又用凹槽里的水冲了冲盆子，把它放在一边。

“你饿了吧，大卫？”她问。

“很饿。”我说道。整整一天了，除了行进中休息时吃了点儿东西之外，我什么都没吃。

“待在这儿，我马上就回来。”她说着，掀开皮帘子走了出去。

我坐在那儿，看着自己的影子在岩壁上舞动，听着水滴发出的滴嗒声。我暗自忖度，在边缘村里，这个地方很可能是奢侈的豪宅了。索菲曾说过，“只有当你跟我一样一无所有时……”尽管她当时说的并不是指物质生活，可这里的物质也确实是极为匮乏的。为了逃避独处的寂寞，忘却自己当前处境的悲惨，我用意念联系迈克尔，这样我好歹有个伴儿。

“你们到哪儿了？什么情况？”我问他。

“夜幕降临后，我们就安营扎寨了，”他对我说，“夜里行军太危险了。”他想给我描述一下宿营地——也就是日落之前他所看到的画面，但我看到的那个画面可能是我们途经的若干个地方，不太容易区分。“走了一天了，进展缓慢，却又让人精疲力竭。边缘村的人很了解他们这儿的森林。我们以为在行进途中他们会对我们进行真正的伏击，而他们却只是放放冷箭，并时常骚扰一下。我们已经有三人被杀了，还有七人受伤——两人伤势严重。”

“你们依然会继续前进，是吗？”

“是的，现在的感觉是我们第一次这么有力量，这么有决心，这也是给边缘村以重击的好机会，足以让他们消停好一阵子。另外，我们奉命全力追击你们三人，必须将你们捉拿归案。谣言说有几十个我们这样的人潜伏在瓦克努克及周围地区，所以必须把你们带回去指认他们。”说到这儿，他略微停顿了一下，然后心情沉重、颇为难过地继续用脑电波跟我交流，“事实上，大卫，恐怕——我非常害怕——只有一个人了。”

“一个？”

“瑞切尔拼尽全力联系上了我，但是信号非常微弱。她说马克出事了。”

“他们抓住他了？”

“不，她不这么认为。如果是这样的话，他一定会告诉瑞切尔的。他只是忽然联系不上了。已经超过一天一夜没有任何他的消息了。”

“也许是发生意外了呢？还记得沃尔特·布伦特——那个被树砸死的男孩吗？他就是那样忽然与大家断了联系的啊。”

“可能是吧，反正瑞切尔不清楚原因，她吓坏了；现在她那儿就只剩下她一个人了。现在的距离对她来说已经到达收发意念的极限了，我也已经是尽了最大的努力。再过两三英里，我们就会与她彻底失去联系的。”

“奇怪，在这之前我怎么一点儿也没收到你那边关于此事的脑电波呢？”我问他。

“很可能那时你昏过去了。”他说。

“别急，一旦佩特拉醒来，就能与瑞切尔联系了，”我提醒他，“她似乎没有任何界限，瑞切尔再远她也肯定能联系上。”

“是啊，我竟然忘了，”他同意道，“保持联系会让瑞切尔安心的。”

过了一会儿，一只手从皮帘子下伸进来，将一只木碗推进洞穴门口。索菲接着爬了进来，把碗递给我。她剪了剪那两截散发着恶心味的蜡烛，然后蹲坐在一块不知道是什么动物的毛皮上，看着我拿着一把木勺大快朵颐。这是一份很奇怪的菜，由好几种菜芽、肉丁和硬面包渣混合而成，但味道却很好，非常可口，我吃得不亦乐乎。我享用着美餐，就在我快要吃完时，突然遭到了重击，以至于把一整勺饭倒在了衬衣上——又是佩特拉，她醒了。

我收到了佩特拉的意念，她已经从害怕、担忧转为兴高采烈了。这本来是好事，但佩特拉收发意念的剧烈程度简直让人头疼欲裂。显然她也吵醒了罗瑟琳，因为我也感觉到了她的思维影像，而此时迈克尔正气急败坏地用意念抱怨“这又是怎么了”，就连佩特拉西兰岛的那位朋友也在不安地抗议——各种意念交织在一起，简直一片混乱。

不一会儿，佩特拉终于控制住了自己，混乱也随之平息。我能感觉到其他人都小心翼翼地放松下来。

“佩特拉现在安全吗？刚才好像雷电交加，到底是怎么回事？”迈克尔问。

佩特拉很明显在努力保持镇静，她对我们说：

“我们还以为大卫死了呢，我们以为他们把他杀了。”

这时，我开始接收罗瑟琳的意念，努力从旋涡中将她的想法凝聚成可以理解的思维影像。那一刻，我好像看到了羞愧、惊讶、高兴和痛苦，感觉心中就像打翻了五味瓶，酸甜苦辣什么都有。可尽管我竭尽全力，却还是无法清晰地弄明白一切，不知道到底发生了什么，更无法回应。这时，迈克尔的意念插了进来，结束了这一切。

“现在有不少外人都在呢，这么做并不得体，”他说，“等你们俩独处时再解决私人问题吧，现在有其他事要讨论呢。”他停顿了一下，“现在，”他接着说，“你们各自的情况怎样？”

我们分别说了自己的处境。罗瑟琳和佩特拉还在我最后一次跟她们见面的那个帐篷里。

那个蜘蛛人离开了，留下一个体形高大、长着粉色眼睛、白头发的男人看着她们。我也向迈克尔解释了我现在的情况。

“很好，”迈克尔说，“你是说这个蜘蛛人似乎很权威，他已经去了战斗前线。但是，你不知道他自己是否愿意加入战斗，或者只是去战场上做战略部署。你看，如果是后者的话，他随时都可能回来，是吗？”

“我不知道他到底什么时候回来。”我告诉他。

罗瑟琳突然猛地闯了进来，就我的感觉，她好像有些歇斯底里。

“他让我感到恐惧。他是个异类，不像我们，一点儿也不像。他很粗暴——就像一头野兽。我无法，永远……如果他要我，我会自杀的……”

迈克尔马上将自己投入到“救火”的工作中，开始积极地安慰她。

“你不会做如此愚蠢的事的。如果有必要的话，你可以杀了这个蜘蛛人。”迈克尔说完这些，就好像已经解决了这个问题似的，为了确认这一点，他又将注意力转移到别的地方——他拼尽全力向佩特拉的朋友发送了一个问题，这是他思维影像传送的极限了。

“你们仍然觉得能抵达我们这儿吗？”

回复依然是从很远的地方传来的，但现在已经不需做过多努力就能很清晰地收到对方的脑电波了，那是一个从容而坚定的回答——“是的。”

“什么时候？”迈克尔问。

在收到回复之前稍微有一点儿停顿，他们好像是在那边进行计算、磋商，然后我们收到了回复：

“从现在起，不超过十六个小时。”她还是非常自信。迈克尔不那么怀疑了。这是他第一次承认从西兰岛的女人那儿获得帮助是有可能的。

“接下来的问题就是要确保你们三个在这段时间内的安全。”他沉浸在思考当中。

“等一下，稍微停一会儿，但不要收回你们的脑电波。”我对他们说。

我抬头看了看索菲。那两段蜡烛虽然冒出味道刺鼻的浓烟，但还是能够提供足够的光亮，我看到她正在专注地看着我的脸，带着些许不自然。

“你在和那个女孩‘交谈’？”她问道。

“还有我妹妹，她们现在醒了，”我对她说，“她们在帐篷里，被一个生白化病的家伙看着。似乎有点儿奇怪。”

“奇怪？”她问道。

“哦，我是说应该由女人来看管她们……”

“这里可是边缘村啊。”她略带苦涩地提醒我道。

“嗯——我明白，”我尴尬地说，“好吧，现在的关键是：在他回来之前，有什么办法能让她们从那里逃出来？在我看来，这会儿正是时候。一旦他回来……”我耸耸肩，看着她的眼睛。

她转过头去，凝视着蜡烛琢磨了一会儿，然后点了点头。

“确实如此，这么做对我们所有人来说都最为有利——我们所有人，除了那个家伙……”她有些悲伤地补充道，“是的，我认为可以这么做。”

“马上？”

她又点了点头。我拿起放在床垫旁边的矛，用手掂掂分量，虽然有点儿轻，但恰到好处。她看看那支矛，摇了摇头。

“你必须待在这儿，大卫。”她对我说。

“但是——”我开口道。

“不，如果他们看到你，就会提高警惕。可要是我去他的帐篷，就没有人会注意了，即使有人看到我也无所谓。”

她说得有理，我放下了那支矛——很不情愿。

“可是你能行吗，能——？”

“能行。”她坚定地说。

她起身走向岩壁，从其中的一个凹槽中拔出一把匕首，匕首刀刃很长，干干净净，寒光闪闪。看起来这把匕首应该曾经属于某个遭洗劫的农户厨房。她把匕首别进裙子的腰带里，只露出黑色的手柄。接着她转过身，盯着我看了许久。

“大卫——”她犹犹豫豫地开了口。

“怎么了？”我问。

她突然改了主意，换了一种语气：

“你能告诉她们不要出声吗？无论发生什么，都不要有任何动静，行吗？就让她们跟着我，并且准备好用黑色的布把自己裹起来。你能跟她们说清楚吗？”

“当然，”我对她说，“但我希望你能让我——”

她摇摇头，打断了我：

“不，大卫，这只会增加风险，你不了解这个地方。”

她掐灭蜡烛，掀开洞口的帘子。那一刻，我看到她的身影映衬在洞口苍白的黑暗中，接着就消失了。

我把她的嘱托告诉了罗瑟琳，并且再三跟佩特拉强调，一定要保持安静。接下来，除了在黑暗里等待，听着“滴答——滴答——滴答”的滴水声之外，我什么都做不了。

我无法就那样长时间一动不动地坐着，于是走到洞口，探出头去看着外面的茫茫黑夜：那些小木屋间都点着炊火；人们在来回走动，每当有身影从炊火前走过，火光便会不时闪烁。我可以听到轻微的私语声，还有窸窸窣窣的声音交杂在一起，不知道到底发生了什么；远处传来了夜莺尖锐的叫声，更远处传来了动物的低吼声，但此外就没什么声音了，一切静悄悄的。

我们都在等待。佩特拉的思维中突然传出一股轻微兴奋的影像，不知道发生了什么，也没有引起其他人的反应。

接着，罗瑟琳的思维传来“一切都好”的影像，让人安心，可我又感觉到她的意念中似乎有一丝震惊，这让我非常好奇。但我抑制住了自己的好奇心，这会儿匆忙询问原因会分散她们的注意力，增加她们暴露的风险，是不明智之举。

我静静地等在那里，认真地倾听，但没听到任何警报，似乎仍旧有很多窃窃私语，还夹杂着各种声音，一切都没什么变化。就这样过了很久，我才听到有沙石被踩踏挤压的声音，就在我的正下方——由于有重量施加在每根木棍上，插进岩缝中的木棍另一端摩擦着岩石，声音就是这样发出来的。我离开洞口回到洞穴深处，把路让开。罗瑟琳略带疑问的脑电波轻轻传了过来，问道：

“是这儿吗？你在那里吗，大卫？”

“是的，快上来吧。”我对她们说。

一个模糊的身影出现在洞口的夜色中；接着是另一个身影，明显要小一点儿；然后是第三个身影。她们三人站在那里，洞口完全被遮住了。

不一会儿，蜡烛重新点燃了。

罗瑟琳和佩特拉既害怕又着迷地看着洞里的一切，没发出任何声响，而索菲已经从桶里舀出一碗水，开始清洗她的胳膊和刀上的血渍了。

16

两个女孩都在好奇而谨慎地观察对方。索菲上下打量着罗瑟琳，看着她穿的那条黄褐色的羊毛短裙——上面绣着褐色的十字图案，然后又盯着她的皮鞋看了一会儿。索菲又低头瞅了一眼自己脚上软塌塌的鹿皮靴和身上破旧的小短裙。在自我审视的过程中，她猛然发现，就在这半小时之内，她的上衣又沾染了新的污渍。她将衣服脱下来放到凉水中浸泡，对自己赤裸的上身没有丝毫尴尬，并对罗瑟琳说道：

“你一定要去掉那个十字，她也一样，”她瞥了一眼佩特拉，补充道，“这会表明你们的身份。我们边缘村的女人并不认为十字架会有什么作用，男人们也都憎恨十字架。”

她从凹槽中拿出一把短小而锋利的匕首，递了过去：“给。”

罗瑟琳疑惑地接过来，看了一眼，然后又低头看了看衣服上的十字——她穿过的每条裙子上都有这样的十字。索菲则一直注视着她。

“我以前也穿过这样的衣服，”索菲说，“但对我没什么用。”

罗瑟琳看着我，心中依然有一丝疑惑。我朝她点了点头。

“这里的人非常不喜欢别人对正统形象的坚持。如果你真的坚持正统形象的话，可能会非常危险。”我瞥了一眼索菲。

“确实是这样，”她说，“那不仅会暴露你们的身份，还会激怒这儿的人。”

罗瑟琳拿起小刀，坐了下来，开始不情愿地将衣服与十字缝合处的线一点点挑开。

我对索菲说：“现在怎么办？在黎明到来之前，我们是不是应该尽可能走得越远越好？”

索菲一边轻轻拍打着衣服上的污渍，一边摇了摇头。

“不，他们随时都可能会发现那个家伙的尸体，到那时，就会进行大搜捕。他们会认为是你干的，然后你们肯定逃进了森林。而他们永远也想不到来这儿找你们，他们根本不会有这样的想法。但他们会对周围地区进行地毯式的搜索。”

“你的意思是我们得待在这儿？”我问道。她点了点头。

“可能得待两三天吧！然后，等他们停止搜查，我就能把你们安全送出去，不会碰到任何障碍。”

罗瑟琳停下手上的活儿，若有所思地抬起头。

“你为什么要为我们做这一切？”她问道。

我把索菲和蜘蛛人的事解释给她听，意念的速度比语言快多了，不一会儿我就说得明明白白。然而，这似乎并没有让她完全满意。她和索菲继续在摇曳的烛火之下互相看着对方。

索菲扑通一声把上衣扔进水里，缓缓起身，面朝罗瑟琳略微俯下身子。她乌黑的秀发垂在裸露的胸前，她眯起眼睛盯着罗瑟琳。

“你真该死，”索菲的语气十分恶毒，“真可恶，离我远点儿!”

罗瑟琳变得有些紧张，随时准备有所行动。我挪动了一下身体，以便在必要时可以跳到两人中间隔开她们。这一画面持续了几秒钟：多年来一直没人疼没人爱、受尽冷落的索菲站在一边，穿着破烂的短裙，上身赤裸，摆好进攻姿势，一触即发；另一边是罗瑟琳，她褐色裙子上的十字左边已经拆下来了，向前耷拉着，在烛光的映衬下，她金色的头发闪闪发光，精致的脸庞微微上扬，眼里充满了警觉。随后，危机过去了，紧张的气氛也荡然无存。索菲眼里的杀气渐渐消失，但她依然站在那里没动，嘴巴有点儿扭曲，浑身颤抖，声音嘶哑，充满了苦楚。

“该死!”她又一次用了这个词，“继续嘲笑我啊！你长得这么美，真该死！因为我喜欢他，极其想要得到他!”索菲哽咽着大笑，十分古怪，令人毛骨悚然，“有什么用呢？噢，上帝啊，那又能怎样呢？如果他并没有爱上你的话！就像这样，即便让我和他在一起又能怎样呢?”

她的双手紧紧贴在脸上，站了一会儿，全身都在颤抖，然后转身猛地倒在了灌木枝编搭成的床垫上。

我们凝视着昏暗的岩洞角落，索菲的一只鞋已经掉了下来。我看到了她的脚，皮肤黝黑，脚底脏兮兮的，有六个脚趾。我转向罗瑟琳，她也发现了索菲的秘密，歉疚而惊愕地看着我，本能地想站起来，我摇了摇头，她才迟疑地坐了回去。

重 生

萦绕在山洞中的，只有被抛弃后无助的啜泣声，以及滴答滴答的水滴声。

佩特拉看看我们，又瞅瞅床上的索菲，然后再一次满怀希望地看着我们。然而，我们俩都没有任何动作，这时，她似乎决定要采取主动。她走到床边，关切地跪在床边，试探着把一只手放到索菲乌黑的头发上。

“别哭了，”她诚恳地劝慰道，“请你不要哭了。”

索菲一直在啜泣着，佩特拉的安慰好像让她受了惊，她一下子哽住了，一阵沉默。然后，她伸出自己黝黑的手臂抱住了佩特拉的肩膀，她的声音不再那么凄凉，也不再那么让人撕心裂肺了，然而，永远的伤与痛却还是刻在了她心上……

我勉强睁开了双眼。在坚硬的石板上睡了一夜，身体僵硬、冰冷。几乎与此同时，迈克尔的意念进来了：

“你打算睡一天吗？”

我抬起头，从皮帘子的底部看到一缕阳光。

“几点了？”我问他。

“大概八点钟了吧。天已经亮了三个小时，我们都已经打过一仗了。”

“发生了什么事？”我问道。

“我们听到风声，说边缘村可能要伏击我们，于是就派遣一部分人从侧翼包抄，结果和边缘村预备支援伏击的后备军发生了冲突。他们显然认为这是我们的主力部队；不管怎样，结果就是我们击溃了敌军，而我们这边只有两三个人受伤。”

“所以你们现在正继续前进？”

“是的。我猜他们会在某个地方再次集结吧，但眼下他们已是溃不成军，丝毫没有反抗的能力了。”

可这决不是我们所期望的。我向他解释了我们现在的处境：如果光天化日之下从山洞中跑出来，又不被任何边缘村的人发现，这无异于痴人说梦，我们根本不敢奢望；而另一方面，如果我们继续按兵不动，那这个地方可能很快会被来追捕我们的人攻占，到时瓦克努克的军队无疑要进行大面积搜捕，我们在这个山洞中依然难以逃脱。

“佩特拉西兰岛的朋友们现在是什么情况？”迈克尔问道，“你认为我们真的能指望他们吗？”

佩特拉的那位朋友也参与进来，语气冷冷的。

“你们完全可以指望我们。”

“你们会按照预定时间到达吗？不会已经推迟了吧？”迈克尔问。

“预定时间，按时到达，”她向我们保证，“从现在开始大约再过八个半小时。”然后，她思维影像中微微的怒火逐渐减弱，取而代之的是一股近乎恐惧的气息。

“这儿的确是一个可怕的乡村。我们曾经见过废地，但谁也没有想到竟然如此糟糕。绵延数英里的范围内，大片的土地都像是被熔化了的黑色玻璃；这里什么也没有，只有玻璃状的土地，像结冰的黑色海洋一样……然后是一块块狭长的废地……紧接着是另一片黑色玻璃一样的土地，一片接着一片……他们在这儿做了什么？他们到底做了什么，竟会让这个地方如此恐怖？难怪之前我们从未有人来过此地。这种感觉就像跨过了世界的边缘，进入了地狱……这个地方一定会让人彻底失望，永远都禁止任何形式的生命存在……但为什么呢？这是为什么？为什么？我们知道，孩子的手中握有诸神之伟力，难道这些孩子都疯了吗？所有的孩子都丧失了理智？山脉化为灰烬，平原变成黑色玻璃的海洋，已经几个世纪了！依然没有任何改变。一切都太沉闷……太沉闷了……简直不可理喻、愚蠢至极，这太疯狂了……整个种族都会如此失去心智，想到这里就让人毛骨悚然、不寒而栗……要不是因为你们就在另一边的话，我们早就转身离去，打道回府了。”

佩特拉打断了她，突然用悲哀阻隔了所有的思维影像。我们还不知道她已经醒了。我不知道她听懂了多少内容，但“转身离去”她肯定是听懂了。我走过去抚慰她，让她不要发射这么强的意念，这样会把大家都屏蔽的，我们也就都成聋子、瞎子了。就这样过了好一会儿，佩特拉才舒缓了一些，那个西兰岛女人的思维影像终于能够再次进来了，她首先安慰了佩特拉。得到西兰岛女人的确认，佩特拉这才放了心，警报终于彻底解除，佩特拉的心情也渐渐好了起来。

迈克尔进来了，问道：

“大卫，瑞切尔怎么样了？”

我想起了他昨晚的担忧。

“亲爱的佩特拉，”我说，“现在我们都离瑞切尔太远了，无法联系上她，你能问她点儿什么吗？”

佩特拉点点头。

“我们想知道，她有没有马克的最新消息？”

佩特拉提出了问题，把自己的脑电波发射了出去，然后摇了摇头。

“没有，”她说，“她什么也没听说，我认为她现在非常痛苦，她想知道迈克尔是否一切都好。”

“告诉她迈克尔很好——我们都很好。告诉她我们都很爱她，她独自一人苦苦坚持，我们都很为她担心，但她必须要勇敢——还得小心谨慎。不要让任何人发现她的担忧。”

“她都明白，她说她会努力的。”佩特拉告诉我们。她又沉思了片刻，然后用语言对我说：“瑞切尔现在很害怕，内心深处她在哭呢！她想让迈克尔陪着她。”

“是她告诉你的吗？”我问道。

佩特拉摇了摇头，说：“不，那是一种影像之外的东西，但我感觉到了。”

“我们最好对此事只字不提，”我决定道，“这不关我们的事，一个人影像之外的东西对其他人而言是秘密，所以我们一定要假装没有注意到。”

“好吧。”佩特拉平静地同意了。

我希望一切都好。再次仔细想这件事时，我忽然十分不确定了，自己到底是否在意发现影像之外的东西呢？这让人有点儿不舒服，让我想起了以前……

几分钟后索菲醒了，她看起来很平静，而且恢复了往常的干练，昨夜的狂暴似乎已经烟消云散。她让我们进入山洞的深处，解开皮帘子，让阳光照射进来。不一会儿，她又在洞中的洼地里升起了一堆火，大部分浓烟从洞口飘出，还有些残留在洞里，这样从外面就更难发现我们了。她从两三个袋子里各舀出一碗米放入铁锅，加了些水，然后把锅放在火上。

“看着点儿。”她吩咐完罗瑟琳，然后就顺着外面的梯子消失了。

大约过了二十分钟，她又露头了，先是扔进来几块硬面包，然后爬了进来。她走到铁锅旁边，用勺子搅拌了几下，然后闻了闻味道。

“没什么问题吧？”我问她。

“你们这边倒是没什么问题，”她说，“但他们发现了那个家伙，并且认为是你干的。今天一大早，他们进行了一场搜索——只是一场类似的搜索吧，因为以往的搜索都有很多人参与，而这次只有那么几个人。但这会儿他们有其他事需要担心了——参战的男人们都三三两两地回来了。到底发生了什么事，你知道吗？”

我告诉她边缘村的伏击已经失败，无法再进行有力的反抗了。

“现在他们已经走到哪儿了？”她想知道。

我问了问迈克尔。

“我们第一次走出了森林，进入了一个条件很差的村子。”他告诉我。

我把这个信息告诉索菲，她点了点头：“再有三个小时，或者用不了三个小时，他们就会到达河岸了。”她说。

她把各种东西做成的粥盛到碗里，味道很好，但看上去实在不敢恭维，面包也不怎么可口。索菲用石头敲开一块面包，在水里泡一下才能下咽。佩特拉抱怨这里的食物太差了，与我们在家吃的根本没法比。这好像让她想起了什么，她忽然开始发问，事先没有任何征兆。

“迈克尔，我父亲跟你们在一起吗？”

这个问题问得迈克尔措手不及，他脑海中首先形成了“是的”的思维影像，然后马上缓过神来，开始抑制这种意念，但我已经捕捉到了他的脑电波。

我看着佩特拉，希望那些若隐若现的思维影像对她不起作用。谢天谢地，她的确没捕捉到那些信息，真是万幸。罗瑟琳把手中的碗放低，默不作声地盯着碗里。

真奇怪，之前的怀疑几乎无法阻隔我得知消息时的震惊。我依然记得父亲说话时的口吻——残酷无情，奉教条主义为圭臬。我知道他的脸上会挂着什么表情，好像他说话时我都能看到似的：

“一个婴儿，说得倒轻巧！如果你执意把她养大，那么她就会繁衍后代，子子孙孙流传下去，这种玷污就会逐渐扩展开来，直到我们周围全是异种和亵渎上帝的家伙——在一些意志和信念薄弱的地方，就发生了这样的事情！而在这里，我们决不允许这样的事情发生。”

然后，我姨妈哈丽特说：

“我会祈祷，是的，我一定会祈祷的，”她的声音更加坚定，语气更加平静，“我会祈求上帝赐给这个残忍的世界一点儿仁慈，给弱者一点儿同情，给不幸的人一点儿爱心。我还会问上帝，因为身体上的一点点儿瑕疵，就让一个孩子承受这些，让她的灵魂受到诅咒，难道真的是他愿意的吗？我还要向他祈祷，让那些自以为正义的心灵遭受支离破碎之苦……”

可怜的哈丽特姨妈，她的祈祷如同她的希望一样没有意义。

这个男人竟然要求亲自来参加这样一场追捕，这是一个什么样的世界啊？这又是一个什么样的人呢？

罗瑟琳把一只手搭在我的胳膊上。索菲抬起头，看到我的脸时，她的表情变了。

“怎么了？”她问道。

罗瑟琳把事情告诉了索菲，由于惊恐，索菲的眼睛睁得大大的。她看看我，又看看佩特拉，然后又缓慢而茫然地再次扭头看着我。她张口欲言，但接着又垂下眼帘，没有说话。我也看了看佩特拉，然后转向索菲，看着她身上破旧的衣服，看着我们住的山洞……

“纯洁……”我说，“是主的旨意，也是对父亲的尊重……我是应该原谅他，还是要杀了他？”

马上就有回答的意念传了进来，他们的回答吓了我一跳——我竟然下意识地把自己的意念全部发出去了。

“随他去吧！”那个西兰岛的女人传来了她的意念，严肃而清晰，“你现在只要能想办法生存下来就行。不管是他的种族，还是他的这种思想都不会长久的。他们自诩是万物之灵，自认为自己的一切目标均已实现——他们已经发展到极限，尽善尽美，无所谓追求了。但生命的变化是永恒的，生命之所以不同于石头，原因就在于此——变化才是生命的本源。那么，最近的造物主换人了吗？难道他们竟然要指望从此之后就万世不变吗？

“抗拒进化的生命形式是极其危险的，如果这个物种的确不能自我调节适应的话，那就离灭亡不远了。那种幻想人类已经发展完善的想法是毫无意义的：极致完美的人类形象只是一个亵渎神灵的谎言。

“古老的人们招致了大灾难，并在重击之下化为齑粉。你的父亲和与他持相同观点的人就是这些古人的余孽，他们已经成为历史，而自己却未曾发觉。他们依然坚信存在一种值得捍卫的人类终极形象：很快他们就会获得自己一直为之努力奋斗的归宿了，这样他们可就真的稳定了——化作历史，成为化石，这也是现实中能让他们存在的唯一方式。”

她的思维影像不再像以前那么严厉苛刻、果断明确了，反而出现了一丝柔情。尽管如此，她似乎仍处于那种情绪中，需要神谕一般的陈述，因为她继续说道：

“依偎在母亲怀中能带来慰藉，但断奶还是迟早的事。实现独立、断开联系，对双方来说最多也不过就是一个冷酷的过程，但却很有必要——尽管他们可能会怀恨在心，彼此都认为是对方的责任。绳子的另一端已经被切断了，如果你不切断自己的这一端，结果只会变成一场徒劳的纠缠。

“极度的苛刻和让人痛苦的正直都像盔甲一样，是会被恐惧和失望磨平的，不管是否真的如此，也不管他们是不是身着节日盛装的虐待狂，反正他们都掩护了敌人，压制了生命的勃勃生机。要跨越物种的差异，只能通过牺牲——只有让他们自我牺牲才行，因为即便你牺牲了也改变不了什么，不会有什么意义。所以，必须与你的过去彻底切断联系。我们有一个新的世界亟须征服；而他们所谓的事业已经没落了，注定要失败。”

她不再继续，让我备感茫然，罗瑟琳也一样，她似乎仍然极力想弄明白那个女人的意思。而佩特拉似乎已经听够了。

索菲好奇地看着我们。她说：

“你们让我这个局外人很不踏实，有什么信息能让我知道吗？”

“呃——”我欲言又止，不知道怎么说。

“她说我们不应该为我父亲的事太过担忧，因为他根本不会理解——大约是这些吧。”佩特拉说道，她的话似乎是个不错的总结。

“她……？”索菲问道。

我才想起索菲对西兰岛人一无所知。

“哦，她就是佩特拉的一个朋友。”我含糊地告诉她。

索菲坐在离洞穴的入口很近的地方，我们都远远地坐在后面，以防地面上的人看到我们。过了一会儿，她朝外面看看地面上的情况。

“现在有好多人回来了——我觉得那就是我们的大部队。一部分人聚集在戈登的帐篷周围，其余的人也在往那边走。他一定也回来了。”

喝完了碗里的粥，她把碗放在身边，继续密切关注着外面的情况。

“我得去看看能发现些什么。”说完，她就沿着梯子下去了。

她走了足足一小时，其间我有一两次冒险探头看了看情况，发现蜘蛛人坐在帐篷前。他好像在对人员进行分组，并且在帐篷前光秃秃的土地上画图指导他们如何实施下一步的计划。

“发生了什么事？”索菲一回来，我就问她，“有何计划？”

她犹犹豫豫，看起来很疑惑。

“看在上帝的份上，相信我们吧，”我告诉她，“我们希望你们赢，不是吗？我们只是不想让迈克尔受伤而已，如果我们能起到什么作用的话。”

“我们打算在河的这边伏击他们。”她说。

“让他们过河？”

“在河对面根本没地方能对他们做出有效的抵抗。”她解释道。

我建议迈克尔在河边停下，或者，如果不易做到的话，可以在渡河过程中假装跌倒，然后顺流而下。他说他会记住我的建议，再看看自己能不能想出更舒服的拖延办法。

过了几分钟，有人在下面喊索菲的名字。她低声道：

“退后，是他。”她迅速走到洞口，顺着梯子爬了下去。

之后的一个多小时，什么也没有发生。随后，西兰岛女人的意念再次进来了：

“请回复我。现在我们需要更加明确地读取你们的信息数据，你们只需不间断地用意念给我发送数字影像就行了。”

佩特拉积极回应着，好像感觉刚才很多事我们都把她排除在外，现在她得加倍参与才能凸显她的重要性。

“数据已经够了，”西兰岛的女人告诉她，“稍等一会儿。”不久，她又说道，“比我们希望的要好，我们能够比之前预计的再早一小时到达。”

又过了半小时，我偷偷向外瞥了几眼，现在整个营地看上去几乎就像荒废了一般，只能看见棚屋之间有几个老妪。

“我们已经看到河了。”迈克尔报告说。

大约又过了一刻钟多点儿，迈克尔的意念又传了过来：

“他们把事情搞砸了，那群笨蛋。我们发现他们有几个人在对面的岩石顶上走动。不管怎么说，这并没多大关系——反正对岸那边的岩缝那儿明显是个陷阱。现在我们正开作战会议呢。”

会议显然很简短，不到十分钟他再次发来了意念：

“计划是这样的：我们立即佯装撤退，就在岩缝的两侧隐蔽好，留六个人在岩缝的缺口处不时地来回走动，让他们看到，以为我们有很多人，然后再点起火堆，表明我们被困在这里，准备过夜了。其余人马分成两队，分别去上游和下游迂回渡河，然后从后方攻击他们。如果可以的话，请及时通知边缘村的人。”

营地就在河边岩石后面的不远处，既然他们形成钳形攻势，那我们完全可能会被困住。根据我现在所看到的情况，营地里只有几个女人，如果我们现在偷偷下去，应该很有可能安全穿过营地进入森林……但是，有没有可能恰好与瓦克努克包抄过来的部队狭路相逢呢？我再次伸出头去察看敌情，首先看到的就是十二个手握弓箭的女人，箭就放在她们触手可及的地方。我立刻放弃了悄悄溜下去、全速奔跑穿过营地这个荒唐的想法。

迈克尔说过最好能通知边缘村的人，这是个好主意，但怎么通知呢？即便我冒险离开罗瑟琳和佩特拉，发出消息的可能性也微乎其微，因为所谓发出信息，对我来说仅仅只能是把信息告诉索菲而已，根本没有其他途径。所以，我就必须下去找她，一方面，蜘蛛人明确命令手下可以射杀我，还有一点很明确，即便距离较远，他们也可以一眼看出来，我身上没有任何变异，根本不是边缘村的人，这就已经是很充分的放箭理由了——鉴于目前的情况，边缘村的人见到我一定会放箭——无论我是谁，也无论远近。所以，如果我真的冒险离开洞穴，十有八九在没找到索菲之前就已经被乱箭射死了。

真希望索菲能快点儿回来，就在这样的期待中，我又等了一个小时左右。

“我们正在下游渡河，没有抵抗。”迈克尔告诉我们。

我们继续等待。

忽然，树林里的某个地方响起了枪声，是在我们左边，紧接着又响了三四声，然后一片寂静，后来又有两声枪响。

几分钟后，一群衣衫褴褛的男人和几个女人涌出森林，离开了他们设定的伏击地点，向火堆跑去。他们满面愁容、痛苦不堪，当中有几个人明显是变异者，但大部分看起来都是正常人，只不过有点儿落魄而已。我总共也就看到了三四把枪。其余的有人持弓，还有几个背着入鞘的短矛。蜘蛛人在他们当中格外显眼，有点儿鹤立鸡群的感觉——他比其他人都高。我看到索菲在他旁边，手握弓箭。不管之前他们是怎么组织的，反正现在他们的组织明显已经土崩瓦解了。

“发生了什么事？”我问迈克尔，“是你们开的枪吗？”

“不，是我们派出去包抄的队伍开的枪。他们设法吸引边缘村的人离开自己的阵线，这样我们就可以从河对岸全面渡河，袭击边缘村的后方，让边缘村的人首尾不能相顾。”

“他们就要成功了。”我告诉他。

森林里传来了更多的枪声，都与之前传来的方向相同。吵闹声和尖叫声响成一片。一些射出的箭都掉落在空地的左侧，一些人从森林里往回跑。

忽然，一种强烈而清晰的意念传了过来：

“你们还安全吧？”

此刻我们三个都趴在洞口处，看着正在发生的一切——任何人都很难注意到我们，就算有人注意到了，也来不及操心我们的事了。事情的进展方式再明确不过了，连佩特拉都看得明明白白，她发出一个急促又兴奋的思维影像。

“稳住，孩子，稳住！我们来了！”西兰岛女人告诉我们。

更多的箭射到了空地的左边，更多衣衫褴褛的人快速撤退。他们在往回跑，一边跑一边躲，用帐篷和棚屋做掩护。依然有更多的人接连不断地跑出森林，他们身后，森林里的箭还在不断地往外射。溃散的人蹲伏在掩体下面，藏好之后，又不时站起来快速向目标射箭，可距离太远了，他们几乎看不清树林之间的人。

令人意想不到的是，一阵箭雨忽然又从空地另一端袭来。这些衣衫褴褛的边缘村男女发现自己被两面夹击，开始恐慌起来，几近崩溃。大多数人站起来，跑向山洞寻求掩护。我一直盯着，随时准备动手把能够到的一级一级的梯子台阶从岩石中拔出去，以防他们万一爬进我们这个山洞。

六个骑马的人从右侧的森林里奔了出来。我看到了正站在帐篷边上的蜘蛛人，他手握弓箭，看着那六个骑马的人。索菲站在他身边，猛拽他破旧的夹克衫，催促他赶快往山洞那边跑。他用长长的右臂轻抚索菲的后背，眼睛却始终未离开那几个人。他右手放回到弦上，半拉开弓，眼睛仍盯着那几个骑马的人。

他的面部肌肉突然僵住了，他看到了我的父亲！随后，他把弓拉满，射了出去，正中我父亲左胸。父亲猛地一震，接着仰面倒在母马希巴的后臀上，然后滑向一边跌落在地，但右脚仍然挂在马镫上。

蜘蛛人扔下弓箭，转身用他的长胳膊一把搂起索菲，撒腿就跑。他细长的腿只迈了三大步，一阵箭雨就射了过来，他后背和侧身中箭，倒了下去。

索菲仍然在拼命往前跑。一支箭射穿了她的上臂，但她依然在继续跑，那支箭就插在胳膊上。第二支箭射中了她的后脖子，她应声倒地，倒在泥土中……

佩特拉没有看到这一切，她正在四处张望，表情充满了疑惑。

“那是什么？”她问，“那是什么奇怪的声音？”

西兰岛女人的脑电波传了进来，冷静而自信：

“别害怕，我们来了！一切都很顺利，就待在你们现在的地方就行。”

我也能听到那个声音了，是一种奇怪的敲鼓声，而且越来越响。没有办法确定具体位置，到处都是鼓声，也不知是从何方传来的。

越来越多的人从森林里来到了空地上，多数都骑着马。我认得其中很多人，而且从小就认识——现在他们竟然一起来追捕我们。边缘村的多数人已经窜进了山洞，掩护好自己之后，他们开始射箭，比之前要准多了，不少瓦克努克的人也应声倒地。

突然，一个骑马的人大叫起来，手指指向天空。

我抬头向上望去，天空不再晴朗，仿佛笼罩着一层薄雾，但不时照进一道道快速闪现的亮光。那层薄雾就像一层面纱，在其上方，我能辨认出一艘怪异的鱼形飞行器挂在天上，就跟我儿时梦到过的一模一样。薄雾让人看不清飞行器具体的样子，但至少，能辨认出来的那部分跟我梦境中的如出一辙：白色闪光的机身，还有一个若隐若现的模糊物体在其上方发出咚咚咚咚的声音。它朝着我们慢慢降落，声音越来越响，体积也变得越来越大。

再次低头，我看到几条闪闪发光的线，像蜘蛛网一样，在洞口飘过。然后越来越多，当这些绳索一般的线在空中扭曲、被光线映照时，就会突然闪烁起来。

枪声渐渐消失，空地上的入侵者放下弓箭和枪，目不转睛地看着上方。他们目瞪口呆，不敢相信自己的眼睛，空地左边那些人惊恐地跳起来，大叫着扭头就跑；右边的马也都受了惊吓，两只前蹄跃起，嘶叫着四处乱跑。也就几秒钟时间，空地上一片狼藉。逃跑的人慌不择路，不时撞在一起，受惊的马匹也时不时地踏烂了不堪一击的棚屋，或者被固定帐篷的绳索绊倒，让骑马的人一头栽出去。

我搜寻着迈克尔的意念。

“这儿！”我告诉他，“这边走，到我们这儿来。”

“这就到。”他告诉我。

然后我发现了他，他刚从一匹受惊的马上跳了下来，那匹马还在狂躁地向后猛踢。他抬头朝我们栖身的洞口望过来，发现了我们，朝我们挥了挥手，又扭头瞥了一眼天上的飞行器——那个大家伙仍然在缓慢地降落，现在离我们大约百八十米，飞行器下面那层奇特的薄雾已经旋转成一个巨大的旋涡。

“这就到。”迈克尔又重复道。

他朝我们这边跑来，然后突然停下，似乎想拿起胳膊上的一个什么东西，但他的手却黏在那儿不动了。

“真奇怪，”他告诉我们，“这个东西就像蜘蛛网一样，很黏，我的手无法……”他的思想忽然变得惊恐起来，“黏住了，我动不了了！”

西兰岛女人的意念进来了，她冷静地建议道：

“别挣扎，否则你会耗尽力气。如果可以的话，就地躺下，保持平静，别动。就在那儿等着，躺在地面上不要动，这样至少不会缠遍你的全身。”

我看到迈克尔按她说的做了，尽管我能感觉到他忐忑不安、很没信心。我忽然意识到，空地上所有的人都在自己身上抓来挠去，试图挣脱那种东西，但他们的手只要碰到就会被黏住。他们就像掉进蜜汁中的苍蝇一样挣扎着，但徒劳无益，更多的丝线飘下来，落到他们身上。多数人挣扎几秒钟后，就想跑到树下躲起来。但还没来得及跑出两三步，双腿又被黏在了一起，就那样跌倒在地。已经落在地面上的线更进一步牢牢地困住了他们。他们挣扎着在地上四处打滚，而更多的丝线又轻轻飘下来落到他们身上，不一会儿他们就无法挣扎、一动不动了。马也好不到哪儿去，我看见一匹马一条后腿黏到了灌木丛上，它想向前跑，想挣脱，可它力气太大，将整棵灌木拔起，灌木连根一起飞出来，又砸到了这马的另一条后腿上，两条马腿就缠到一起，无法分开了。这匹马倒在地上，还在挣扎着尥蹶子，其实也就只踢蹬了一小会儿，接着就被捆成一坨了。

一缕下落的丝线落到我的手背上，我赶紧吩咐罗瑟琳和佩特拉往后退，退回到洞里面。我看着这缕丝线，不敢用另一只手触碰它。我缓慢小心地翻过手去，试图在岩石上蹭掉它，可我不够仔细，这一动作引来更多的丝线，丝线慢慢打着圈向我飘来。我的手被黏到了岩石上。

“它们过来了！”佩特拉哭叫着，语言和意念并用。

我抬头看到了闪光的白色鱼形飞行器落在了空地中央。

它的下降使飘浮的丝线在周围旋转起来，形成了一朵云状物，并将一股气流送了出去。我看到一些细丝在洞口处徘徊波动着，然后慢慢飘了进来。我不自觉地闭上了眼睛，轻柔的丝线触碰到了我的面庞。当我努力想睁开眼睛时，却发现自己已经睁不开了。

17

当越来越多的丝线像羽毛一样轻触你的脸和手，带来痒痒的感觉时，想要纹丝不动地躺在那儿是需要很大决心的；而当你开始感觉最先落下的丝线像细绳一样紧紧勒在皮肤上，搞得你很难受时，你则需要更大的决心才能保持不动。

我感觉到迈克尔在警觉地怀疑，这是不是一个恶作剧，并且在琢磨：如果自己真的尽力挣扎、试图逃脱的话，情况可能会更好点儿。我还没来得及回应，那个西兰岛女人的脑电波就又一次传过来安慰我们了，她告诉我们要保持冷静，要有耐心。罗瑟琳又把这个意思向佩特拉强调了一遍。

“也黏到你们身上了吗？”我问罗瑟琳。

“是的，”她回答道，“从飞行器上吹过来的风刚好把这些丝线吹进洞穴——佩特拉，亲爱的，听到她的话了？你可必须要保持一动不动啊。”

飞行器的速度越来越慢，那种压过一切的震动声和呼呼声也随之减弱，不一会儿就彻底停了下来。随之而来的沉默却让人震惊，只能听见几声呼救和哀号，像是被人捂住了嘴巴、窒息时发出的声音，再就什么都听不到了。一会儿，我就知道了原因：丝线落到了我的嘴巴上，这时我就是想叫也张不开嘴了。

等待很漫长，似乎让人毫无指望。那些丝线触摸着我的

皮肤，感觉就好像有很多虫子在我身上爬似的，让人毛骨悚然，有些地方还被扯得生疼。

那个西兰岛女人询问道：“迈克尔？你要不停地数数，释放脑电波，引导我到你身边去。”

迈克尔开始数了起来，形成了数字的思维影像。他思维中形成的这些数字影像非常稳定，直到他数到 12 时——他思维中形成的那两个数字“1”和“2”开始闪烁和犹疑，渐渐地，我感到迈克尔的思维忽然舒缓了下来，并且满怀谢意。此刻，就在那一片漫长的沉寂中，我听到他用语言说了出来：“他们在那个洞穴中，就是那个！”

我听到洞口外面梯子台阶的咯吱声，那是每一层台阶的木棍摩擦岩石的声音，不久又听到轻微的嗞嗞声。一股湿气扑到了我的脸上和手上，皮肤不再有紧巴巴的感觉。我想再次睁开眼睛，可眼皮好像在反抗，终于，我还是慢慢地睁开了眼睛，但感觉眼睑上黏黏的。

在离我很近的地方，有一个人，确切地说只是一个人的上半身，她站在梯子临近洞口的台阶上，上身向洞里倾斜，全身都裹在闪亮的白色衣服里面。有一些细丝仍然在空中悠闲地飘荡，但落到那个人白色衣服的头部和肩膀上时，并没有黏住，而是从她衣服上滑落下来，缓缓向下飘去。我只能看到这个人的眼睛透过小小的、透明的窗格看着我，其他什么也看不见。那双手戴着白色手套，拿着一个金属瓶子，瓶口冒着白雾，发出嗞嗞声。

“转过身去。”这个女人用意念告诉我。

我转过身，她在我衣服的另一面上上下下地喷着什么。然后，她爬上了最后两三级台阶，跨过我躺着的地方，向在洞穴深处的罗瑟琳和佩特拉走去，一边走一边喷着瓶子里的东西。迈克尔的头和肩膀也出现在了洞口，他身上也被喷雾浸湿了，仅剩的几根丝线在他身上游移不定地闪烁，不一会儿就溶化了。我坐起来，朝他身后看去。

那个白色的飞行器就停在空地的中间，它顶端的装置已经停止了旋转，现在可以看清楚是什么样子了——看上去就像是一个圆锥形的螺旋，螺旋是由一些相互间隔的部件组合而成，而这些部件的材料几乎是透明的。鱼形器身的侧面有一些玻璃窗，还有一扇门敞开着。

整片空地看起来就像是很多蜘蛛竭尽全力织成的网。地上全是丝线，已经不怎么发光，但看上去更白了。过了一会儿再看看这张网又会感觉不太对劲，因为真正的蜘蛛网会在微风中飘摇，但这张网却一动不动，其实不只是这张网上的丝线不动——空地上其他所有的东西都一动不动，沉寂得有些可怕。

很多的人和马就那样躺在地上，分散在棚屋之间，和其他东西一样，他们也都僵在那里。

突然，一声刺耳的断裂声从右边传来。我向那边望去，恰好看到一棵小树从树根处折断，倒了下去；接着，眼角的余光又瞥到一棵灌木慢慢歪倒，连根拔起；另一棵灌木也开始动了……一间棚屋坍塌，紧接着是另一间……场面非常离奇，让人震惊。

山洞后面传来罗瑟琳如释重负的声音。我站起来走了过去，迈克尔跟在我身后。佩特拉压低声音，用一种几乎是训诫的语气说：

“这简直太恐怖了！”

她用一种挑剔的眼光打量着这个穿白色外套的人，非常好奇。这个女人最后又全面而彻底地用喷雾把周围都喷了一遍，然后摘下手套，取下了白色帽子。她注视着我们，我们也不加掩饰地盯着她。

她的眼睛很大，眼球偏褐色而非绿色，睫毛长长的，是金色的。她的鼻子非常挺，鼻孔弯曲的样子就像刻意雕琢过一样；嘴巴可能有点儿宽，下巴是圆的，但轮廓并不柔和；头发的颜色比罗瑟琳稍微深一些，对于女人来说，她的头发应该说非常短，刚刚包住脑袋，几乎和她的下巴持平。

然而，真正让我们不由自主地盯着她的，是她那清水出芙蓉、天然去雕饰的脸色，很浅，很淡，可一点儿都不苍白，只是白皙，就像刚炼出的奶油。她的面颊如粉红色的花瓣，皮肤柔滑，几乎没有一条皱纹，似乎是崭新的、完美的，就像是从来没有经历过风吹雨打似的。这让人难以置信，怎么可能真的存在这样的人，如此完美无缺！

她应该不是一个处于花季的年轻女孩，如果没猜错的话，她应该已经是女人了——可能三十岁左右，但从她脸上看不出岁月的痕迹。她非常自信，举止平静而持重，相形之下，罗瑟琳的自立和矜持看起来就有些逞能的意味了。

她看了看我们，然后把注意力集中在佩特拉身上。她对佩特拉笑了笑，我们看见了她健康而洁白的牙齿。

我心里下意识地产生了一种非常复杂的影像模式，混合着快乐、满足、安慰、认可和成就感，还有一丝敬畏——最后这一点尤其让我感到惊讶。这种混杂的感觉很微妙，按说佩特拉应该是无法理解的。但这种混合的感觉显然已经触及到了她，足以让她在看着这个女人的眼睛时，也睁大了自己的眼睛，一脸严肃，这是极为罕见的；好像某种程度上她知道这是自己人生中的重要时刻，尽管她不明白有多重要，也不知道为什么重要。

过了一会儿，她的表情放松了下来，咯咯地笑了。显然，她们传递了某些信息，但传递这种信息的脑电波显然是另一种频率，反正我是一点儿都没收到。我看看罗瑟琳，她也只是摇了摇头，仍然一脸茫然地看着她们。

西兰岛女人蹲下来抱起了佩特拉。她们认真地打量着对方。佩特拉抬起手，试探着触摸这个女人的脸颊，像是要确认一下是不是真的。西兰岛女人笑了，她吻了佩特拉，然后又把她放下了。这个女人慢慢摇了摇头，好像也不敢相信这一切似的。

“这是值得的。”她用语言说道，但发音非常奇怪，以至于刚开始我都没怎么听明白。

“是的，毫无疑问，这是值得的！”

这次她进入了思维影像模式，比起她说出的话，意念的形式更容易让人理解。

“获得批准到这儿来并不简单，距离太遥远了，比我们任何一个人之前去过的地方都要远，远两倍还不止；而且派出飞行器也花费颇为昂贵；他们几乎认为这是不值得的。但这是值得的……”她再一次看着佩特拉，若有所思，“在她这个年纪，还未经过任何训练，却能把思维传到地球的另一端！”她又摇了摇头，似乎仍然不能完全相信。然后，她转身看着我：

“她仍然有很多需要学习的地方，但我们会给她请最好的老师，总有一天，她会变得很强大，那时她就能再教其他人了。”

她在索菲用树枝和毛皮铺成的床上坐了下来，白色的帽子拉到后面，看起来就好像她的头上环绕着光轮似的。她依次仔细地审视着我们，似乎对我们非常满意，然后点了点头。

“你们互相帮助，已经成功地走过了很长一段路，但你们会发现，我们能教给你们更多东西。”她握住了佩特拉的手，“好吧，既然你们没什么物品需要收拾，也就没有必要再耽搁了，我们不妨现在就出发吧。”

“去瓦克努克吗？”迈克尔问道。

他的话既是问题，又像是不容置疑的确定。她在起身的过程中顿了一下，然后询问般望着他。

“还有瑞切尔呢。”他解释道。

西兰岛女人考虑了一会儿。

“我不确定——等一下。”她对迈克尔说。

她突然与外面飞行器上的人交流起来，速度之快、频率之诡异令人咋舌，我几乎听不懂他们在说什么。过了一会儿，她遗憾地摇了摇头。

“恐怕……”她说，“非常抱歉，但我们不能带上她。”

“花不了多长时间，那儿并不远——对你们的飞行器来说并不远。”迈克尔一个劲地坚持。

她再一次摇了摇头。

“非常抱歉，”她重复道，“如果可以的话，我们一定会去接她的，但这是一个技术问题。你看，路途比我们预计的要远，即使能飞得很高，有很多山脉恐怕也飞不过去，必须走远路绕过去。另外，因为这里发生的一切，我们也必须要抓紧时间，必须要比最初的设想要快，否则……”她稍作停顿，似乎在想她的解释是否超出了我们这些原始人的理解范围。“这个飞行器，”她告诉我们，“是使用燃料的。它搭载的重量越大，航行里程越长，使用的燃料也就越多。现在，剩下的燃料只够我们返航用了，这样也得小心翼翼才行。如果我们去了瓦克努克，再一次降落，然后重新起飞，并携带你们四个大人，再加上佩特拉，这样的话，燃料在我们回家之前就会耗尽。这就意味着我们会掉进大海中淹死。带着你们三个大人和一个孩子我们刚好能安全回去，但是四个大人，还要再降落一次，我们就回不去了。”

在我们思考这个问题时，她没有再说话——情况已经讲得很清楚了。她坐了回去，一动不动地坐在那里，膝盖绷直，两手紧紧地扣在膝盖上，一身白色的衣服闪闪发光。她耐心地等着我们接受这个事实，心中充满了同情。

在这个间歇中，我忽然意识到周围的沉默是那么神秘，又那么诡异。现在听不到任何声音，也没有任何动作，甚至连树上的树叶都没有发出任何声响。罗瑟琳好像突然意识到了什么，她十分震惊，猛地提出了这个问题：

“他们不是——他们不是全都——死了吧？我不明白，我还以为……”

“是的，”这个西兰岛女人直接告诉她，“他们都死了。这些塑料白线变干时就会收缩。那些被线缠绕而苦苦挣扎的人会很快失去意识，然后……这可比你们的箭和矛仁慈多了。”

罗瑟琳在发抖，可能我也在发抖。这种感觉让人紧张不安、勇气尽失，完全不同于人与人之间相互残杀的致命，也不同于普通战斗造成大量伤亡的那种感觉。对于这个西兰岛女人，我们也感到困惑，她的思维中既没有麻木不仁，也没有强烈关注此事，只是有点儿厌恶，似乎这一切是不可避免的，但又是非常必要的。她感受到了我们的困惑，责备似的摇了摇头：

“杀生是不会让人觉得舒服的，”她赞同道，“但是，以为不杀生就能生存下来，这显然是自欺欺人。我们的食谱里必须要有肉食，有些蔬菜不能让它们开花，有些种子不能让它们发芽，甚至有些微生物的循环都必须要牺牲掉，以便让我们自己可以更好地循环。我们不会因为这些事感到愧疚或震惊：这就是自然经济周而复始、循环往复的一部分。就如同我们必须用这种方式使自己生存下来一样，我们必须保护自己的物种免受其他物种的剿灭——否则就是没有履行自己的责任。

“边缘村的人很不幸，没有任何法律依据，他们就被定罪、被谴责，从此沦为乞丐，生活悲惨，命运凄凉——他们没有未来。至于那些谴责他们的人——其实，这就是他们的一种生活方式，他们也必须如此，遵章办事。你知道，总有一些人可以主宰另一些人的命运。你听说过巨蜥——就是那种大爬虫的时代吗？它们曾经是地球的霸主，但到了它们被取代的时刻，它们就必须消亡。

“也许有一天，我们将让位于一个新物种。我们当然也会像这些残余的古人一样，努力地抗争——尽管一切不可避免。我们会竭尽全力将这种新生物碾碎入土——让他们从哪儿来的回哪儿去，因为背叛自己的物种一定是一种犯罪，历来如此。我们会压迫他们，毁掉他们，迫使他们证明自己的价值，若他们真的做到了，我们也就该退出历史舞台了；现在，这一切正在上演，同样的故事，同样的过程——只不过我们就是那个新物种，而不是那些行将覆灭的古人。

“忠于他们的物种，你就不会容忍我们的崛起；而如果忠于我们的物种，你也就不能任由他们对我们蹂躏摧残、亡族灭种。

“如果这个过程吓到你了，那是因为你还没有站好队，不知道你自己是谁，也不明白种族的差异意味着什么。你的大脑还很混乱，经常把自己与种族的联系和成长环境搞混淆，仍然稀里糊涂地以为他们与你们属于同类。这就是你感到震惊的原因，也是他们总能让你们处于不利地位的原因，因为他们并不困惑，一点儿也不，他们协同作战，对自己种族的威胁十分警觉。他们的目的非常明确，为了生存，他们不仅必须防止自己物种的退化，还必须确保自己的物种不受到更高级别物种的威胁。

“而我们就是更高级别的物种，但我们也才刚刚开始起步。我们能共通思维，互相理解，然而他们却没有这种能力。我们开始懂得如何聚合，并运用团队的意识解决问题，这会让我们在将来发展成什么样子啊。他们就像被关进了一个一个孤立的笼子里，只能用语言交流，这根本不够，而我们却不是这样；我们互相理解，不需要那些视生命如砖块、觉得这两者没有任何区别的法律；我们永远都不会犯下那样的滔天罪行——想象着要把每一个人都铸造得毫无二致，就像硬币一样，决不允许有任何变化，否则就是大逆不道的变异；我们不会机械地想把自己锻造成社会或政策需要的几何图形；我们也不是教导上帝如何统治世界的教条主义者。

“生命的根本是生存，生存的根本是改变，改变就是进化，我们是进化的一部分。

“静止是变化的敌人，是生命的敌人，因而是我们的死敌。如果你仍然感到震惊或者疑惑，那就想想教你把他们视为同类的那些人所做的那些事吧，想想他们的所作所为。我不怎么了解你们的生活，但老物种尽力保护自己的模式往往都是如此，很难有什么变化。再想想他们打算对你们做什么，以及为什么他们会这么做……”

就像以前一样，我依然发现她的修辞风格有些势不可当，但总的来说我能够跟上她的思路。过去，我可没有那种超然的力量，把自己想象成另一物种，现在我也不确定自己是否已经有了这种力量。在我看来，较之于那些似乎应该“不高兴”的低等物种，我们根本也没有任何优越感可言。但我的确可以回顾过去，考虑一下我们为什么被迫逃离……

我瞥了一眼佩特拉，她正坐在那里无聊地听着西兰岛女人的辩解，好奇地看着西兰岛女人漂亮的脸，似乎在浮想联翩。一连串的回忆出现在我的眼前——哈丽特姨妈的脸在水中，头发顺着水流轻轻漂摇；可怜的安妮那柔弱的身躯吊死在屋子的横梁上；萨利痛苦地扭曲着双手，吓得毛骨悚然——因为凯瑟琳那令人不寒而栗的可怕遭遇；索菲沦为野蛮人，扑倒在尘土中，脖子上插着一支箭……

任何一种场景都可能是佩特拉未来的写照……

我走到佩特拉身边，伸出胳膊搂住了她。

在西兰岛女人专门探讨这个问题时，迈克尔一直注视着洞口外面，贪婪地观察着在空地上待命的飞行器。那个女人说完后，他又盯着那艘鱼状飞行器研究了一两分钟，然后才叹了口气，转过头来。他盯着两脚之间的岩石地面看了一会儿，抬起了头。

“佩特拉，”他问，“你能替我联系到瑞切尔吗?”

佩特拉用她强有力的脑电波展开搜索、探寻。

“可以，她在那儿，她想知道发生了什么事。”她告诉迈克尔。

“先告诉她，无论她将会听到什么传言，请她一定要相信我们都还活着，而且一切安好。”

“好的，”过了一会儿，佩特拉又说道，“她明白了。”

“现在我要你告诉她，”迈克尔继续小心翼翼地说道，“要她一直勇敢下去，并且要非常小心，用不了多久，也许三四天吧，我就会去带她走，你能告诉她吗?”

佩特拉忠实地将迈克尔的意思传给了瑞切尔，然后坐着等待回复，她收发脑电波的能力实在是太强大了。过了一会儿，佩特拉慢慢皱起了眉头。

“哦，天哪，”她带着一丝厌恶，说道，“她不知所措，又哭了起来。那个女孩经常哭，对吧?我不明白为什么。现在我能感觉到她思维影像之外的心情，她一点儿也不痛苦——那是一种幸福的哭泣，高兴的哭泣，这样不是很傻吗?只有难过的时候才应该哭泣，不是吗?”

我们都看着迈克尔，没有人说话。

“好吧，”他防卫似的说道，“你们俩都是官方宣布的不法之徒，所以你们俩谁都不能回去救她。”

“但是，迈克尔——”罗瑟琳终于没忍住。

“她太孤单了，只有一个人，”迈克尔说，“你会把大卫一个人留在那儿吗？或者，大卫会扔下你不管吗？”

没有人回答这个问题。

“你刚才说‘带她走’。”罗瑟琳说道。

“我就是这个意思。我们可以在瓦克努克待一段时间，直到我们，或者我们的孩子，能被发现……不，不，这个方法还不够好……”

“或者我们可以到边缘村来，”他厌恶地环顾这个洞穴以及外面的空地，“……这也不是什么好办法。”

“瑞切尔应该得到与我们这些人同样的待遇。这点已经很明确了，那么，既然飞行器不能再耗费能量了，那就必须有人去把她带到那个理想之地。”

西兰岛女人身体前倾，看着迈克尔，眼里流露出了同情和钦佩，但她还是微微摇了摇头。

“这是一条很长的路，而且途中还有些村庄很可怕，难以逾越。”她提醒迈克尔。

“我知道，”迈克尔承认道，“但这个世界是圆的，所以一定有其他的路可以到达那里。”

“那样会非常艰难——当然也很危险。”她警告迈克尔。

“没有什么事情比待在瓦克努克更危险的了，再说，既然我们知道有我们的生存之地，有我们能够去的地方，我们怎么还能在那儿待下去呢？”

“知道这些让一切变得不同了，知道我们不是毫无意义的畸形——不是那几个茫然无措、只希望能够让自己活下去的异种。现在的区别是很大的，原先只是苟延残喘、希望活命，而现在是要有目标地活下去，为了新的事业去奋斗，这是本质的差别。”

西兰岛女人想了片刻，然后又抬起头看着迈克尔的眼睛。

“迈克尔，等你联系上我们时，”她告诉他，“一定要确保一件事——把你的位置告诉我们。”

门砰地一声关上了。飞行器开始震动起来，吹起了空地上的大量尘土。透过窗户，我们看到迈克尔极力站稳，不让自己被风吹倒，风拍打着他的衣服，就连空地周围奇形怪状的树木也被吹得东倒西歪。

我们脚下的地面似乎倾斜了，起初只是稍微有点儿倾斜，然后地面就开始下落，而我们则越来越快地升上了夜空。很快，飞行器就平稳了，向着西南方向飞去。

佩特拉非常兴奋，有些忘乎所以。

“这简直太奇妙了，”她大声说道，“我可以看到好多公里之外，哦，迈克尔，你在下面看起来既滑稽又渺小！”

那个孤独而渺小的身影在空地上朝我们挥舞着手臂。

“这都只是暂时的，”迈克尔的思维很快传了上来，“我在下面看起来是有点滑稽和渺小，亲爱的佩特拉，但一切都会过去的，我们很快就会去跟你们会合的。”

一切就像我在梦中见到的一样。太阳比瓦克努克看到的要更加明亮，它普照着广阔的蓝色海湾，白色的海浪缓缓地拍打着岸边的沙滩。小小的船只，有的挂着色彩斑斓的帆，有的空空如也，正驶向海港——那儿已经停泊了不少船只。城市就建在海边，沿岸是一排排白色的房子，非常密集，往远处眺望，房子就逐渐稀疏了，排列在山间，嵌在绿色公园和花园之中。我甚至可以辨认出两边栽满树木的宽阔道路，上面滑行着很多微小的车辆。再往里一点儿，完全进入内陆，在一块绿地旁边，一座高塔上闪烁着明亮的光，一架鱼形飞行器正飘向地面，慢慢着陆。

一切是如此熟悉，以至于我都有点儿担心，非常怀疑自己。有那么一瞬间，我甚至忽然想象着自己会一觉醒来，发现我依然躺在瓦克努克家中的床上。我握着罗瑟琳的手安慰自己。

“那是真的，对吗？你也能看到对吧？”我问她。

“非常漂亮，大卫。我从来没想过会有这么可爱的东西……还有其他东西呢，一些你从未告诉过我的东西。”

“是什么？”我问道。

“听！你感觉不到吗？敞开你的心扉……唉，佩特拉，亲爱的，如果你能有一会儿不那么激动就好了……”

我照她说的做了。我意识到我们飞行器中的工程师正在和地面上的人说话，但在那之外，还有一种新的、不为我所知的脑电波。听声音就像一群蜜蜂发出的嗡嗡声，而且感觉看上去非常明亮，光彩夺目。

“那是什么？”我疑惑地问道。

“你猜不到吗，大卫？那是人，很多很多我们这样的人，那是他们的思维影像，或者说脑电波啊。”

我觉得她是对的，我听了一会儿——直到佩特拉又难以抑制地兴奋起来、而我则必须保护自己时，我才尽量关闭了自己的意念收发系统。

我们现在就在这片土地的上方了，我们正俯视着这座城市，看着它慢慢靠近我们。

“我终于开始相信这是真的了，”我告诉罗瑟琳，“你要知道，此前，我从未真正相信过这一切。”

她扭头看着我，埋藏在内心深处的那个真正的罗瑟琳出现了，她微笑着，眼睛闪闪发亮。她的盔甲不见了，让我看到了那个真正的她，就像是一朵盛开的花……

“这一刻，大卫——”她开口说道。

然后，她的思维又被遮蔽了。我们忽然头疼欲裂，同时用手护住了头部，就连整个飞行器也忽然有点儿颠簸。

痛苦的抗议从四面八方涌来。

“哦，对不起，”佩特拉对飞行器上的所有人员、包括整座城市的人说道，“但这实在是太令人兴奋了。”

“这一次，亲爱的，我们会原谅你的，”罗瑟琳告诉她，“这确实令人兴奋啊。”

著作权合同登记号　图字 01-2016-3677

图书在版编目(CIP)数据

重生 / (英) 约翰・温德姆著;陈元飞，杨丽译.
—北京:人民文学出版社，2016
(科幻经典)
ISBN 978-7-02-011728-4

Ⅰ.①重…　Ⅱ.①约…　②陈…　③杨…　Ⅲ.①科学幻想小说-英国-现代　Ⅳ.①I561.45

中国版本图书馆 CIP 数据核字(2016)第 127809 号

责任编辑:**甘　慧　尚　飞**
装帧设计:**李　佳**

出版发行　**人民文学出版社**
社　　址　**北京市朝内大街 166 号**
邮政编码　**100705**
网　　址　**http://www.rw-cn.com**

印　　刷　**山东德州新华印务有限责任公司**
经　　销　**全国新华书店等**

开　　本　**890 毫米×1240 毫米　1/32**
印　　张　**9.5**
插　　页　**2**
字　　数　**201 千字**
版　　次　**2016 年 10 月北京第 1 版**
印　　次　**2016 年 10 月第 1 次印刷**

书　　号　**978-7-02-011728-4**
定　　价　**38.00 元**